국문학과 민족 그리고 근대

The Korean Literature, Nation and the Modern

지은이 **강명관(姜明官)**은 부산에서 태어났다. 현재 부산대학교 한문학과 교수로 재직 중이다. 쓴 책으로는 『조선후기 여항문학 연구』(창작과비평사, 1997), 『조선시대 문학예술의 생성공간』(소명출판, 1999), 『조선사람들 혜원의 그림 밖으로 걸어나오다』(푸른역사, 2001), 『조선의 뒷골목 풍경』(푸른역사, 2003), 『옛글에 빗대어 세상을 말하다』(길출판사, 2006), 『공안파와 조선후기 한문학』(소명출판, 2007), 『농암잡지평석』(소명출판, 2007), 『국문학과 민족 그리고 근대』(소명출판, 2007)가 있다.

국문학과 민족 그리고 근대

1판 1쇄 발행 2007년 8월 20일
1판 2쇄 발행 2008년 4월 30일

지은이 / 강명관
펴낸이 / 박성모
펴낸곳 / 소명출판
등록 / 제13-522호
주소 / 137-878 서울시 서초구 서초동 1621-18 (란빌딩 1층)
대표전화 / (02) 585-7840
팩시밀리 / (02) 585-7848
somyong@korea.com / www.somyong.co.kr

ⓒ 2007, 강명관

값 14,000원

ISBN 978-89-5626-255-0 93810

*The Korean Literature,
Nation and the Modern*

국문학과 민족
그리고 근대

강명관 지음

소명출판

십수 년 전 박사학위 논문을 쓸 때다. 연구 주제는 여항문학(閭
巷文學)이었다. 여항문학이란 조선 후기의 기술직중인(技術職中人)
과 중앙관청의 서리[書吏], 곧 경아전(京衙前)이 생산한 한문학이
다. 학위논문을 쓸 때 가장 난감했던 것은 양반이 아닌 이 중간
계급의 문학에 어떤 성격을 부여하는가 하는 것이었다. 나는 양
반들의 한문학과의 차이에서 그 성격을 도출하고, 그 차별성에서
어떤 발전적인 요소를 감지해 내려 하였다. 좀 더 구체적으로 말
하자면, 양반사회가 해체되고, 양반을 대신할 새로운 사회계급의
진보적 성격을 찾으려 했던 것이다. 하지만 확연히 눈에 뜨이는
차이와 진보성은 없었다. 책으로 출판하기 위해 논문을 고쳐 쓰
는 과정에서 이 문제를 해결하기 위해 고민했지만, 결과는 여전
히 미진하였다.

이후 이 문제는 계속 가슴 한 구석에 남아 답답하기 짝이 없었다. 고민을 거듭하던 끝에 문득 잘못 출제된 문제가 아닌가 하는 생각이 들었다. 나는 조선 후기의 역사가 양반사회의 해체기이며, 양반사회의 해체는 곧 진보와 발전이라는 생각에 사로잡혀 있었던 것이다. 그것은 조선 후기 사회에서 서구 근대의 모습을 찾아내고자 하는 강박증이었다. 이른바 내재적 발전론은 연구의 전제로서 이미 나에게 내면화되어 있었던 것이다. 그것은 문학사의 현상을 바라보는 내 시각을 결정하고 있었다.

2002년에 약간의 시간을 얻어 쉬면서, 민족이 스스로 근대로 걸어갔다는 전제에 대해 본격적으로 생각하기 시작했고, 그 결과 '민족'과 '근대' 두 어휘가 국문학사를 구성하고 있다는 것을 깨닫게 되었다. 이 과정에서 조선 후기 양반사회 해체설, 실학 등에 대해서 생각을 다시 가다듬게 되었다.

민족주의 자체에 대한 서술은 이 책에서 할 필요가 없을 것이다. 그 방면에 대해서는 이미 베네딕트 엔더슨의 『상상의 공동체』(윤형숙 역, 나남, 2002)를 비롯한 여러 저술이 있다. 나는 다만 국문학이란 분야에서 민족주의와 '근대'가 국문학을 어떻게 구성하고, 서술을 강제했는가를 말할 뿐이다. 이 작업을 통해서 나를 억누르고 있던 전제의 구속으로부터 자유로울 수 있게 되었다. 아마도 나의 이 작업을 마땅찮게 여기는 분들이 적지 않을 것이다. 하지만 그래도 상관없다. 나는 기성의 생각에 구속당하기 위해서 태어난 것이 아니기 때문이다.

이 책은 여러 책과 함께 썼다. 『안쪽과 바깥쪽』은 조선 후기 문학과 중국 명대(明代) 문학과의 상관성을 따진 논문을 모은 것이다. 이것은 조선 후기 문학사를 연구하는 내재적 발전론에 대한 비판이다. 즉 타자를 배제한 주체는 존재하지 않는다는 것이다. 『공안파와 조선 후기 한문학』은 박지원(朴趾源)을 비롯한 조선 후기 문학사의 성취가 공안파 비평의 섭취에 근거하고 있음을 밝힌 것이다. 그리고 『농암잡지평석』은 『농암잡지』를 통해 17세기 말 18세기 초 문인지식인에게 외부의 사고가 어떻게 해석되고 구성되는가를 밝히고자 했다. 모두 이 책에서 말한 바를 실천하고자 한 것이다.

이 책을 쓰는 데 여러 사람의 도움을 받았다. 부산대학교에서 같이 공부하는 사학과의 곽차섭 교수와는 이 주제를 가지고 오랫동안 의견을 교환하였다. 곽차섭 교수에게 고맙다고 말하고 싶다. 또 인문학담론모임의 여러 동료 교수들과의 토론 역시 대단히 유익하였다. 한문학과의 김승룡 교수는 초고를 읽고 귀중한 조언을 해 주었다. 무척 고맙다. 책은 나의 이름으로 썼지만 사실은 여러 사람의 생각이 들어 있는 것이다. 물론 오류는 온전히 나의 몫이다.

이제 다시 시작이다. 남은 길은 여전히 멀다.

2007년 6월
강 명 관

차례

국
문
학
과

민
족

그
리
고

근
대

제 1 장

국문학과 민족 그리고 근대[1]

1. 서설

나는 전근대의 문학 현상을 공부하는 학인(學人)으로 조선 후기의 어떤 문학 현상을 연구하고 그것에 의미를 부여해 왔다. 작품을 해석하고 문학 현상에 의미를 부여하는 일은 미시적 상태

---

[1] 이 책에서 자주 인용하는 서지는 다음과 같다. 이 책의 인용시에는 저자와 서적명만을 밝혀 적기로 한다.
　김동욱,『국문학사』, 日新社, 1976; 김태준,『조선소설사』, 예문, 1989; 이명선,『조선문학사』, 조선문학사, 1948; 이병기・백철,『국문학전사』, 신구문화사, 1957; 이병기・백철,『표준국문학사』, 신구문화사, 1955년 서문, 1957년 간행; 조동일,『한국문학통사』, 지식산업사, 1994년 발행의 3판; 조윤제,『국문학사』, 탐구당, 1971.

에서는 자유롭지만, 최종적으로는 언제나 '민족'의 문학사 전체 속에서 의미를 얻는다. 쉽게 말해 그것은 민족사와 민족문화의 발전과의 관련하에 유의미한 것이 된다.

국문학만이 아니라 다른 영역도 그러하다. 한국음악사 · 한국 회화사 · 한국건축사 · 한국사상사 등등 많은 영역이 추가될 수 있는 것이다. 이처럼 한국문화를 연구하는 학문 분야를 일괄하여 '국학(國學)'이라 한다. 국학은 말하자면, 한국 / 한국인의 특유한 정체성을 연구하는 / 찾는 인문학의 한 갈래다. 그런데 우연하게도, 아니 우연하지 않게도 국어 · 국사 · 국문학은 '한국'이란 글자에서 '한'을 제거한 '국' 자만을 관사로 씌우고 있다. 물론 국어 · 국사 · 국문학이란 어휘의 기원은 일본에 있을 터이다. 한국의 근대문화는 싫든 좋든 일본에 기원을 갖거나 일본을 복제한 것이 다수를 차지하니, 국어 · 국사 · 국문학도 아마 일본어의 수입품임이 분명하다.

물론 국어 · 국사 · 국문학의 기원이 일본이라는 것은 여기서 중요하지 않다. 문제는 현재 우리가 이해하는 국학의 의미다. 국어 · 국문학 · 국사의 공통 관사 '국'의 의미를 우리는 어떻게 이해하는가? '국(國)'은 '나라' 곧 국가인가. 곧 그것은 국가의 명칭인 '한국'의 줄임말인가? '한국'이란 이름은 대한제국으로부터 시작되었으니, 그 이전 시대와는 무관한 것이다. 20세기에 한국인은 식민지 시기를 경험하였다. 식민지 시기의 조선인은 일본 제국주의 '국가'의 '국민'이었다. 조선인(한국인)은 존재했지만, 국가와 국민은 결핍되어 있었던 것이다. '국어'의 역사는 식민지 시기를 넘어서 존재한다. 그것은 국가와 국민의 부재와 관계없이 존재하는 것이다. 국어의 '국'의 예에서 보듯, 국학은 곧 '민족'의 학이다. 먼저 이렇게 간단히 말해 두자.

민족은 국학에 의미를 강제적으로 부여하는 권력이다. 당연히 민족에 근거해서, 민족에 긍정적인가, 아닌가에 근거해서 모든 국학적 현상은 의미를 부여받는다. 한국어—한글은 '민족'의 언어이자 문자이므로 신성한 것이다. '금속활자'에 부여되는 '최초'의 의미는 그것이 '민족'의 거룩한 문화유산이기 때문이다. 민족을 제외한 다른 어떤 것이 의미를 부여하는 행위는 용납될 수 없으며, 용납된다 해도 저 한 구석에 방치되어 알려지지 않아야 할 것이다. 국사는 고구려와 신라·백제, 통일신라와 발해·고려·조선의 이질성에도 불구하고 동일한 민족의 역사일 뿐이다. 임진왜란은 경상도 동래의 어떤 가족을 죽음으로 몰아넣거나 일본으로 납치되게 만든 사건이 아니라, 민족에 닥친 시련일 뿐이다. 20세기 일제의 식민지가 되었던 것은 민족의 더할 수 없는 수치다. 민족이 모든 역사적 사실들에 의미를 강제적으로 부여하는 권력인 것임은 두말할 나위가 없다. 나의 국문학 연구는 오로지 민족의 운명과 관련하여 의미를 부여받을 뿐인 것이다.

민족이 모든 국학적 현상에 의미를 부여하는 최종적 진리 준거라면, 그 준거는 아마도 부동의 절대적인 것이어야 할 터이다. 과연 국학에서의 민족은 부동의 것인가. 주지하다시피 '민족'이 모든 반성을 거친, 그리하여 더 이상의 반성을 허용하지 않는 최종적 진리 준거가 아님은 물론이다. 쉽게 말해 민족은 nation의 번역어다. nation은 국가·국민으로도 번역된다. 따라서 nationalism은 민족주의·국가주의·국민주의로도 번역된다. nation, nationalism

이 민족, 민족주의로 번역된 것은 앞에서 간단히 언급한 바와 같이 한국의 독특한 역사적 상황 속에서 이루어진 것이었다. 다시 말해 근대 이전 '민족'은 존재하지 않았으며, 그것은 19세기 말 20세기 초반 서구 제국주의와 서구화한 일본 제국주의와의 접촉을 통해서 만들어진 것이었다.

19세기 말, 건국 이후 5백 년을 지난 노쇠한 조선은 심각한 사회 모순을 노정하고 있었다. 왕조는 모순을 해결할 능력을 이미 상실하고 있었으니, 그 모순은 필경 조선 체제의 붕괴와 새로운 체제(아마도 새로운 왕조였으리라)의 성립으로 해소되었을 것이다. 하지만 스스로 붕괴하기 전에 1876년 세계자본주의 체제에 강제로 편입되었다. 동아시아의 한 귀퉁이에 고립되어 있던 조선은 억지로 '세계'로 끌려 나갔던 것이다. 억지로 '세계'로 끌려 나간 조선이 대면한 것은 서구와 서구화한 일본이란 국민국가였다. 자본주의 세계 체제 속에서 조선의 국민국가로의 변신은 강제된 상황 속에서의 자발적 변화라고 표현할 수 있다. 자본주의화와 함께 '국민 만들기' 곧 국가 공동체의 동일한 구성원으로서의 국민 만들기가 시작되었다. 하지만 조선의 국가 구성원은 신분제에 의한 양반과 상민(노비)의 분열, 남성중심주의와 가부장제에 기초한 남성과 여성의 분열이 있었고, 권력의 소유를 둘러싸고 양반 내부의 심각한 균열, 여기에 지역에 따른 차별과 빈부의 격차에 의한 차별 등 사회구성원은 심각하게 분열되어 있었던 것이다. 이것은 단순한 모순이 아니었다. 조선이란 국가 체제는 이런 분열 / 차별을 전제로 하여 성립하고 있는 것이었기에 문제는 간단치가 않았다.

국민을 만드는 것은, 이런 차별과 분열을 극복하여 국가 구성원에게 스스로 모두 동질적(평등한) 존재임과 국가 주권의 보유자임을 인식하게 만드는 과정이었다. 이것은 사실상의 전환, 즉 신분제와 가부장제의 해체, 성적 지역적 차별의 철폐, 경제적 평등의 확보 등 근대화와 함께 진행되어야 할 것이었다. 1876년 강화도조약으로 인한 개항 이래 조선의 모든 사회운동과 정부의 정책적 추진 방향은 갑오개혁(甲午改革)이 상징적으로 보여주듯 이 방향을 지향하고 있었다. 예컨대 갑오개혁 이듬해인 1895년 2월 2일 고종의 「교육입국조서(敎育立國詔書)」는 교육으로 '국민'을 제작하려는 의도로 반포된 것이었다.2) 이 조서 이후 각종 법령이 제작되고 4월 한성소학교가 설립되었으며 이후 전국에 공립 사립학교가 우후죽순처럼 출현하였다. 1910년 5월까지 사립학교의 수는 2,250개에 달했던 것이니,3) 그 엄청난 증가세를 짐작할 만하다. 이 모든 학교가 '국민 만들기'란 동일한 목적을 표방하고 있었음은 췌언을 요하지 않는다.

국민 만들기로 전체적인 방향은 잡혔지만, 목적에 부합하는 성과가 빨리 나타난 것은 결코 아니었다. 국민들에게 정치권력은 전혀 분배되지 않았고, 대한제국의 성립은 황제에게 전제권(專制權)을 부여하였던 것이니, '국민 만들기'는 어지러운 행보를 보이고 있었던 것이다. 조선은 여전히 분열되어 있었다. 대한제국 시기에 권력 수뇌부의 친일파 외에 일반 민중들 사이에서 적극적으로 일제의 침략에 협조했던 부일패(附日輩)들이 배출되었던 현

---

2) 이치석, 『전쟁과 학교』, 삼인, 2005, 51~52면.
3) 위의 책, 54면.

상은 실로 의미심장하다. 『대한매일신보』가 일제의 주구가 되어 활동했던 통역자(일본말 통역자)들을 민족의식이 결여되었다고 수 없이 비판하고 있는 것은, 급박하게 진행되었던 '국민 만들기'의 과정이 순탄하지 않았음을 반증한다. 또 다른 예로 채만식이 『태평천하』에서 탁월하게 창조해 낸 윤직원 영감은 근대적 합리성을 토대로 한 일제의 식민통치를 '태평천하'로 인식한다. 일제의 식민통치가 근대적 합리성을 갖는 것이라면, 윤직원의 눈에 조선 체제는 국가/관료에 의한 불법적인 수탈, 비합리적인 행정 등으로 인한 지옥 같은 세월이었던 것이다. 윤직원 영감의 의식은 다수의 조선인의 의식이었다. 이럴진대 동일한 국민의 탄생이 험로를 걸었음은 두말할 나위가 없을 것이다. '국민 만들기'의 과정은 1880년대 후반부터 1910년 한일합방까지 매우 복잡한 굴절을 겪지만,[4] 결정적인 역할을 수행한 것은, 출판과 저널 그리고 대중연설 등의 근대적 매체를 장악했던 계몽운동세력이었다. 계몽운동의 절대목적은 근대적 의식을 갖는 국민을 제작하는 것이었다. 내셔널리즘이 원래 국가 내부의 차별/차등을 은폐하는 판타지이듯, 이 시기 저널리즘과 지식인들은 근대화로 조선사회의 모순을 해소할 것을 주장하는 일방 전근대 국가의 신민(臣民)을 국

---

4) 근대 계몽기의 국민, 민족 개념을 둘러싼 복잡한 논의에 대해서는 김동택의 「『국민수지』를 통해 본 근대 '국민'」, 박노자의 「개화기의 국민담론과 그 속의 타자들」(이화여대 한국문화연구원, 『근대계몽기 지식개념의 수용과 그 변용』, 소명출판, 2004), 이 두 논문은 1880년 이래 국민 민족에 대한 당시의 복잡한 인식을 소상하게 확인할 수 있다. 곧 국민과 민족에 대한 인식은 동일한 것이 아니었고 입장에 따라 달리 정의되는 것이기도 하였다. 다만 국민과 민족을 둘러싼 담론이 지향한 지점이 민족의 제작 혹은 국민의 제작이었음은 두말할 나위가 없다.

민으로 만들고, 국민의 에너지를 결집하여 식민지로의 전락을 막으려 하였다. 따라서 어제까지 수백 년 양반과 상놈·노비·여자·서북인으로 각각 달리 호명되었던 개별적 존재들은 동질적인 이름인 국민으로 불러, 그 개별적 존재가 사실 평등한 존재임을 인식케 하는 장치의 개발이 필요하였다.

언어와 역사 곧 조선말과 조선사가 가장 중요한 장치였다. 계몽 운동기에 활발히 전개되었던 국문운동, 그리고 주시경(周時經)에 의해 시작된 조선어 연구, 신채호(申采浩)를 위시한 역사학자들에 의한 조선사 연구는 동일한 언어와 동일한 기억을 갖는 존재로서의 국민을 탄생시키는 장치였던 것이다. 계몽운동의 분출하는 열정, 애국주의, 현실에서 체감되는 타자 일본의 경제적 정치적 침탈로 인해 동일한 언어와 기억을 갖는 국민은 천천히 생성되기 시작하였다. 하지만 이 생성은 실패와 성공을 동시에 경험하는 것이었다. 예컨대 실패는 친일파／부일배로, 성공은 독립운동가로 각각 특화되었던 것이다. 거칠지만 이것이 한국 내셔널리즘의 시작이다. 한국의 내셔널리즘, 곧 민족주의는 19세기의 끝자락과 20세기에 만들어진 것이다.

국민의 생성에 결정적으로 기여한 것은, 독립협회·대한자강회와 같은 민간의 계몽단체, 『황성신문』과 『대한매일신보』·『대한자강회보』 등의 저널리즘이었다. 한데 이 저널리즘과 저널리즘 논객의 언어에서 국민과 민족, 국가는 명징하게 분리되지 않고 혼효(混淆)되어 있었다. 『대한매일신보』의 경우, 민족과 국민을 분리하여, 민족은 혈통·역사·거주·종교·언어를 공유하는 국가의 종족적 토대를 제공해 주는, 역사 속에서 자연적으로 발생한 현상으로 파악하고, 국민은 동일한 정신(획일적인 국민주의·국가주의 이데올로기)으로 묶여 있는 인공(人工)의 단체로 파악했던 것이다.5)『대한매일신보』는 민족을 자연적인 것으로 파악하고 있지만, 사실 이때의 '민족'은 이미 근대적 의식 속에서 구성된 것이기 때문에 국민을 지향하고 있는, 아니 국민이 되어야만 하는 사실상 국민과 같은 것이었다. 즉 민족과 국민을 날카롭게 구분하려고 하지만, 민족이 곧 국민을 지향한다는 점에서 양자는 본질적으로 분리 불가능한 것이었다. 곧 실제의 논설에서 국민과 민족, 국가는 분리될 수 없는 것으로 인지되어 사용되었던 것이다. 그러나 1910년 대한제국이 식민지로 전락하자 사정이 달라졌다. 국가와 국민이 부재하게 되었던 것이다. 현실에서 일본(그리고 서구)이라는 타자를 경험했고, 이미 내셔널리즘의 세례를 받은 이상, 국민은 곧 국가와 민족과 동일한 한 실체가 되어야 할 것이었다. 하지만 식민지배하에서 조선인은 조선인의 국가와 민족을 말할 수 없었다. 실재하는 조선인은 일본이란 국가의 국민이 되었다. 이제 조선인의 국가, 조선인이 정치 주체가 된 국가의 국민은 존재하지 않았다. 남은 것은 조선인일 뿐이었다. 국가와 국민은 사라지고, 종족적 속성을 갖는 '민족'이란 어휘만 남게 되었다. 요컨대 nation의 복수적 의미에서 오로지 '민족'만이 남게 되었던 것이다.

국가/국민의 부재로 남은 민족은 불구의 것이었다. 내셔널리즘의 세례를 받은, 즉 동일한 언어와 동일한 기억(역사)을 갖는 조

---

5) 박노자, 위의 책, 245~246면.

선인(민족)에게 부재하는 국가와 국민은 반드시 회복해야 할 짝이었다. 불구적 존재로서 민족은 자신을 완전하게 만들기 위해 국가와 국민을 요구했다. 그것이 독립운동이다. 민족은 자신의 동일성을 침식해 들어오는 타자(일본)로부터, 끝이 보이지 않는 식민지배가 초래할 기억의 망각으로부터 자신을 보호하기 위해 민족의 언어와 역사 연구에 몰두했다. 계몽기 국어학자와 역사학자들의 후예들이 이끌었던 한국어와 한국사 연구를 관류하는 주류적 이념이 민족주의였던 것은 두말할 필요가 없다. 아울러 이런 민족주의적 국학 연구는 '국악'과 (한국)미술사, (한국)경제사, (한국)철학사 등으로 외연을 넓혀 나갔다.

1945년 해방, 그리고 1948년의 건국은, 민족이 잃어버렸던 국가와 국민을 되찾음을 의미하는 것이었다. 이제 민족-국가-국민의 통합이 이루어졌다. 한데 세 어휘는 실질적으로 통합되었으나, 사용의 실제는 대단히 복잡 미묘하였다. 민족과 국가, 국민은 각각 다른 의미로 사용되었으나, 민족주의 · 국가주의 · 국민주의란 말은 사정이 달랐다. 국가주의는 그것이 은근히 내비치는 전체주의적 속성으로 인해 거의 사용되지 않고, 국민주의는 어쩐 일인지 용례를 찾기 어렵다. 오로지 민족주의란 어휘만 사용되었으니, 이 어휘는 실제 국가와 국민을 포괄하는 것이었다. '애국(국가)'과 '애족(민족)'은 한 덩어리가 되어 '애국애족'이 되어, '조국(국가)과 민족의 무궁한 영광'을 노래했다. 여기서 국가와 민족이 동일한 언어라는 것을 짐작할 수 있다.

하지만 문제는 여전히 남았다. 민족이 남과 북으로 분열되었던 것이다. 남과 북은 체제는 달리했지만, 민족/국민을 만드는 과정은 동일하였다. 남과 북의 민족주의는 국가가 장악한 교육기구(학교)를 통해서, 그리고 국어와 국사를 통해서 본격적으로 구성원들을 국민으로 제작하였다. 신문·방송 등 매스미디어와 문학 작품, 출판과 저널을 통해, 민족주의는 완전히 언어화하여 국가 구성원의 일상으로 스며들었다. 그 결과 현재 좌파든 우파든, 진보든 보수든, 독재정권이든 그를 타도하고자 하는 반독재세력이건, 기독교든 불교든, 경상도든 전라도든 모든 대립과 분열을 초월하는 자리에 민족이 있었고, 모든 구성원은 민족을 최고의 가치로 인정하고 있었던 것이다. 민족주의는 한국인에게 있어 반성의 가능성이 허락되지 않는 무의식이 되었다.

이 과정에서 국어와 국사로 대변되는 국학은 국가의 재정적 제도적 지원을 입고 자신의 논리를 세련화하는 한편, 그 논리 정당화에 필요한 증거들을 수집·정리하였다. 그리고 그것은 다시 교과서로, 문학 작품으로, 회화로, 음악으로, 영화로, 매스컴으로 변신하면서 국가 구성원을 의식화하였다. 국학은 1945년 이후 국민을 제작하는 장치로서 본격적으로 작동하기 시작했던 것이다. 그렇다면 한국 민족주의의 성격은 어떤 것인가. 이 문제를 먼저 검토해 보자.

2. 한국 민족주의의 기본 속성-순수성과 우월성

1) 순수성

민족주의는 특정한 성격의 인간 집단을 구성·제작하는 장치다. 민족이란 집단은 구성원들이 스스로 동질적 속성을 균등하게 보유하고 있다는 것을 신념하는 것을 토대로 형성된다. 한국사회에서 민족은 사실상 국민과 동일한 것이기 때문에 민족을 제작하는 것은, 국민을 제작하는 것과 같다. 즉 국민/민족의 제작이란 국가의 개별적 구성원이 타자와 자신을 동일한 존재로 인식하게 하는 장치를 의식 속에 심는 과정이다. 한국은 자본주의사회다. 경쟁을 원리로 삼는 자본주의 국가는 모든 구성원을 경쟁하는 적대자로 만든다. 자본주의 국가의 민족주의는 화폐가 관류(貫流)하는 경쟁사회의 인간의 개별성을 통합하여, 개별적 인간들이 동일한 구성원이란 소속감-환상을 심어준다. 동질적 집단에 소속된다는 환상은 다시 두 가지 하위 장치를 통해 구성된다.

첫째 순수성. 동질적인 것은 내부의 이질적 요소를 구축(驅逐)한다. 즉 그것은 어떤 차원에서든 완전히 균질적인 것으로서, 어떤 이질적인 것도 배제하는 순수성을 요구한다. 즉 민족주의는 먼저 순수성을 보장하는 어떤 요소에 입각하여 자신을 정립한다. 이 순수성은 플라톤의 이데아처럼 관념의 형태로만 존재할 뿐 실재하지 않는다. 하지만 민족주의는 이 순수성을 실재하는 것으로 위장하고 선전한다. 만약 순수성이 작동될 대상으로 표지가 실재하지 않는다면, 그것을 날조한다. 둘째 우월성. 동질적임을 신념하게 하되, 그 신념에 대한 자발적 능동적 참여를 끌어내기 위해 민족의 우월성을 강조한다. 어떤 사람도 열등한 집단의 구성원이 되는 것을 원치 않기 때문이다. 우월성을 통해 자발적·능동적으로 민족 집단에 소속되려 하고, 또 만족감을 얻게 된다. 순수성과 우월성은 민족주의가 작동하는 두 가지 장치다. 하지만 이 두 특징은 원래 실재에 기초한 것이 아니라, 실재를 가탁해서 혹은 날조해서 이루어지는 것이므로 각각 모순을 가질 뿐만 아니라, 상호 모순적 관계에 놓이게 된다.

순수성은 동질성과 같다. 동질성은 기존의 종족적 요소를 선택하여 제작되는 경우가 일반적이다. 종족적 요소는 다양하다. 그것은 인종학적 특성일 수도 있고 언어일 수도 있고, 독특한 문화적 관습일 수도 있다. 그것은 객관적으로 존재했던 것들이다. 혈통과 문화, 역사는 민족주의가 선호하는 대표적인 종족적 요소다. 민족주의는 이것을 근거로 삼아, 그것에 특권적 지위와 의미를 부여한다. 그리고 이 종족적 요소를 중심적 가치로 인식하는 특정 집단을 구성해 낸다. 동시에 이 요소를 갖는 집단이 다른 집단과 구별되는 우월성을 갖는다고 선전한다. 만약 객관적으로 존재하는 종족적 요소가 존재하지 않으면 민족주의는 그것을 제작하거나 날조한다.

전래되는 종족적 요소가 민족주의를 정당화할 수 없음은 물론이다. 예컨대 혈통을 보자. 혈통을 민족을 구성하는 종족적 요소로 삼는 것은 민족주의의 보편적 방법이다. 한국인에게는 단일민족론이 있다. 단일민족신화는, 동일한 유전학적 속성 ─ 혈통을 갖는 인종 집단이라고 신념하는 것을 말한다. '단군의 자손', '배달겨레', '단일민족'이란 관용어는 한국인의 유전적 동일성을 강조한다. 이것은 100%의 순수한 한국인을 상상한 것이다. 순수한 한국인의 존재를 상정하고, 극소의 오차는 무시할 수 있다고 판단한다. 혈통적 근사성, 즉 유전적 유사성은 어느 정도 가능한 이야기다. 즉 지리적으로, 혹은 문화적으로 고립된 지역에서의 오랜 기간에 걸친 폐쇄적 유전은, 어떤 인종학적 특성을 보일 수 있다. 예컨대 피그미족처럼 현저한 신체적 특징을 갖는 경우를 상정할 수 있다. 하지만 그 경우의 수는 극히 드물다.

순수한 한국인, 즉 한국의 '단일민족'의 신화는 20세기 초에 만들어진 것이다. '신성한 백두산족'을 외친 것은 신채호를 비롯한 민족주의자들이었다. 그러나 '백두산족'의 유전적 특질은 규정될 수 있는 것이 아니다. 규정된다 한들, 그것이 엄청난 의미를 갖는 특질도 아닐 것이다. 어떤 특정한 유전자를 보유한 호모 사피엔스를 한국인으로 정의한다는 것 자체가 이미 난센스다. 요컨대 유전적으로 순수한 한국인은 입증될 수 없다.

민족은 인종학적 특징으로 정의되는 것으로 믿을 수 있지만, 그 역시 동일하다고 믿어지는 내부에서 수많은 차이와 치별을 지우고자 하는 시도일 뿐이다. 현재의 국민국가에서의 유전적 혈통이란 실재하는 구성원의 생물학적 특성과 부합하지 않는다. 원수의 관계인 팔레스타인인과 이스라엘인 사이에는 어떤 인종적 차이도 없었다고 한다. 그들은 단지 문화적으로 구분될 뿐이다. 더욱이 유태인은 디아스포라 이후 2천 년에 걸쳐 혼혈이 거듭되었기에 순수한 유전적 유태인은 존재하지 않는다. 이디오피아 출신의 유태인은 흑인이고, 버마에 살고 있는 유태인은 황인종이다. 생물학적 유태인은 존재하지 않는다.

실제로 혈통, 혹은 유전적으로 순수한 한민족은 존재하지 않는다. 고대 한반도 남부의 가야인들의 일본인과의 혼혈은 쉽게 생각해 볼 수 있다. 백제인과 일본인 역시 혼혈이 있었을 것이다. 고구려의 국민에는 고구려인만이 아니라, 말갈인·여진인 등도 있었다. 고려시대에는 1만 명의 거란인이 살았다. 몽고 지배기에는 몽고족과의 혼혈이 있었음은 당연한 일이다. 고려의 왕이 몽고의 공주와 결혼하고, 고려인이 원의 수도를 방문하고, 몽고인이 고려로 들어오는 과정에서의 혼혈은 쉽게 상상할 수 있다. 발해가 한국사 속으로 편입되자, 젊은이들은 발해에 대해 오로지 광대한 영토를 꿈꿀 뿐 발해 인구의 반수가 말갈인이라는 사실은 결코 언어화하지 않는다.

고려에서 조선으로 넘어오는 그 과정에서 여진인, 일본인과의 혼혈, 나아가 아라비아인과의 혼혈은 결코 적지 않았다. 조선 초기 실록은 여진인과 왜인 아라비아인의 귀화에 대해 어떤 차별도 가해지지 않았음을 말하고 있다. 임진왜란·병자호란 두 전쟁의 과정에서 일어난 혼혈, 그리고 임진왜란 이후 조선에 잔류했던 항왜(降倭)의 존재는 조선시대에 이미 이민족과의 혼혈이 활발하게 일어나고 있었음을 입증한다. 19세기 말기 이후 일제강점기, 한국전쟁, 그리고 최근 성행하는 베트남과 몽골, 그리고 타쉬켄트의 처녀와 농촌 미혼 남성과의 결혼을 놓고 볼 때 한국인의 혼혈은 역사적으로 늘 있어 왔던 일일뿐이다. 혼혈 없는 인종적 순수성은 관념에 불과한 것이고 실재하지 않는다.

외관상 아시아 계통의 이른바 황색 피부를 가졌다면, 그 민족을 쉽게 구별해 낼 수 없다. 조부가 중국인인 '한국인'은 다른 '한국인'과 외관상 전혀 구분되지 않고, 문화적으로도 구분되지 않는다. 그는 그저 한국인일 뿐이다. 한국에서 출생하여 한국에 거주하고 있는 흑인 혼혈인은 외견상 구분되지만, 한국어를 쓰고 한국음식을 먹고 한국인의 생활습관을 따른다. 그는 한국인이다. 개인의 생물학적 존재는 텅 빈 시니피앙일 뿐이다. 그 텅 빈 공간에 국가―사회는 '민족'이란 시니피에를 채워 넣었다. 개인은 후천적으로 국가에 의해 한국인으로 제작된 것이다.

민족주의가 표방하는 '혈통의 순수성'의 근거는 이처럼 허망하다. 따라서 혈통에 근거한 한국인의 모든 특질들 역시 허망한 것이다. 그래서 민족주의는 문화로 전이한다. 문화에서 가장 선호되는 대상은 언어다. 민족을 동일한 언어를 사용하는 집단으로 정의하는 것이다. 음성언어의 가장 본질적인 속성은 인간의 자기 표현 수단이거나 의사교환 수단이다. 이런 차원에서 모든 언어는 동일하다. 그러나 민족주의 언어관에서 언어는 단순한 수단이 아니라, 민족을 결정하는 어떤 속성을 갖는 것으로 인식된다. 민족주의 언어학자 주시경(周時經)·최현배(崔鉉培)의 후계자인 허웅(許雄)은 『언어학』 머리말에서 이렇게 말하고 있다.

말은 그 말을 모국어로 하여 자라는 겨레의 정신을 만들어 주는 데 중요한 구실을 한다. 말의 구조는―소리의 구조이건, 낱말의 구조이건, 말본의 구조이건―그 말을 모국어로 하는 사람의 관념의 세계에 심어진다. 그리하여 이 관념의 세계는 한 평생 사람의 관념의 세계에 심어

진다. 그리하여 이 관념의 세계는 한 평생 좀처럼 바꾸어지지 않는다.[6]

언어와 사고 / 관념 사이의 불가분의 관계에 대해 말하고 있다. 그런데 이어지는 글에서 그는 "이것이 그 겨레의 정신세계를 만드는 것이다"라고 말하면서 국어와 민족정신과의 상관관계를 말하고 있다. 즉 언어는 동질적인 정신을 갖는 민족을 상상한다. 요컨대 민족주의는 동일한 언어를 쓰는 사람은 동일한 의식을 갖는다고 신념하는 것이다.[7]

훔볼트(1769~1859)의 주장에서 비롯된 이 견해는, 민족을 언어의 피조물로 파악한다. 언어가 그 언어를 사용하는 인간의 관념을 결정한다는 것은, 완전히 틀린 말은 아니다. 인간은 언어를 벗어나 사유할 수 없다. 따라서 특정 언어는 그 언어 사용자의 특유한 사고방식을 결정할 수 있다. 그 특유함이란 어떤 상황이나 대상에 대한 사고의 경향이나 행동 양식의 특이성일 뿐이다. 예컨대 한국어와 일본어에 경어법이 발달해 있다거나, 일본어의 경우 여성만 사용하는 말이 따로 있다는 것은, 한국인과 일본인의 사회적 관계에 대한 사고방식과 행동을 결정할 수도 있다. 즉 언어와 사유·행동은 그 정도를 확정할 수는 없지만, 일정한 상관성이 있다. 하지만 그것은 대상에 대한 태도일 뿐이다. 아주 가볍게 말하자면 그것은 취향 정도일 수 있다. 예컨대 동일한 누들(noodle)이지만, 한국인이 냉면을, 일본인이 우동을, 중국인이 딴딴

---

6) 허웅, 『언어학』, 샘문화사, 1986, 1면.
7) 물론 여기에 "물론 한 겨레의 정신이 말의 구조로만 만들어지는 것은 아닐 것이다"라는 단서를 달고 있기는 하다. 위의 책, 같은 면.

미엔을, 이탈리아인이 파스타를 먹는 차이와 같을 뿐이다.

허웅이 언어와 언어 사용자의 사유와 행동과의 관계를 이런 의미로 말했다면 충분히 동의할 수 있다. 하지만 언어가 '겨레의 정신세계'를 만드는 것이라고 하는 순간, 그 의미는 달라진다. 즉 민족과 관련하여 민족어를 말하면서 민족의 특수한 정신세계를 말한다면, 그때의 정신이란 타민족과 구별되는 우월성을 주장하려는 것이기 때문이다. 그러나 상이한 언어에서 드러나는 사고의 경향이나 행동 양식의 특이성은 그야말로 서로 구분되는 차이일 뿐, 상호 어떤 언어 집단의 우월성도 보장할 수 없다.

사실 '민족적' 혹은 '민족적인 것', '민족정신'이 지시하는 바는 존재하지 않는다. 그것은 구체적인 내용을 갖지 않는다. 다만 그것의 성질이 긍정적이라는 것은 짐작할 수 있다. '민족적', '민족적인 것', '민족정신'이 야비하거나 추한 것일 수는 없기 때문이다. 민족성, 민족적인 것, 민족정신 등은 다만 언어를 사용하는 각 언중(言衆) 사이에 존재하는 사유와 행동의 차이일 뿐이지, 그것이 각 민족의 정신을 결정하는 것은 아니다. 독일어는 독일·오스트리아·스위스·벨기에에서 사용된다. 하지만 이 네 나라의 이른바 '민족정신'이 동일하다고 할 수 있는 근거는 아무 데도 없다. 한국어를 사용하는 한국인이 한국어로 말미암아 다른 민족과 구별되는 독자적인 우월한 정신을 갖는다고 말할 수 없음은 물론이다. 인도와 같은 다종족·다언어 국가의 경우, 인도인의 정신세계가 분열되어 있다고 말할 수는 없다. 인도는 식민 지배자의 언어였던 영어를 공용어로 채택하고 있다. 그렇다면 인도인은 영국인의 정신세계를 가질 수 있다. 그렇다면 인도인은 식민지배자의 정신세계와 그로부터 독립한 인도인의 정신세계, 그리고 인도인의 지역 방언이 제공하는 정신세계를 동시에 지니고 있다는 말인가. 언어와 민족정신의 관계란 이처럼 모순적인 것이다.

그럼에도 불구하고 언어를 통해서 민족을 구성하려는 모습은 쉽게 관찰된다. 그것은 주로 '국어의 순수성'을 확보하려는 방법으로 나타났다. 20세기 초반 민족을 제작하는 강력한 장치로서 국어학 연구가 시작되면서, 한국어 연구자와 연구 집단은 비민족적 언어를 구축(驅逐)하는 방식으로 '국어의 순수성'을 확보하려 하였다. 먼저 이들은 비민족적 언어를 설정하였다. 1894년 갑오경장에서 공식적으로 한문이 폐지되었을 때만 해도 한문은 여전히 타자의 언어가 아니었다. 20세기 초두 계몽운동이 시작되고, 그 운동의 가장 중요한 실천영역으로 국문운동이 활발하게 전개되었다. 국문운동의 구호인 언문일치는 언어 사용에서의 구어와 문어의 일치를 추구한 것으로, 언어 사용의 계급적 신분적 차이를 넘어 오로지 조선어만을 말하고 쓰는 동일한 국민—민족을 만들고자 한 민족주의의 기획이었다. 한국어는 곧 민족이었다. 이제 민족어인 한국어는 신성한 것이 되었고, 그 신성화는 국어의 순수성이 확보되었을 때 보다 확실하게 보장받을 수 있는 것이었다. 그래서 국문운동은, 수천 년 전부터 바로 어제까지 정치와 행정·사회·경제·문학·사상 등 사회의 모든 영역에서 타자의 언어일 것이라 생각해 보지 않았던 한문(漢文)을 이민족의 언어 곧 '청국(淸國)말'로 규정하였다. 국어의 순수성은 이렇게 비민족어를 설정하여 구축하기 시작했던 것이다.

비민족어를 구축하려는 의식은, 순수한 국어(모국어)가 존재한다는 생각에서 출발한다. 순수한 국어는 타자의 언어에 의해 오염되지 않은 것이다. 순수한 한국어의 설정은, 필연적으로 '오염'을 짝으로 갖는다. 현실에서 한국어는 늘 오염되어 있다. 한국어의 역사는 오염의 역사이며, 한국어를 대상으로 한 사유와 행동의 역사는 한국어에서 오염물을 제거하려는 역사다. 민족주의는 계몽기에 한국어가 한문에 의해 오염되었다고 인지하였다. 그 이후 식민지시기에 일제가 일본어 사용을 강제하면서, 한국어는 일본어에 의해 더더욱 심하게 오염되었다고 생각하였다. 일제가 한국어 사용을 금하고, 일본어를 강요했던 것은, 한국인을 일본어 사용자로 만들어 일본의 완벽한 국민으로 만들고자 하는 일본민족주의의 기획이었다. 언어는 곧 민족의 정신이라고 믿었기 때문에, 한국 민족주의는 일본어 사용을 강요하는 행위, 일본어를 사용하는 행위를, 민족정신을 박탈하는 행위로 규정했다.

해방 이후 민족주의 언어관은 '오염'과 '정화'란 두 개념을 축으로 하여 작동했다. 해방 이후 중국어(한문)와 일본어에 의해 오염된 한국어를 정화하여, 즉 현재의 한국어에서 중국어와 일본어를 제거하여, 순수한 한국어로 되찾자는 작업이 강력하게 수행되었던 것이다. 오염을 제거하고 순수로 회귀하는 과정은 곧 배제로 나타났다. 해방 이후 민족주의 언어학자들은, '일본어의 잔재'를 끊임없이 제거할 것을 주장했다. 해방 이후 60년이 지난 이 지금까지도 일본어의 잔재를 제거하자는 주장은 한국사회에서 누구도 비판할 수 없는 호소력을 가지고 있고, 앞으로도 그럴 것이다. 민족주의 전파의 도구인 신문과 방송은 주기적으로 3·1

절, 광복절, 한글날 등 '국가'의 기념일이면 일본어 잔재가 남아 있음을 지적하는 의식을 거행한다. 이 행사는 이제 순수한 민족어, 신성한 민족어를 오염시키는 것들을 제거·정화하는 민족주의의 제식(祭式)이 되었다. 아마도 민족어의 순수함을 되찾음으로 인해 앞으로 민족정신은 보다 찬란히 빛날 것이다!

민족주의적 언어관의 정화는 한자나 한문의 영역까지 정화할 것을 요구한다. 한자를 노출시키는 것을 극구 반대하고, 오로지 한글로만 쓰기를 주장하고, 한자어 어휘를 순수한 '토박이말'로 바꿀 것을 강력하게 요구한다. 국문과 한문 사용에 대한 논쟁은 계몽기의 가장 격렬한 논쟁이었으며, 국문만으로 표기할 것인가, 한자를 혼용할 것인가 하는 문제는 지금도 수면 아래 잠복해 있다. 건드리기만 하면 폭발할 준비가 되어 있다. 민족주의 언어학은 순수한 민족어라고 판단되는 것 외에는 모두 타자화하고 배제했던 것이다.

국어순화, 즉 민족어의 순수성을 회복하자는 운동은, 대중이 민족주의에 깊이 침윤되어 있는 이상, 누구도 이의를 제기할 수 없는 성역이 되었다. 하지만 그것은 극도의 편향성을 갖는다. 국어순화운동은 한자/한문, 일본어에만 편집증적으로 작동한다. 한자/한문의 교육, 사용에 대한 찬반의 논리는 이미 지루할 정도로 알려져 있으니, 일본어의 경우만 간단히 살펴보자. 제거해야 할 일본어는 오로지 일본어로 발음하는 일본어일 뿐이다. 하지만 민족주의·정치학·근대·고속도로·경제학·사회·개인 등의 어휘는 모두 일본인이 서양어를 번역하는 과정에서 만든 것이고, 한국어는 이것을 빌려 썼다. 이 어휘들의 원산지는 일본이다. 이것들은 한자어이며, 동시에 일본어다. 따라서 중국어이면서 일본어다. 민족어의 순수성에 입각하면 이 어휘들은 제거되어야 할 것이다. 하지만 제거가 불가능하다는 것은 누구나 알고 있다. '근대'가 포괄하는 문화는 식민지 시기를 거치면서 한국에 설치되었기 때문에 일본어를 통해서 근대를 받아들인 것은 부정할 수 없는 사실이다.[8] 근대 이후의 문화에서 일본·일본어의 침투는 이미 제거할 수 없는 것이다. 요컨대 제거 대상이 되는 일본어의 잔재는, '고소쿠도로'이지 '고속도로'는 아닌 것이다. 그러나 양자는 동일한 실체다. 요컨대 일본어를 제거하자는 주장 역시 강한 편향성을 띤다는 것이다. 민족어의 순수성, 혹은 순수한 민족어를 회복하기 위한, 순결의식은 영어의 남용에 대해서는 엄격하게 발동하지 않는다. 영어가 편만한 세상이 아닌가. 하지만 국어순화운동의 주체는 민족어를 오염시키고 있는 영어를 제거하자는 발언을 적극적으로 하지 않는다. 오염된 민족어를 정화하고, 순수한 민족어를 되찾자는 민족주의의 순수성은 그야말로 편향적이다.

앞서 간단히 지적한 바와 같이 순수한 국어 역시 순수한 혈통과 마찬가지로 실재하지 않는 관념에 지나지 않는다. 타자가 존재하지 않는 공간에 영원히 고립되지 않는 이상, '순수한 한국어'와 같은 순수한 민족어는 존재하지 않는다. 역으로 '순수'가 본질이 아니라, '혼성'이 언어의 본질이다. 영어는 앵글로색슨족의 언어로 출발하지만, 그 속에는 켈트어·라틴어·스칸디나비아

---

8) 이렇게 말하면 일제 식민통치가 근대를 만들어 주었냐고 말하겠지만, 이것은 잘못된 문제 설정이다. 나는 근대를 중립적인 개념으로 이해한다.

어·프랑스어가 뒤섞여 있다. 영어의 혼성은, 바로 영국이 경험한 타자와의 접촉, 곧 켈트와 로마·바이킹·프랑스와의 관계로 말미암은 것이다. 옥스퍼드 사전의 모든 영어 어휘는 순수한 앵글로색슨족만의 어휘가 아니다. 그리고 지금 영국인은 영어 속에 포함된 비앵글로색슨어를 제외할 것을 주장하지 않는다.

아일랜드는 1171년부터 1922년 독립할 때까지 7세기 반을 영국의 지배하에 있었다. 아일랜드의 인종은 켈트족으로 영국과 구분된다. 아일랜드의 현재 언어는 영어와 아일랜드어다. 아일랜드어는 인도유럽어족의 켈트어파에 속하는 언어다. 지금 아일랜드의 공용어는 영어이며, 아일랜드어를 사용하는 인구는 2%에 지나지 않는다. 하지만 아일랜드에서 영어를 구축하고 아일랜드어를 사용할 것을 주장하지는 않는다.

언어는 문화 간의 접촉에 의해 전파된다. 한반도의 거주민이 중국문화와 접촉하자, 자연스럽게 한자와 한문이 수용되었고, 한자어가 한국어 내에 대량으로 들어오게 되었다. 서구문화와 접촉하게 되자 한국어는 서구어(특히 영어)를 수용하게 되었다. 현대 한국어는 영어 어휘를 대량 포함하고 있으며, 드물기는 하지만 영어에서 유래하는 어법이 사용되기도 한다.

청소년들의 인터넷 언어인 이른바 '외계어'는 쉽사리 순화되지 않는다. 그것은 컴퓨터와 인터넷, 휴대폰이라는 새로운 미디어의 속성에 반응하여 생성된 것이기 때문이다. 방송과 가로의 간판, 나아가 일상에서의 외국어/외래어의 사용이 폭발적으로 늘어난 것은, 이미 언어환경이 달라졌기 때문이다. 외국어/외래어의 사용은 기본적으로 외국과의 접촉이 일상화되었고, 외국의 문화를 수용한 결과이기 때문이다.

언어의 사용은 언중(言衆)이 결정한다. 민족이 결정하는 것이 아니다. 언중이 언어 사용을 결정하고 언어가 본래 혼성적인 것이라면, 민족어의 순수성은 존재하지 않는다. 순수한 한국어란, 순수한 한국인이 존재하지 않듯 존재하지 않는다. 민족어의 순수성이란 사실상 민족주의가 내세운 계몽의 폭력일 뿐이다.

민족주의의 언어관은 민족어의 순수성을 말하면서 동시에 민족어의 우월성을 말한다. 일본어의 발음 구조가 영어를 발음하기에 적합하지 않다는 점을 내세울 때 한국어는 그보다 낫다는 생각이 이면에 깔려 있음은 부정할 수 없을 것이다. 흔히 한국어는 색채어가 풍부하다는 식으로 말한다. 하지만 에스키모가 눈을 수십 가지로 구분하는 것은 이에 비추어 어떠한가. 모든 언어는 언어가 사용되는 환경에 따라 생성된 것일 뿐이다.

언어의 우월성이란 존재하지 않는 것으로, 입증될 수 있는 것이 아니다. 앞서 살핀 바와 같이 민족어가 내포하고 있다는 민족정신 역시 텅 빈 기호일 뿐이다. 한국 민족주의 언어관이 자신의 우월성을 입증할 대체물로 발견한 것이 문자—한글이다. 한국어와 관련된 우월성은 문자의 우월성으로 대체되어 나타나며 거의 극한까지 전개된 듯한 느낌이 있다. 이 음소문자의 과학성과 편리성은 한국인이면 누구도 부정하지 않는 민족의 자랑거리다. 한글의 우수성은 언제나 5만 자란 엄청난 글자 수로 대변되는 표의문자 한자의 불편에 대비되어 언급된다. 하지만 한글이 전근대사회에서 구축한 저 초라한 문화자산은, 한자를 사용하여 구축한 저 엄청난 중국의 문화자산과 대비하면 과연 어떠한가. 또 일본이 한글보다 훨씬 이전에 자신들의 언어 구조에 맞는 '가나'를 만들어 사용하고, 전근대사회에서 가나로 표기한 문학 작품을 한국의 한글로 표기된 작품보다 풍부하게 남기고 있음은 어떻게 생각해야 할 것인가. 문자의 우월성이란 존재하지 않는다. 다만 그 언어에 적합한 형태의 문자가 있을 뿐이다.

한글의 우수성은 그 창제자인 세종과 함께 강조된다. 세종은 이순신과 아울러 한국 민족주의의 상징적 인물이다. 훈민정음의 '훈민(訓民)'은 백성을 가르친다는 뜻이다. 조선은 유교국가였다. 이 국가 체제에 의한 백성의 훈육이란 유교 이데올로기로 피지배층을 의식화하는 것이다. 유교에 의해 의식화된 백성은 유교에 의해 기계처럼 사고하고 행동한다. 세종 당시의 금속활자를 떠올려 보자. 금속활자가 발명된 것은 고려 때지만, 그것이 본격적으로 책을 쏟아낸 것은 세종 때부터다. 조선은 사대부의 나라였다. 사대부는 곧 지식인이다. 조선은 건국되었으되 사대부계급이 충분히 만들어지지 않았기에 유가적 지식인을 만들 필요가 있었다.

태종은 계미자를 만들었고, 세종이 이것을 개량하여 갑인자를 만들었다. 계미자로 찍은 책은 갑인자에 비해 훨씬 조악하다. 이로 미루어 보건대, 그리고 현재 남아 있는 고려조의 금속활자본을 보건대, 고려조의 금속활자는 목판에 비해 미려한 인쇄물을 얻거나 아니면 대량의 인쇄물을 손쉽게 얻는 수준은 아니었을 것으로 짐작된다. 세종조에 활자가 미려해지고 인쇄 방법이 개량된 뒤 서적의 발행·인쇄는 폭발적으로 늘어났다. 조선 전기의 전성기라 말할 수 있는 세종에서 성종에 이르는 기간 동안 찍어낸 책의 목록을 김두종(金斗鍾)은 『한국고활자인쇄기술사(韓國古

活字印刷技術史)』9)에서 정리했는데, 실로 엄청난 양이다. 이 책으로 유가적(儒家的) 지식인, 곧 사대부(士大夫)가 탄생했던 것이다. 세종이 금속활자로 막대한 책을 찍어낸 그 시기는 곧 한글이 만들어진 시기다. 한데 이 시기에 막대한 서적이 발행되었지만, 한글 활자로 인쇄된 책은 없었다. 물론 전혀 없었던 것은 아니다. 한글 활자도 있었으니, 그것은 한문을 언해한 서적에 필요한 수준이었고, 한문서적의 이해를 보조하는 것이었다. 이런 류의 책은 워낙 고가(高價)이고 적은 부수를 찍었기에 백성들과는 아무런 상관이 없었다. 요컨대 백성을 대상으로 하여 백성에게 보급하기 위한 한글 금속활자본 서적은 없었던 것이다. 극소수 한글 책이 있기는 하였다. 세종 때 한문으로 쓰였다가 성종 때 와서 국문으로 번역된 목판본 『삼강행실도언해(三綱行實圖諺解)』와 같은 책이 그것이다. 이 책이야말로 훈민의 정의에 부합하는 책이었다. 조선조에서 가장 많은 부수가 발행된 이 책은, 오로지 백성들에게 유가의 윤리, 사대부의 통치에 복종케 하는 이데올로기를 전파하는 도구였다. 요컨대 세종은 한글만을 주었을 뿐, 백성들에게 지식을 주지 않았고, 한글은 백성을 이데올로기로 의식화시켜 사대부 체제에 대한 복종을 유도, 강요했을 뿐, 그들에게 스스로 사고할 지식 계발의 기회를 주지는 않았던 것이다. 한글의 창제란, 한문-한글이란 이중적 문자체계를 통해 양반-상민의 차별로 이루어지는 조선의 중세적 통치질서를 완성하는 기획의 산물일 뿐이다. 한글은 애당초 자랑할 민족의 문화란 의미는 전혀

---

9) 김두종, 『韓國古活字印刷技術史』, 탐구당, 1995.

갖고 있지 않았던 것이다. 한글은 탁월한 음소문자이고, 이 점을 부정할 수는 없다. 하지만 모든 문자는 각 언어의 특성에 맞게 만들어지고 개량된 것이다. 그 어느 것도 절대적으로 우월할 수 없다. 한글이 우월한 것이고 자랑스러운 민족문화유산이란 것은, 민족어-한국어의 순수성을 강조하는 민족주의 언어관의 변형물인 것이다. 이처럼 민족주의가 근거하고 있는 인종학적 언어적 순수성은 존재하지 않는다. 그것은 존재하지 않는, 발명된 이데아에 지나지 않는다. 그럼에도 이데아는 곧 진리다. 진리를 비판할 사람은 드물 것이다.

민족의 순수성은 관념으로만 존재하지 않는다. 그것은 한국사회 속에서 힘을 갖는 담론이다. 그 작동하는 방식을 검토해 보자. 앞서 간단히 언급한 바와 같이 민족주의는 순수의 확보를 위해 오염된 것을 배제한다. 즉 순수성의 추구는 배제를 통해서 작동한다. 오염의 정화로서의 배제는 먼저 오염물을 규정하는 지극히 간단한 규칙을 갖는다. 민족적인 것은 순수한 것이고, 비민족적인 것은 오염이다.

하지만 이 간단한 규칙은 사실 합리적으로 작동하지 않는다. 오염된 것을 알기 위해서는 민족의 순수한 성질을 알아야 할 터인데, 순수한 민족이란 것을 규정하는 것이 불가능하기 때문이다. 즉 이미 언급한 바와 같이 현실에서 민족적인 것과 비민족적인 것의 구분이 불가능하다. 민족적인 것과 비민족적인 것은 단순한 구분이 아니다. '민족적', '민족적인 것'은 전술한 바와 같이 가치를 내포한 개념이다. 그것은 '선'이며 '우월한 것', '신성한 것', '거룩한 것'이다. 민족적이 아니라는 것, 즉 비민족적이거나 반민족적인 것은 악이며, 저열한 것, 야비한 것이 된다. 일본의 잔재, 왜색을 몰아내자는 것은 악을 구축(驅逐)하자는 것이며, 저열한 것, 야비한 것을 배제하자는 것이다. 이런 가치판단이 존재하는 이상, 민족적인 것의 순수는 말하기 불가능하다. 그럼에도 불구하고 민족 / 비민족의 구분은 횡행한다.

횡행하는 민족적인 것과 비민족적인 것의 구분 기준은 무엇인가. 원생산지 또는 원생산자를 따지는 방법이 가장 유력한 방법이다. 예컨대 일본인이 만든 것은 비민족적인 것이다. 일본어의 배제가 그 대표적인 예이다. 그렇다면 생산자를 기준으로 삼는 것은 적절한 것인가. 이 기준을 따르면 불교와 사찰은 민족적인 것이 아니다. 한국사회에서 불교와 사찰은 비민족적인 것으로 인지되지 않지만, 엄밀히 따지면 불교의 생산지는 인도다. 외래적이며, 비민족적인 것이다. 불교가 타자의 종교라는 사실은, 그것의 수용 과정에서 일어난 갈등, 예컨대 이차돈의 순교설화에서 확인할 수 있다. 이차돈의 순교는 토착적인 것, 즉 민족적인 것과 비민족적인 것의 충돌에서 발생한 사건인 것이다.

원생산자를 따지는 방법은 한국사회에 성행하는 거의 모든 고등종교에 공히 적용될 수 있을 것이다. 한국사회에서 가장 큰 세력의 종교인 기독교는 두말할 것도 없이 서구 기원을 갖는 외래 종교일 뿐이다. 기독교의 신 여호와(야훼)는 이집트와 팔레스타인을 떠돌던 유목민의 신이다. 한국인이면서 기독교인인 분들에게는 대단히 송구스런 말씀이지만, 2백 년 전만 해도 대부분의 우리 조상들은 여호와(야훼)를 몰랐다. 원산지를 따지면 샤머니즘 외에 한국의 모든 종교는 비민족 종교이다. 하지만 현실적으로 종교의 영역에 민족주의가 개입할 공간은 없을 것이다. 기독교를 두고 비민족적 종교라고 비난하고, 그것을 배제해야 한다고 말할 용기를 갖고 있는 사람은 아무도 없을 것이기 때문이다.

21세기의 한국인이 일상 속에서 경험하는 전통문화, 달리 말해 민족 고유의 생활문화란 대부분 19세기 문화의 연장물이다. 그리고 그것의 절대다수는 유교문화, 곧 성리학이 설계한 문화의 산물이다. 이것은 초역사적인 민족문화가 아니다. 1300년을 전후로 수입된 성리학은 1392년 조선이 성립하면서 국가의 이데올로기가 되었다. 성리학은 자신이 설계한 문화를 갖고 있었다. 전통문화하면 쉽게 떠올릴 수 있는 제례(祭禮)와 상례(喪禮)는, 『주자가례(朱子家禮)』를 기본으로 삼는다. 송대(宋代)에 편집된 이 책은, 중국 한대(漢代) 이전 고대의 제례와 상례를 바탕으로 하고 있는 바, 이 책을 조선시대인 다수가 생활 의례의 원칙으로 받아들인 것은, 아무리 빨라도 임병양란 이후다. 그 전에는 불교적 의례와 『주자가례』의 유가적 의례가 서로 충돌하고 갈등하는 시기였던 것이다. 우습지 않은가. 우리가 전통이라고 믿고 있는 것이, 중국 고대의 예(禮)라니! 일반 백성들까지 유교 의례를 수용한 것은 19세기에 와서이다. 한국 전통문화의 근거인 제례와 상례는 성리학에 근거하고, 성리학의 기원은 중국 송대가 아닌가. 굳이 기원을 따지자면, 성리학은 외래의 사상체계일 뿐이다.

현재 유가적 제례와 장례는 사라지고 있는 중이다. 반면 기독교식 장례는 늘어난다. 우리가 민족의 전통으로 믿고 있는 유교의 의례 역시 기원부터 민족적인 것이 아니며, 단지 역사 속에 형성되었다가 사라지는 문화일 뿐이다. 그럼에도 불구하고 불교와 유교를 비민족적인 것으로 확고하게 인지하지 않는 것은 시간의 퇴적 때문이다. 시간의 퇴적은 민족과 비민족을 불가능하게 한다. 그리고 종교처럼 사회적 권력을 획득한 집단에게는 민족과 비민족을 묻지 않는다. 아무도 불교와 기독교를 비민족종교라고 시비를 걸지 않기 때문이다.

시간의 퇴적과 권력에 의해서 민족적인 것이 결정된다면, 민족적인 것과 비민족적인 것은 그 속성의 상호이질성으로 정의될 수 없다. 따라서 민족적인 것과 비민족적인 것의 구별은 존재하지 않는다. 현재 근대 한국의 국가 체제와 제도는 서구의 것에서 유래한 것이지, 한국 스스로가 만들어낸 것이 아니다. 국가와 사회의 조직이 이미 서구 근대에 근거를 두고 있으니, 여기서 다시 민족적인 것을 구분하기란 불가능한 사실이 아닌가. 민족적인 것을 찾으려면 아마도 지금 정치·사회·경제의 제도를 모두 파괴해야 할 것이다. 그것이 가능할 것인가. 한국사회의 정치·경제·문화·종교 등 거의 모든 영역은 혼성일 뿐이다. 그것에서 민족적인 것과 비민족적인 것의 구분은 불가능하다. 존재하는 것은 동질적인 집단이라고 주관적으로 신념하는 집단이 있을 뿐이다

민족과 비민족의 구분이 엄밀하게 작동하는 곳은 생각보다 많지 않다. 그것은 주로 일본문화의 특정 부분을 대상으로 한다. 대표적인 것이 한국어의 어휘에 녹아든 일본어, 대중가요에 뿌리내린 일본가요, 이른바 '뽕짝'이 그것이다. 그런데 뽕짝은 거의 '민족'의 음악이 되었다. 뽕짝을 제거하자는 주장이 있지만, 그 주장을 공감하고 실천하는 대중은 드물다. 일본음식도 마찬가지다.

일식(日食)에 대한 비판은 없다. 우동은 누구나 즐겨먹는다. 일제의 잔재는 오로지 일본말 잔재에 집중될 뿐이다. 그렇다면 서구는 어떤가. 젊은이들이 열광하는 레게·힙합의 원산지는 어디인가. 고급음악으로서 클래식과 대학의 음악과에서 가르치는 음악의 기원은 어디인가. 그것은 서구의 근대음악이거나 근대음악사가 아닌가. 대중가요의 일본풍(왜색)을 지적하고 제거해야 한다는 주장은, 서구의 대중음악이나, 클래식에는 적용되지 않는다. 둘 다 모두 외래종임에도 불구하고. 즉 민족의 순수를 추구하는 배제의 원리는 이처럼 편향적이다.

근거는 다른 데 있지 않다. 일본의 식민지배에 대한 감정이 식지 않았기 때문이다. 하지만 한국이 당한 일본의 식민지배는 일본의 지배이면서 동시에 서구의 지배다. 따라서 민족적 분노는 일본을 향하는 동시에 서구여야 할 것이다. 하지만 한국사회가 개항 이후 1백 년 이상 추구해 온 근대화는 사실상 '서구화'가 아니었던가. 이 서구화를 반대하고 순수한 민족적인 것으로 회귀한다는 것은 가능한 일인가.

이렇듯 순수를 회복하기 위한 배제의 기준은 모순을 내포하고 있다. 그럼에도 불구하고 배제의 기준은 폭력적으로 작동한다. 다시 물어야 할 문제는, 배제의 기준이 타당한가 아닌가를 따지기 전에 먼저 그 편향된 배제의 기준을 전가의 보도처럼 휘두르는 민족주의의 의도가 갖는 의도를 따져야 할 것이다.

2) 우월성

민족주의의 또 다른 속성인 우월성은 역사, 곧 주로 이른바 '민족사'를 통해 강조된다. '국사'는 민족사의 다른 이름이다. 민족사─국사는 민족의 우월성을 천명하는 초월적 역사다. 그것은 조선사와 고려사, 삼국사를 초월해서 존재하는 역사를 구성해 내는 거룩한 서사(敍事)를 말한다. 국사는 민족의 우월성에 관한 이야기다. 따라서 국사는 아득한 민족의 기원부터 설하기 시작하여 현재에 이르는 '장대한' 역사다. 민족의 기원은 언제나 신성해야 하기 때문에 단군이 통치하던 신화시대로부터 시작된다.

민족주의 역사학이 구성하는 역사는 단일한 코드, 즉 민족에 의해 구성된다. 시간 위에 전개된 인간의 삶의 자취는 무한하고, 그것을 읽어내는 코드 역시 무수하지만, 민족주의 역사학은 모든 코드를 민족으로 환원한다. 따라서 국사의 주어는 언제나 '민족'으로 단일화된다. 앞서 언급한 금속활자는 기술사에서 읽어낼 수 있으며, 인쇄·출판의 역사에서 읽어낼 수 있으며, 지식사에서 읽어낼 수도 있으며, 사대부의 형성과 관련하여 읽어낼 수도 있다. 또 그 활자가 갖고 있는 기술적 결함도 지적될 수 있다. 하지만 민족주의 역사학은 그것을 '민족의 우수한 문화적 업적'이란 단일한 해석으로 추상한다. '활자'와 근접해 있는 다른 코드들의 어떤 해석도 배제된다. 역사에 작동하는 민족주의는 이미 결론을 내장하고 있는 것이다.

민족주의 역사학은 이미 완결된 기본 서사의 반복적 동의어다. 그 서사는 "(우리) 민족은 A이다(하다)"는 문장으로 요약된다. '우리 민족'이란 주어는 '한민족', '배달겨레', '한겨레', '우리 조상', '전통' 등으로 얼마든지 변형될 수 있다. A라는 술어에는 형용사와 동사가 올 수 있다. 동사 술어는 뒤에 다시 논하기로 하고 여기서는 형용사 술어에 대해 살펴보기로 한다. 형용사 술어는 '우월하다'는 의미를 갖는, 다시 말해 긍정적인 판단을 유도하는 것으로 한정된다. 우월성을 기본적으로 갖는 자주 사용되는 형용사군은 '위대하다' · '찬란하다' · '거룩하다' · '탁월하다' · '과학적이다' 등등이다. 각 어휘들은 발화(發話) 상황에 따라 적절하게 선택될 수 있다.

형용사의 용법이 원래 그렇듯, 이 형용사군은 민족이란 주어 다음의 서술어가 될 뿐 아니라, '찬란한 민족문화'의 '슬기로운 조상들' 등의 용례에서 보듯 관형어가 될 수도 있다. '민족은 위대하다'는 것뿐만 아니라 '민족은 위대했다'라는 과거형으로도 변형되며, '민족은 (계속) 위대할 것이다'의 미래형이 될 수도 있다. 물론 이 단문은 복문이 될 수도 있다. '민족은 위대했다, 위기를 겪었다, 위기를 극복했다, 더욱 위대해졌다'는 식으로 위기의 도래와 극복이란 서사를 도입함으로써 복문이 된다. 예컨대 임진 왜란은 이 변형된 서사의 전형이다. 이 서사는 위대하고 선한 주인공(한국)과 사악하고 탐욕스러운 타자(일본)의 대립이 그 줄거리다. 선한 주인공이 악한의 침입으로 위기에 처했다가 이 위기를 극복하고 조선 후기(영조·정조 시대) 진경시대에 찬란한 문화를 꽃피웠다. '우리 민족'이란 주어와 '위대하다'는 서술어를 갖는 민족주의 사학의 기본 구문이 '우리 민족은 위대하다, 위기와 시련을 겪었다, 극복했다, 더욱 위대한 민족이 되었다'로 변형된 것이다. 민족주의 사관에 의해 쓰인 임진왜란사는 사실(史實)에 기반한 픽션, 즉 역사소설과 본질적으로 다르지 않다. 위대한 민족이 시련을 겪고 다시 더 위대해진다는 이 서사는 구한말 의병의 투쟁에서도, 식민지 시기의 독립운동에서도, 해방 이후 경제개발 과정에서도 동일한 모습으로 반복된다.

임진왜란을 읽을 수 있는 다른 무수한 코드는 모두 배제, 망각된다. 임진왜란에 대한 지배층의 책임, 그리고 이 전쟁이 사대부 사회, 주자학적 사회를 공고히 했다는 사실은 모두 망각된다. 임진왜란을 경험한 개인의 삶이 어떻게 변화되었는가, 노비들은 어떤 체험을 했던가 하는 문제는 결코 제출되지 않는다. 임진왜란은 실로 가부장제가 기획하고 있던 여성의 남성에 대한 종속성을 강화하는 결정적 계기가 되었다. 임진왜란에 관련된 역사의 서술은 흉악한 왜놈들이 조선의 '순결한' 여성들을 짓밟았던 잔혹성을 더러 말하지만, 임진왜란을 기점으로 여성의 남성에 대한 성적 종속성이 강화되고, 급기야 여성의 종사(從死)가 폭발적으로 늘어났음을 언급하지 않는다.

임진왜란에 대한 책임에 대한 치열한 서술이 없듯, 구한말 조선 체제의 붕괴, 식민지화는 늘 소수 친일파에 대한 증오로 귀결되고 이유와 책임을 밝히는 데는 소홀하다. 20세기 전반의 역사 서술은 늘 식민지 지배의 가학성(苛虐性)과 독립운동을 중심으로 서술된다. 그 서술은 "일제의 식민지배는 가학적인 것이었으나, 우리 민족은 투쟁을 통해 독립을 쟁취했다"는 것을 기본 서사 구조로 삼는다. 이 서사 구조는 민족의 우월성을 천명하고자 하는 의도를 깔고 있는 것이다. 하지만 본격적인 독립전쟁을 일으킨

적이 없고, 김구가 탄식한 것처럼 미국과 소련에 의한 해방이었음은 언급될 기회를 얻지 못한다.

민족의 우월성을 입증하는 방법은 여럿이다. 영웅 만들기는 널리 유행하는 구체적인 방법의 하나다. 신채호가 만들어낸 을지문덕과 최영(崔瑩)·이순신 등이 그렇다. 단재(丹齋)는 역사의 망각 속에서 이들을 불러내어 민족을 위기에서 구한 '민족의 영웅'으로 창조했다. 을지문덕은 조선인의 기억 속에 존재하지 않았다. 19세기 말 20세기 초 극소수의 지식인을 제외하고 을지문덕을 기억하는 사람은 거의 없었다. 을지문덕은 신채호의 민족주의 역사학에 의해 지극히 빈약한 사료의 표층을 뚫고 민족영웅으로 되살아난 것이다.

신채호의 예에서 보듯, 민족의 영웅은 민족의 위기를 극복하거나, 민족문화의 수준을 높이거나, 민족의 국토를 개척하거나 민족의 차원에서 그 우월성을 입증한 인물이다. 20세기 이후 창조된 이런 형태의 민족영웅은, 전기가 창작되고 보급됨으로써 생명을 얻었다. 유아용 교재로, 초·중·고등학교 교과서로, 소설로, 티브이 드라마로, 영화로, 다큐멘터리로, 그 외 가능한 온갖 미디어를 통해 영웅의 이미지는 대중에게 유포되고 주입된다. 민족영웅과 관계 있는 곳은 성역화되어 국민의 참배를 받는다. 영웅은 무오류의 존재이며, 완벽한 인격의 존재로 서술되며, 민족의 심성 속에 살아남아 불멸하는 존재가 된다. 민족주의의 의식화된 대중들은 불멸의 이순신에게 감동할 준비가 되어 있는 것이다. 이순신 서사는 민족서사를 내포하는 동일한 서사다. 이순신이 겪는 고난과 극복의 서사는, 민족이 겪는 고난과 극복의 서사와 동일하다. 대중은 이순신 서사에 감동하는 순간 그는 민족주의 역사의 서사에 대해 자연스럽게 의식화된다. 이순신의 영웅성과 우월한 능력이 고난을 극복하고 일본을 무찌르는 것을 확인하면서 대중은 민족주의 역사학이 표방하는 우월한 민족의 구성원으로 다시 태어난다.

민족주의 역사학이 각별히 고대사에 주목하는 것도 다름 아닌 민족의 우월성을 천명하기 위한 것이다. 우리 민족의 기원은 다른 민족의 기원보다 오랜 것이고, 또 그것으로부터의 연속성이 존재한다는 것을 입증함으로써 민족의 우월성을 드러낼 수 있다고 믿기 때문이다. 모든 민족주의 역사학은 로마제국이 아님에도 로마제국에 필적하는 기원을 갖는다. 소급 가능한 선까지 최고로 소급하여 장대한 민족사를 구성하는 것은 모든 민족주의 역사학이 공히 추구하는 바이다. 오래된 기원은 민족주의 역사서술에서의 필수적인 사항인 것이다. 일본이 만세일계를 내세우는 것이나, 혹은 구석기유적을 조작하는 것이나, 한국이 한때 단기 연호를 써서 반만 년의 역사를 내세웠던 것도 모두 동일한 의식의 산물이다.

민족의 우월성을 선전하기 위한 장구한 역시의 구성은, 상이한 지리적 공간과 사회적 경험 속에 있었던 각 역사 시기를 관통하는 동일성이 있다는 가정 위에 가능한 것이다. 그러나 과연 각 역사 시기의 인간들을 초월하는 동일성이 있을 것인가. 수천 년 전의 동이족(東夷族)과 21세기의 나는 이질적인 존재다. 나와 동이족을 동일하게 만드는 어떤 요소가 객관적으로 존재한다고 믿는 것은 침착하게 생각한다면, 참이라고 말할 수 없을 것이다. 또 한국사로 편입된 발해의 말갈족과 지금 한국인들 사이에 어떤 동일성이 있을 것인가. 불교를 신념했던 통일신라의 백성이 과연 유교를 신념했던 조선조의 양반과 어떤 동일성이 있을 것인가. 더 거슬러 올라가 일본의 규슈 지역을 왕래했던 백제 사람들은 지금 한국인과 어떤 동일성이 있을 것인가. 시간을 초월한 동일성이란 실로 막연한 것이다. 동일한 것이 아니라, 동일시할 뿐인 것이다. 동일성은 민족주의 역사학이 부여하는 근거 없는 전제일 뿐이다.

한국 민족주의의 우월성은 '영토'에서 보다 명징하게 드러난다. 확장된 영토와 활동 무대의 광대함은 민족의 우월성을 가장 선명하게 드러내는 수단이다. 고구려의 광활한 영토에 대한 관심이 대표적인 것이다. 고구려는 언제나 상실된 민족의 광활한 고토로 기억된다. 민간의 역사학, 또는 일부 제도권 내의 역사학이 주목하는 해상왕국 백제의 광대한 판도도 동일한 의미를 갖는다. 국사교과서는 광개토대왕이 개척했다는, 한반도보다 넓은 영토에 색채를 입혀 민족이 개척한 광활한 영토를 찬미하면서 민족의 우월성을 민족 구성원의 뇌리에 깊이 각인시킨다.

고구려의 광활한 영토는 지금도 민족의 심성 속에는 여전히 존재한다. 서태지가 거대한 영토를 가졌던 발해를 꿈꾸고, 윤도현이 '광활한 만주벌판'을 노래하여 젊은이들을 열광시키는 것은, 민족의 우월성이 광활한 영토란 수단을 통해 개인의 의식을 제작한 결과다. 하지만 고구려에 대한 기억은 편향적이다. 이 기억은 고구려가 지금 중국 영토인 만주에 있었다는 사실과 광개토대왕 때 광대한 영토를 차지했다는 사실 외에 다른 것들을 모두 지워버린다. 고구려의 정치·경제·문화에 대한 사실은 극소수의 고구려사 전공자를 제외하면 대중은 아는 바 없다. 「광개토대왕비문」에 근거를 두고 있는 임나일본부설에 관계된 시비는 일본과 한국 민족주의의 우월성이 영토를 초점으로 하여 충돌한 것이다. 하지만 광개토대왕의 비문은 번역문일망정 아무도 읽지 않는다. 관심의 대상은, 오로지 광개토대왕과 그가 개척했다는 광대한 영토다. 그러나 그 영토가 과연 어떤 성격의 땅이었는지에 대해서는 침묵한다. 그것은 오로지 '넓이'로서만 기억될 뿐이다.

극히 짧았던 과거 한 시기 점유했던 광대한 영토에 대한 회상은 민족의 우월성을 입증하기 위한 것이다. 그러나 광활한 영토에 대한 회상의 실체는 다름 아닌 제국주의적 욕망이다. 광대한 영토에 대한 욕망은 식민지를 확장하고자 하는 제국주의적 의식의 산물인 것이다. 구체적으로 말하자면 그것은 일본 제국주의의 희생물이 되었던 일제강점기의 유산이다. 고구려와 발해에 대한 민족주의적 회상은, 사실은 한국 민족주의가 그토록 벗어나고 싶어 했던 제국주의적 지배의 욕망이 거울의 역상(逆像)처럼 반영되어 있는 것이다. 그것은 바로 제국주의적 욕망이자, 지배욕이다.

민족주의의 우월성이 보다 치밀하고 광범위히게 작동하는 것은 문화다. '문화'란 어휘가 '민족'이란 어휘와 결합하면, 그 앞에 오는 관형사는 언제나 '찬란한'이 된다. '찬란한'은 '우수한', '우월한'이란 말과 같다. 문화를 코드로 삼는 민족주의는 좌파·우파·독재·반독재를 가릴 것 없이 공히 작동한다. 「국민교육헌장」의 찬란한 민족문화를 말했던 박정희가 경주 고분을 발굴하게 하고, 무령왕릉의 유물을 누구보다 먼저 보고, 박물관을 짓고

했던 것은, '박물관 민족주의'로 요약할 수 있다. 박물관이야말로 가시적 유물을 통해 민족의 우월성을 입증하는 탁월한 도구다. 불상, 도자기는 우리가 주입받았던 대표적인 찬란한 민족문화의 상징물인 것이다. 유홍준 교수의 『문화유산답사기』의 '온 국토가 박물관'이란 명제는 '박물관 민족주의'를 최대한 간명하게 압축한 것이다.

찬란한 민족의 문화는 언제나 타자의 찬란한 문화와 비교되기 마련이다. 하지만 어떤 민족의 문화가 더 우월하다는 결론을 내릴 수는 없다. 문화는 인간이 처한 환경과의 관계에서 만들어진 것이기 때문이다. 민족의 우월성은 객관적 사실이 아니라 민족주의의 우월성을 작동시키기 위해 인위적으로 고안된 것이다. 즉 순수와 우월이란 민족주의의 두 가지 가치는 논리적 정합성 위에 서 있는 것이 아니기 때문에 종종 모순 관계를 이루며 충돌한다. 예컨대 금속활자를 보자. 금속활자의 발명은 구텐베르크의 활자에 비해 2세기 앞서 제작되었다는 점에서 우월한 민족문화의 거대한 상징이 되었다. 한국의 금속활자가 구텐베르크의 것보다 우월하려면 두 활자는 동일한 공간에 놓여 있을 경우 가능하다. 마치 체급이 같은 선수가 동일한 조건의 링에서 시합을 하듯 말이다. 구텐베르크 활자는 표음문자(알파벳)였고, 한국의 활자는 표의문자(한자)였다. 이 차이가 두 활자의 역사적 기능을 결정적으로 갈랐다. 구텐베르크 활자는 소수의 활자로 인쇄가 가능했으나, 한국 활자는 한자였기에 한 번 주조에 수십만 자가 필요하였다. 아울러 인쇄 역시 구텐베르크 활자는 기계식 인쇄 방식을 채택했으나, 한국 활자는 완전한 수작업이었다. 구텐베르크 활자는 순식간에 유럽 전역으로 퍼져 지식혁명을 일으키고, 중세의 해체를 추동하였다. 하지만 한국의 활자는 오로지 국가가 독점하였고, 그것은 중세의 질서를 완성하는 데 기여하였다. 두 활자는 그 재료가 금속이라는 것만 동일할 뿐 모든 것이 달랐다. 그것은 동일한 공간에 있지 않았던 것이다. 따라서 상호 비교될 수 없는 것이었다. 위에서 잠시 언급한 바와 같이 한국의 금속활자가 본격적으로 사용된 세종 당시 한글이라는 표음문자가 만들어져 있었으나, 양자는 결합하지 않았다. 그것은 서로 완전히 다른 맥락에서 만들어진 것이었고, 이 둘을 결합시키려는 상상력은 아예 존재하지 않았던 것이다.

국어와 한글에 민족적 가치를 부여하는 민족주의의 순수성은 당연히 타자의 문자와 언어인 한자 / 한문을 비민족적인 것으로 배제하였다. 하지만 금속활자의 경우, 그것이 한자 활자로서 한문을 인쇄하려는 극히 비민족적인 것이었음에도 불구하고, 이번에는 구텐베르크의 활자와 비교해 민족주의의 우월성을 작동시켜 그것을 민족문화의 상징으로 만들었다. 명백하게 순수성과 우월성은 상호 모순적 관계에 있었으나, 이 모순을 민족주의는 아무렇지도 않게 거두어들이고 있는 것이다.

이 모순은 금속활자의 경우만이 아니라 도처에 존재한다. 모순은 한 현상, 사물을 특정한 시각에서만 읽음으로써 발생한다. 금속활자와 함께 흔히 민족문화의 상징처럼 말하는 도자기 제작술(청자와 백자)은 중국과 일본, 그리고 중세세계의 도자기 시장과는 아무런 관련 없이 오로지 고려와 조선의 도자기만으로 이해될 뿐이다. 중국의 도자기가 유럽 시장을 겨냥하여 만들어지고 동남아시아와 아프리카까지 진출했다는 사실과, 임진왜란 때 도자기 제작술을 배워간 일본이 새로운 채색 도자기로 세계 시장을 휩쓸었던 사실은 언제나 배제·망각된다.[10] 다른 컨텍스트를 무시한 오로지 민족의 우월성이란 코드로만 역사와 문화를 읽어내는 것, 이것이 민족주의의 최대의 모순이다.

정리하자. 개인은 한국인으로 태어나는 것이 아니다. 개인이 민족주의에 의해 한국인으로 제작된 것이다. 모든 국가의 개인은, 태어난 공간을 점유하고 있는 국가 권력에 의해 국민으로 제작된다. 민족주의는 존재하지 않는 동일성을 구성한다. 동일성의 표현은 여럿이다. 인종일 수도 있고, 문화-언어일 수도 있다. 동질성의 적당한 표현물이 없다면, 그것을 날조하기도 한다. 이렇게 구성된 동질성은, 국가와 사회의 기구들, 예컨대 교육기관·메스컴·출판·영화 등의 수단을 통해 구성원들에게 다시 주입됨으로써 상호 이질적인 개아(個我)로 하여금 동일한 집단에 소속된 존재라는 소속감을 갖게 한다.

학교는 국가의 민족주의적 의도가 작동하는 대표적인 곳이다. 학교는 주로 국어와 역사·사회 과목을 통해 민족을 재생산한다. 그 외의 과목에도 민족주의가 스며 있음은 물론이다. 메스미디어 신문과 방송은 언제나 민족주의적이다. 진보적 신문과 보수적 신문은 민족주의에 대해서는 일치하는 논조를 편다. 방송국 역시 민족주의 선전의 도구다. 티브이 드라마 「이순신」은 언제나 민족의 고난과 극복을 서사화한다. 근대사를 제재로 삼은

---

10) 극히 최근에야 와서 이런 시각으로 접근하고 있다.

드라마는 일본-악(惡)이란 타자에 대해 투쟁하는 민족-선(善)을 그린다. 「역사스페셜」은 오로지 민족의 찬란한 문화를 선전하기 위해서, 우리 민족이 얼마나 우수했던가를 입증하지 않았는가.

국가의 기념일 역시 민족주의를 재생산하는 도구다. 3·1절, 광복절, 한글날, 제헌절 등은 민족사의 위기와 극복을 돌아보면서 민족의 순수성과 우월성을 다시 기억하게 한다. 일제의 잔재가 한국인의 생활과 의식 속에 남아 있다고 상기시키고, 그것을 제거 정화할 것을 계속 요구한다. 국가의 기관, 박물관, 국립묘지, 독립기념관 등도 국민을 민족주의로 의식화하는 곳이다. 특히 박물관은 '우월한 민족의 문화'로 사회구성원을 세뇌한다.

국가는 이처럼 다양한 기구와 장치를 통해 민족-국민을 제작한다. 민족-국민은 이런 기구의 작동 속에 놓여 있다. 개인의 동의 여부는 물어보지 않는다. 나에게 의견을 말할 기회는 주어지지 않는다. 동의하지 않아도 태어나는 그 순간 이후 민족-국민으로 제작될 뿐이다. 월드컵 축구에 열광적으로 몰입하여 동일한 국가의 이름을 불렀던 대중은, 열광의 시간이 끝나면 계급으로 성(性)으로 지역으로 학벌로 모두 구분되고 차별되는 존재일 뿐이다. 민족주의는 현실사회의 불평등과 부조리를 은폐하면서 수많은 기구를 통해 끊임없이 구성원을 동일한 민족으로 재생산하고 있는 것이다.

한국 민족주의의 의의는 식민지 시기의 저항적 민족주의에 있다. 그것은 인간 집단에 가해진 제국주의의 압박과 착취로부터 벗어나기 위한 저항의 의미를 지니고 있었던 것이다. 그러나 지금의 민족주의는 한국사회의 구성원들의 차별을 은폐하는 강력한 국가이데올로기로 기능한다. 그것은 성(性)에 의한 차별, 부의 소유 여부에 따른 차별, 중앙과 지방의 차별을 은폐하면서 사회 집단 전체에게 마치 동일한 권리를 갖고 누리는 구성원인 것처럼 설득한다. 한국 민족주의는 제3세계의 노동자에게는 제국주의로 기능하고 있으며, 자본-테크놀로지가 야기하는 인간의 파국적 운명까지 은폐한다. 민족주의의 생산적 기능은 이미 종언을 고한 것이다.

3. 민족을 제작하는 장치로서의 국문학

1) 민족정신과 국문학

전술한 바와 같이 20세기 한국 민족주의는 국어와 국사를 구성원에게 동질성을 부여하는 가장 중요한 장치로 삼았다. 언어적 동질성과 동일한 기억을 갖는 존재로서 동질적 국민을 제작하는 것이 민족주의의 목표였던 것이다. 국사에 대해서는 말할 계제가 아니기에 줄이고, 국문학으로 논의의 대상을 좁힌다.

1910년 한일병합은 민족주의의 실현, 곧 국민국가의 성립을 막았다. 조선인에게 있어 민족은 곧 국민으로서, 민족국가는 곧 국민국가였던 바, 식민지화는 조선인에게 '국가'를 박탈했던 것이다. 일본 제국의 이등 국민이 되어 차별을 받기 시작한 것은,[11]

일본이란 타자와 스스로를 구별하는 민족의식이 강화되는 계기로 작용하였다. 일본인과의 차별은, 조선인의 민족의식 속에 존재하는 '단일 민족'이 조성하는 '평등'이란 판타지에 반하는 것이었다. 독립운동은 이렇게 시작된 것이다. 독립은 곧 동일한 민족의 구성원이 평등하게 존재하는 사회의 도래를 보장할 것처럼 생각되었다. 이 역시 판타지였지만.

식민지 시기의 민족주의는 민족에 상응하는 국가의 존재를 요구하였다. 독립은 곧 민족을 담을 국가를 요구했던 것이다. 국문학 연구는 사실상 독립운동이었다. 『국문학사』의 저자 도남(陶南) 조윤제(趙潤濟)는 그 서문에서 이렇게 말한다. "돌이켜 생각하면 나는 민족독립운동의 일환으로서 국문학을 연구하여 왔고, 해방 후에는 뜻하지 않은 민족분열이 되매 하루도 민족의 통일을 잊어본 적이 없었다."12) 『국문학사』의 서문에서 조윤제는 1948년 8월 15일 남한 정부가 구성된 그 날을 떠올리면서 "나는 국문학사 강의의 첫 시간을 마치고 내 연구실에 들어가 뜨거운 눈물이 방울방울 내 옷깃에 떨어지고 있는 것을 깨달았다"며 고백한 것은, 다름 아닌 홀로 남았던 '민족'이 자신의 다른 짝인 '국가'와 재회했기 때문이었다. 이처럼 민족과 국가는 분리될 수 없는 것이었다. 식민지화 이후 '국가'를 상실한 민족주의는 끊임없이 조선인들의 민족됨, 자기 동일성을 강조하기 시작했다. 식민지시기에

---

11) 물론 식민지 체제의 근대적 성격은 아울러 과거 조선 체제 속에서 차별을 받은 일부 조선인에게 근대적 합리성에 의한 사회 이동성을 약간 보장함으로써 환영받았다.

12) 조윤제, 『국문학사』. 이 서문은 1963년 3월 1일에 쓰인 것이다.

'국어' 연구와 '국문학' 연구가 본격화된 것은 바로 이 때문이다. 전자는 조선어학회를 중심으로, 후자는 조윤제를 비롯한 국문학 자들이 이루어냈다. 그것은 궁극적으로 '민족'으로 구성되는 국 가를 만들기 위한 필수불가결한 예비작업이었던 것이다.

국어(조선어) 연구는 국문학의 연구에 앞서고 학문적 업적도 뛰 어났지만, 한국어 그 자체가 민족의 우월성을 천명할 수는 없었 다. 주시경과 최현배의 학문적 전통을 이어받은 허웅의 『국어학』 은 빼어난 책이지만, 그 책 어디에도 한국어에서 추상(抽象)되는 민족의 정신은 어디에도 없다. 이 책은 한국어의 언어적 특질을 밝히고자 했을 뿐이었기에 사실상 민족의 정신을 찾기는 불가능 하다. 즉 민족의 정신을 찾아야 한다는 주장은 실제 언어 연구에 서 처음부터 괴리되어 있는 관념일 뿐이다. 국문학사의 사정도 국어학과 크게 다르지 않았다.

자산(自山) 안확(安廓)은 최초의 국문학사인 『조선문학사(朝鮮文 學史)』의 서론에서 이렇게 말하고 있다.

> 그런데 문학사라 하는 것은 문학의 기원 변천 발달을 질서적(秩序的) 으로 기재(記載)한 것이라 즉 일국민(一國民)의 심적(心的) 현상의 변천 발달을 추구(推究)하는 것이라. 대개 일국민의 심적 현상을 표한 것은, 홀로 문학뿐만 아니라 정치 미술 종교 등 같은 것도 불소(不少)하다. 연 (然)이나 문학은 가장 민활 영묘하게 심적 현상의 전부를 표명함으로써 기국민(其國民)의 진정한 발달 변천을 알고자 하면 차(此)보다 더 대 (大)한 것이 없나니 고로 차점(此點)으로 말하면 문학사는 일반역사 더 욱 인문사(人文史)의 중요되는 일부로뿐 아니라 변(翻)하여 제종(諸種) 의 역사를 다 해명한 것이라 하기 가하니라.[13]

안확의 문학사에서 민족은 국민으로 치환되어 있다. 국민과 민족이 동일어임은 앞에서 이미 말한 바 있다. 안확은 문학사가 '국민의 심적 현상을 표한 것'이라고 말한다. '국민의 심적 현상'은 '겨레의 정신'이나 민족정신과 동일한 것이다. 그런데 국민의 심적 현상은, 정치·미술·종교로도 표현되지만, 문학이야말로 '민활 영묘'하게 심적 현상의 전부를 표명한다고 주장한다. 곧 국민의 '심적 현상'의 진정한 발달 변화는 문학사의 연구를 통해 가능한 것이다. 문학에 특권적인 지위를 부여한 것이다. 문학이 왜 이런 특권적인 지위를 부여하는가. 그것은 아마도 민족어가 민족의 정신을 표현한 것이라는 것, 나아가 문학이 민족어의 미적 표현물이라는 관념에서 나왔을 것이다. 요컨대 민족어의 신성성이 문학사에 특권적인 지위를 부여했다는 점은 아마 췌언을 요하지 않을 것이다.

안확의 경우에서 확인할 수 있듯 국문학사의 목적은 뚜렷하다. 그것은 민족/국민의 정신을 추출하는 것이다. 문학사에서 찾아낸 정신은 다시 국민을 제작하는 데 동원되어야 할 것이다. 『국문학사』의 저자 조윤제는 서문에서 이 점에 대해 이렇게 말했다. "경술년에 우리 민족이 최대의 치욕을 받은 이후 정치가는 마음에 칼을 품고 해내외에서 치열한 투쟁을 하였으며, 문필가는 붓을 들어 우리의 문화 앙양에 큰 노력을 할 때 나는 우리 민족의 정신을 고취하여 보고자 우리 고전문학 연구에 발을 들여놓았었다."[14] 역시 '민족의 정신'을 고취하는 것, 즉 민족의 정신을 찾

---

13) 안자산, 『朝鮮文學史』, 한일서점, 1922, 2면.
14) 조윤제, 『국문학사』(「초판시의 서문」, 1948.8.23).

아 널리 알리는 것이 국문학사 연구의 목표였던 것이다.

조윤제는 『국문학사』의 결론에서 국문학의 특질, 민족정신을 '끈기'로 요약했다. "그러나 「끈기」로서 특질을 삼는 우리 국문학은 결코 소멸하진 않았다"[15]라고 조윤제는 이 결론을 바탕으로 재차 민족의 정신을 탐구해 마침내 그것을 찾았으니, '은근과 끈기'가 그것이었다. 하지만 은근과 끈기란 근거가 박약한 구체성 없는, 추상어에 불과했다. 즉 조윤제의 은근과 끈기는 순수한 민족어(국문)로 표기된 국문학(국문문학)이 한문이란 비민족언어로 쓰인 한문학의 압박 속에서도 사라지지 않고 끈질기게 살아남은 현상을 근거로 하여 요약된 말이었다. 그것은 문학 작품의 내용적 특질에서 추상된 것이 아니라, 민족어문학과 비민족어문학의 계속된 동서(同棲)란 현상에 근거한 것이었다. 문언문학(文言文學)과 속어문학(俗語文學)의 동서는 조동일의 『한국문학통사』의 논리를 빌리자면 다름 아닌 중세문학사의 특징이었다. 장구한 시간 속의 무수한 문학 작품의 내용적 특질을 한두 관념어로 요약하고자 하는 것 자체가 이미 불가능한 일이거늘, 민족어와 비민족어를 구분하고 민족어문학과 비민족어문학의 동서에서 민족어문학이 비민족어문학의 압박에도 불구하고 지금까지 사라지지 않고 전해졌음을 국문학의 특질로 보는 것은 참으로 우스꽝스러운 근거 없는 결론이었던 것이다. 국어학이 실제 연구에서 한국어의 언어적 특질을 밝히는 데 그치고 민족의 정신에 대해서는 침묵하였듯, 국문학 연구 역시 민족의 정신을 찾으려 했지만, 공

---

15) 위의 책, 600면.

허한 결론에 도달하고 말았던 것이니, 그 원인은 원래 찾을 수 없는 것을 찾고자 했기 때문이었다.

2) 국문학의 자기 정의-순수 민족어문학의 확립과 한문학의 배제

국문학사의 연구와 서술에서 선행되어야 할 것은 국문학의 범위를 확정하는 것이었다. 국문학의 범위는 국문학의 정의와 관계된 것으로 실로 간단치 않은 문제였다. 국문학은 조선시대에는 존재하지 않는 것이었다. 존재했던 것은, 시조(時調)와 가사(歌辭)와 국문소설(國文小說)이었고, 그것들은 조선시대인들의 당대적(當代的) 필요에 의해 존재했던 것이었다. 또 그것들은 따로따로 개별적으로 존재하는 것들이었다. 국문학이란 범주로 엮여 있지 않았던 것이다. 요컨대 존재했으되, 그것은 국문학으로 존재하지 않았고, 문학사로서 인식되지 않았던 것이었다. 시조와 가사, 국문소설은 민족주의가 성립하면서 국문학으로 존재하기 시작하였다. 그렇다면 과연 무엇을 국문학으로 인정해야 할 것인가. 국문학이란 집합을 구성하는 요소는 무엇인가. 이것이 초기 국문학자들의 고민이었다.

여기에 민족주의의 순수성이 작동했다. 국문학은 순수한 민족어로 구성되어야 한다는 것이었다. 국문학 연구자들은, 곧 순수한 한국어로 쓰인 문학에 집중했다. 순수한 한국어는 곧 타자의 언어로 한문/한문학을 설정하고 배제하기 시작했다. 하지만 국문학을 '순수 한국어문학'으로 규정하고자 한 시도는 출발부터 심각한 문제에 봉착했다. 그것은 한국인에 의해 제작되고 유통된 문학의 실상을 왜곡하는 것이었다. 조윤제의 『국문학사』의 결론 부분을 보자.

그런데 신라통일을 전후하여 대륙의 우수한 문화가 엄습(掩襲)하여 오니 원래가 아직 굳게 형성하질 못한 국문학(國文學)은 적지 않은 타격을 받아 형성만은 되었으나 순조로운 발달을 하지 못하였다. 더욱이 고려 일대는 가위(可謂) 국문학사상 암흑시대로서 한편 한문학(漢文學)이 크게 발달하여 가는 바람에 국문학은 갓으로 갓으로 밀리어 그 존재조차 희미해지고 하마터면 그 생명조차 위험할 상태에 빠졌다.

그러나 「끈기」로서 특질을 삼는 우리 국문학은 결코 소멸하진 안했다. 곤란이 있으면 있을수록 더 끈기 있게 참았고, 실과 같은 목숨이었으나 모든 것을 극복하고 능히 그 생명을 유지할 수 있었다. 그러다가 고려(高麗)의 흑운(黑雲)도 물러가고 조선(朝鮮)의 하늘이 개니 끊어질 듯 끊어질 듯 하던 생명이 훈민정음의 반포(頒布)와 국학정신(國學精神)의 싹이 틈으로부터 다시 소생하기 시작하였다.

이로부터 국문학은 반발하여 한문학을 압박하고 날로 성장 발달하여 갔다. 더욱이 임란후(壬亂後) 평민계급(平民階級)의 자아각성(自我覺醒)으로 말미암아 일층 국문학은 발달하였으며, 영조조(英祖朝)에 실학정신(實學精神)이 팽창하자부터는 자기반성에 따른 생활 해방운동이 일어났더니 드디어 근세(近世) 서양문화(西洋文化)의 유입(流入)에 기세를 얻어 일대 문학운동을 일으켜 온전히 한문학을 구축하고 국문학으로 하야금 복구귀정(復舊歸正)케 하여 기명(其命)이 유신(維新)하였다.16)

위의 인용에서 보듯 조윤제의 국문학은 오로지 국문으로 표기된 문학이다. 그 국문학은 오로지 한문학과 투쟁하는 국문학이

---

16) 위의 책, 같은 면.

다. 그 투쟁의 간단(間斷) 없는 연속성이 '끈기'다. 조윤제의 끈기란 다른 것이 아니라, 한문학과 투쟁하여 쉬지 않는 끈기일 따름이다. 나아가 이 끈기는 대륙 중국의 우수한 문화로부터의 독립을 말한다. 그런데 이것은 곧 한국문화의 열등함을 전제하는 것이다. 그의 끈기는 열등한 문화가 우월한 문화에 감염되지 않으려는 이상한 노력을 말한다. 참으로 기묘하지 않은가.

조윤제의 논리적 파탄은 곳곳에서 드러난다. 임진왜란 후 평민계급의 자아각성이 일어났는가 하는 것도 과연 문제거니와, 국문학이 한문학을 압박하고 날로 성장했다는 것도 사실과 부합하지 않는다. 국문학의 성장은 물론 말할 수 있다. 하지만 한문학 역시 발전 성장했던 것은 말할 나위가 없다. 조윤제에 의하면, 한문학을 온전히 구축(驅逐)하고 국문학으로 하여금 복구귀정(復舊歸正)하게 한 것은 국문학 자체의 발전 동력보다는 결정적으로 '근세 서양문화의 유입'에 기세를 얻었기 때문이었다. 그렇다면 끈기를 도출해 낸 한문학의 제거는 실로 다른 타자 즉 근대 서양문화의 유입에 의한 문학운동 때문이 아닌가. 이것은 국문학이 스스로 발전해나갔다는 주체성과 모순적인 관계에 놓인다.

조윤제의 『국문학사』는 국문학이 한문학을 대상으로 하여 벌인 투쟁의 과정을 서사(敍事)의 골격으로 삼고 있다. 그 투쟁의 간단없음을 끈기라고 불렀던 것이다. 앞에서 지적한 바 있지만, 이 문제를 조금 더 상세히 논해 보자. 조윤제에게 있어서 한문학은 국문학이 투쟁해서 제거해야 할 대상이었다. 국문학사의 발전은 한문학의 손아귀로부터 벗어나는 것이었다. 그는 이렇게 말한다. "이것이 우리 국문학사의 줄기일 것이나, 돌이켜 생각하면 국문학사(國文學史)는 우리 국문학과 한문학과의 투쟁의 역사이었고, 또 한국에 일어나는 모든 문화와의 교섭의 역사이었다."[17] 그의 독특한 유기체적 시대 구분 역시 국문학과 한문학 사이의 관계에서 국문학 세력이 커지느냐 아니냐를 생물의 죽살이에 비긴 것이었다.

조윤제의 『국문학사』는 이처럼 국문학과 한문학의 투쟁의 역사를 기술했지만, 그 스스로 한문학사를 국문학사 내부에 거두는 모순을 범하고 있었다. 그는 한문학에 대해 "한국 사람의 손에 발달한 한문학은 작자 자신뿐 아니라 당시 일반 사회까지가 그것이 자국문학(自國文學)이라는 데 일 점 의심을 갖지 않았고, 또 한국말로써 표기된 문학보다도 더 잘 한국 사람의 사상 감정생활을 표현하여 있다는 사실로 비추어 보면 적어도 고대의 한문학만은 전연 한국문학과 관계없다고 할 수 없을 듯하다"[18]고 밝히고 있다.

이상하지 않은가. 한문학이 한국말로 표기된 문학보다 더 잘 한국 사람의 사상 감정생활을 표현해 왔다니! 한문학이 한국말로써 표기된 문학보다도 더 잘 한국인의 사상 감정생활을 표현한다는 사실은 실로 난감한 문제였을 것이다. 그렇다면 한문학을 정식으로 국문학으로 거두어야 하지 않겠는가. 그는 한문학 유산의 양적 크기와 내용의 우월성에도 불구하고 한문학을 배제할 경우 초래되는 불길한 결과를 예측하고 있었던 것이다. 그러나 민족어 중심이라는 대전제를 포기할 수는 없었다.

---

17) 위의 책, 601면.
18) 위의 책, 4면.

조윤제의 난감함은 민족주의가 내장한 핵심적인 모순을 건드린 것이었다. 민족주의는 문화 현상의 원제작자에 비상하게 주목한다. 일본어를 제거해야 하는 것, 한문을 제거해야 하는 것은 그것의 제작자가 타민족이기 때문이다. 그것은 이런 문장으로 나타낼 수 있다. "중국인이 중국어(한문)를 만들었다." 한문 / 한문학이 제거되어야 하는 이유는 그것의 주어가 중국인이기 때문이다. 하지만 문화 현상은 '제작하다'는 술어를 가질 뿐만 아니라, '사용하다'는 술어를 갖기도 한다. 종교의 경우 불교는 한국인이 제작한 것은 아니지만, 한국인이 오랜 기간 '사용해' 온 것이다. 따라서 불교는 민족의 문화로 인정된다. 한문 / 한문학의 제작의 주체는 중국이다. 하지만 한국인은 사용의 주체이기도 하다. "한국민족은 한문 / 한문학을 제작했다"는 문장은 민족주의에 의해 부정되지만, "한국민족은 한문 / 한문학을 사용했다"고는 말할 수 있다. 이 경우 주체는 한국민족이다. 국문학은 제작과 사용의 주어가 한국민족이지만, 한문학은 바로 사용의 주어만 한국민족이었던 것이다. 이 경우는 앞서 검토한 바와 같이 한문 / 한문학만이 아니라, 거의 모든 사회 영역에서 보편적으로 발견되는 현상이다.

조윤제는 이 난관을 '큰 한국문학'이란 개념을 설정하여 돌파하고자 했다. 즉 순수한 국문문학을 '순조선문학'이라고 하고, 한문학을 포함한 한국문학을 '큰 조선문학'으로 설정했던 것이다. 조윤제의『국문학사』의 각 장(章)은 먼저 국문문학에 대해 서술하고 장의 마지막마다 한문학에 대해 서술하고 있다. 마지막 장만 모아 연결하면 부족하나마 한문학사(漢文學史)가 된다. 빈약한

국문문학사가 장대한 한문학사를 누르고 집어삼키고 있는 꼴이 된 것이다. 이것이 국문학사가 존재했던 것이 아니라, 오로지 구성된 것일 뿐이라고 하는 이유다. 모순은 여기에 그치지 않는다. 조윤제는 설화(說話)・소설(小說) 등은 한문으로 기록되었다 해도 '순조선문학'에 넣어서 취급하고자 했다. 그 이유는 이렇다.

> 즉 같은 소설이면 한문으로 쓰이었거나 국문으로 쓰이었거나 동일한 계통문학으로서 발달하여 그 관계의 깊음이 동일한 표기문자의 이종문학에 비할 배 아니라는 점에서 형식적인 표기문자에 구애됨이 없이 한문・국문의 작품을 한 문학적 사상(事象)으로서 취급하는 것이다.[19]

한문으로 쓰인 설화・소설을 순조선문학에 포함시키는 것은 순수한 국문만으로 쓰인 것이 국문학이라는 정의를 스스로 위배한 것이다. 한문으로 표기된 소설이 표기문자에 상관없이 동일한 계통문학으로 발달했다는 것도 납득하기 어렵다. 왜 이런 편법이 필요했던가. 후술하겠지만, 그것은 소설, 설화와 같은 서사문학에 대한 강렬한 끌림이다. 즉 그것은 추측컨대 '서구의 근대소설'을 의식하고 있는 것이다. 즉 소설의 발달을 근대문학의 발달과정으로 인식함으로써, 국문학사 내부에서 소설의 발달을 찾고 싶은 욕망의 표현인 것이다. 어쨌거나 민족주의 언어관에 입각한 순수한 자국어문학만으로 순수한 국문학사를 구성하려는 생각은, 한문학의 존재를 부정하려 했으나, 한문학의 압도적 실재는 사실 그 구성을 비틀어놓고 있었던 것이다. 즉 소설과 설화처럼

---

19) 위의 책, 7면.

구차한 예외를 두고 말했던 것이다.

조윤제는 국문학의 역사를 한문학과의 투쟁의 역사로 보고, 거기서 궁극적으로 한문학에 밀리지 않은 현상을 국문학의 특질로 보았다. 한문학은 투쟁의 대상이자 적이고 타자였던 것이다. 그런데 타자가 다시 국문학에 속하게 되었다. 이 모순은 오로지 민족어의 순수성에 집착한 민족주의 때문이었다. 민족주의를 해체하지 않는 이상 이 모순은 해결될 수 없었다.

한국어의 순수성에 극단적으로 집착한 경우가 김사엽(金思燁)의 『국문학사』다. 경성제국대학 조선어문학과 출신인 김사엽 역시 1948년 『국문학사』(정음사)를 저술했던 바, 그 서문에서 자신이 조선어문학과 재학 중 퇴계(退溪)·고봉(高峰)의 성리설에 대한 강의와 『홍재전서(弘齋全書)』, 『동인시화(東人詩話)』, 한시 작법 등에 대한 강의를 받았음을 비판적으로 회고한 뒤 이렇게 말하고 있다.

지난날의 조선문학의 뒷 자취란 낭자(狼藉)하기 그지없고 빈약(貧弱) 소조(蕭條)하기 그 무엇에다 비기랴! 송강(松江), 고산(孤山), 서포(西浦)와 같은 작가가 열 사람만 있었더라도 이다지 초라하지 않았을 걸 하고 나는 이 글을 엮어 나가는 동안에 몇 번이나 눈물 머금었다.

우리네 얼, 우리네 문학을 남국(南國)의 장글(정글)과도 같이 한문(漢文)에 가리고 가리어, 좀처럼 그것을 헤치고 빠져 나가기가 거북한 오늘날의 형편이다. 겹겹이 싸이고 덮이어 참된 짓(容止)을 캐어 내기란 어느 곳에서는 불가능한 대목이 아직도 가로 놓여 있는 지경이다.

국문학은 한문 / 한문학이란 정글에 가려져 버린 것이다. 김사엽 역시 국문학에서 민족의 정신을 찾으려 했던 것인데, '우리네 얼' 곧 민족정신은 한문에 가려져 찾기가 거북하였다고 한다. 김사엽의 사고에서 한문/한문학은 국문학과 민족정신을 가려버리는 불쾌한 타자의 것이다. 국문문학만을 오로지 국문학으로 생각한다는 점에서 김사엽의 생각은 조윤제의 그것과 사실상 다를 바 없다. 하지만 김사엽의 실천은 보다 경직된 것이었다. 그는 『국문학사』를 서술하면서 한문학을 완전히 제거해 버렸던 것이다.

한문학의 처리는 참으로 난감하였다. 김사엽처럼 한문학을 완전히 배제하는 쪽이 없진 않았지만,[20] 그래도 국문학사 서술은 대부분 어떤 형태로든 한문학을 포함시키려 하였다. 그 논리 역시 조윤제의 연장이었다. 순수한 국문학을 주장하면서도 한문학을 배제할 수 없는 이 상황은 실로 국문문학의 빈약한 전통 때문이었다. 민족어의 순수성에 입각한 문학사의 구성은 필연적으로 한문학을 완전히 배제하거나 축소하여 서술할 수밖에 없었던 바, 이것은 결과적으로 문학사의 서술을 형편없이 빈약한 것으로 만들고 말았다. 생각해 보라. 한국어문학으로만 구성된 문학사란, 상대문학에서는 「황조가(黃鳥歌)」·「구지가(龜旨歌)」 등의 몇 편의 한역(漢譯)노래, 신라시대에는 향가(鄕歌) 14수, 고려시대에는 『균여전(均如傳)』의 향가 11수, 20수 이하의 고려가요(高麗歌謠)에 지나지 않는다. 몇몇 설화를 덧붙여 부풀린다 해도 그 장구한 세월에 비해 남은 것은 정말 빈약하기 짝이 없다. 김사엽의 '이다지도

---

20) 우리어문학회, 『국문학사』, 신흥문화사, 1950.3.

초라하지 않았을 걸'이라는 탄식은 민족어의 순수성에 집착하는 그 순간 이미 예정되어 있던 것이었다.

한글이 만들어진 조선시대에 들어와서도 문제는 달라지지 않았다. 훈민정음은 애당초 민중용으로 만들어진 것이었기 때문에 문학의 주담당층인 사대부들은 이 문자의 사용을 기피하였다. 한글은 극히 일부 사대부층의 시조나 가사를 기록하는 데 쓰이다가, 18세기 초반에 가서 비로소 비사대부층(포교나 서리층)이 『청구영언(靑丘永言)』 등의 가집(歌集)에 가창(歌唱)의 필요에 따라 시조를 거두어 모으기 시작했고, 이내 서민층의 국문소설을 담기 시작했다. 국문문학의 영역은 넓어지고 있었지만, 아무리 거슬러 올라가도 그 역사는 한글 창제 이전으로 소급할 수 없었다. 한편 국문학이란 이름으로 국문소설 등을 국문학자들이 높이 평가해 왔지만, 국문문학이 한문학에 비해 양적·질적으로 매우 낮은 수준에 머물러 있었음을 부정할 수는 없다.

이러한 이유로 인해 이후의 국문학사는 여전히 한문학에 대해 애매한 태도를 취하게 되었다. 그 대표적인 것이 이병기(李秉岐)·백철(白鐵)의 『국문학전사(國文學全史)』다. 『국문학전사』는 제1부에서는 고전문학사(古典文學史), 제2부에서는 신문학사(新文學史)를, 그리고 부록에서 '국한문학사(國漢文學史)'를 서술하고 있다. '국한문학사'란 이 기묘한 제목을 단 내용물은 다름 아닌 '한국한문학사(韓國漢文學史)'다. 한국한문학사는 이미 김태준(金台俊)이 『조선한문학사(朝鮮漢文學史)』로 정리한 바 있었다. 그런데 갑자기 '국한문학사'란 기묘한 이름을 붙인 것은 어찌된 일인가. 이 문제는 원래 조윤제의 고민에서 극명하게 드러난 바 있었다.

전술한 바와 같이 조윤제는 국문학과 한문학과의 대립에서 국문학사의 특징을 찾고자 했지만, 한문학을 버리지 못하고 『국문학사』의 각 장의 끝에 한문학사를 부기(附記)하는 모순에 빠진 바 있었다. 그런데 이병기·백철의 『국문학전사』는 조윤제의 『국문학사』처럼 부기하지도 못하고, 김태준처럼 따로 한문학사를 독립시켜 '국문학사'의 범위 속에서 분리시키지도 못하였다. 문제 설정의 오류로 인한 고민의 산물이 『국문학전사』의 어정쩡한 부록 '국한문학사'였던 것이다.

이병도(李丙燾)는 이 책의 출간을 축하하는 서문에서 이 문제에 대해 이렇게 말하고 있다. "부록의 한문학사(漢文學史)는 이 책의 무게와 특색을 더욱 나타낸 것이라 할 수 있다. 엄밀한 의미에서 본다면 한문학은 국문학의 영역 외에 속하는 것이지만, 양자 관계의 긴밀성으로 보아, 서로 떠날 수 없는 자매 관계에 있으므로, 우리 국문학사의 부록으로 한다는 것은 당연하고도 의미심장한 것이라 하겠다."[21] 한문학은 국문학의 영역 외에 속한다고 말하면서, 또 떠날 수 없는 자매 관계에 있어 부록으로 삼는다고 하니, 종잡을 수 없는 논리가 아닌가. 이병도는 한문학사를 부록으로 서술한 것을 두고, 『국문학전사』의 무게와 특색을 더욱 나타낸 것이라고 높이 평가해 주었지만, 사실은 문제의 핵심을 피해 가기 위한 둔사(遁辭)가 아닐 수 없다. 아마도 이병도는 부록의 한문학사를 제대로 읽어보지 않았을 것이다.

『국문학전사』가 한문학에 '국한문학사(國漢文學史)'란 기묘한

---

21) 이병기·백철, 『국문학전사』, 2면.

이름을 붙이며 부록으로나마 독립시켜 다룰 수밖에 없었던 것은 "그 자료의 양에 있어서 압도적 시위를 하는 것이 한문문학"[22]이라는 점을 인지하고 있었기 때문이었다. 그러나 한문학은 국문학의 개념에 비추어보았을 때 "순수한 국문학적 자료들이 아님이 분명"[23]했다. 『국문학전사』의 개념 정의에 따르면, 국문학은 "본질적으로 우리말과 우리 민족의 글자에 의한 표현"[24]이어야 하며, "그 국민의 감정 사상을 내용으로 삼은 조건과 함께, 그 형성에 있어서 반드시 그 국민어(國民語) 그 글자로서 표현 형성하는 조건이 동반되어야 하는 것"[25]이기 때문이다. 한문학은 국문학의 범위에 들어가지 않음이 명백한 것이다. 그럼에도 불구하고 여전히 조윤제의 고민은 계속된다. 즉 누차 언급했듯, 그것은 국문학사의 빈곤은 어쩔 수가 없었던 것이다. 따라서 한문학을 포함하기로 하는 바, 그 방법은 "국문학적 내용을 가진 자료만을 추리는"[26] 것으로, 그 국문학적 내용이란 다름 아닌 "비록 한자 한문(漢字漢文)의 표현이지만 그 작품의 사상 감정으로 봐서 우리 민족적 본질을 써낸 것"[27]이었다.

여기서 지적될 수 있는 문제는 민족적 본질이다. 한문학을 국문학으로 선별할 수 있는 기준은 사상 감정에서의 민족적 본질인 바, 이 경우 민족적 본질이 먼저 밝혀져 있어야만 한문학에

---

22) 위의 책, 5면.
23) 위의 책, 같은 면.
24) 위의 책, 3면.
25) 위의 책, 4면.
26) 위의 책, 6면.
27) 위의 책, 같은 면.

대한 선별이 가능하다. 그러나 그 선행해야 하는 민족적 본질은 존재하지 않는 텅 빈 기호에 불과하다. 무엇이 민족적 본질인가. 아니, 국문학의 연구를 통해, 즉 이른바 국학의 연구를 통해서 밝혀져야 할 것이 '민족적 본질'이 아닌가. 결국 민족적 본질을 준거로 하여 한문학을 선별하겠다는 것은, 실제로는 무책임한 발언에 지나지 않았던 것이다. 그 결과 한문학사를 서술하고 나서 내린 결론은 지극히 한심하였다. 「결언」 전체를 인용하면 다음과 같다.

> 이미 말한 바와 같이 우리의 한문학은 그 대개는 '문필진한 시즉성당(文必西漢 詩則盛唐)'인 그 범주에 지내지 못하였던 것이었다. 그 속에서 어떤 세칙(細則)을 마련하여 보았은들 한 구구한 세칙일 뿐이었다.
>
> 한문은 우리 고대문화(古代文化)에 있어 그 은공(恩功)이 있던 동시에, 우리 고유한 문화의 그중추적인 것을 저지(沮止) 침체(沈滯)하게 하였었다.
>
> 우리 국학(國學)의 정신은 이 때문에 미약(微弱), 타락(墮落)케 되었으며 사대(事大)의 정책 및 사상이 더욱 확대 팽창하게 되었다. 우리는 이런 역사의 나라에서 지낸 선인(先人)들만 탓할 것이 아니라, 앞으로도 우리의 영원한 장래를 위하여 이런 역사를 거울삼고 더 큰 자각과 더 큰 노력이 있어야 한다.[28]

한문학사를 따로 다룬 것이 큰 업적이라 자찬했으면서도 그 결론은 이처럼 허망하다. 한문학은 고유문화를 저지·침체케 한 원흉이고, 국학을 미약·타락케 하였으며, 사대사상(事大思想)을 확대·팽창케 한 근거다. 한문학사의 존재의 의미를 부정하려는

---

28) 위의 책, 553면.

결론을 내리려고 한문학사를 저술하다니, 그 이유를 알다가도 모를 일이다. 이런 결론이라면 한문학사를 굳이 다룰 것은 무엇인가.

한문학사의 처리는 이후 여전히 난감한 문제로 남았다. 그것은 민족주의의 순수성을 포기하지 않는 이상 여전히 해결될 수 없는 문제였다. 이후의 수많은 국문학사는 국문문학을 주축으로 서술하되, 한문학을 포함시키든지 독립시키든지 그 서술 방식에 상관없이 어정쩡한 상태에서 적당히 비빔밥을 만들고 있었던 것이다. 한문학사를 전문적으로 서술하는 경우도 사정은 동일하였다.

한문학을 전공했던 이가원(李家源)은『한국한문학사(韓國漢文學史)』의 서문에서 고민의 일단을 내비쳤다.

> 이는 실로 한국의 고전문학(古典文學)을 통틀어 놓고 보더라도 한자로 표기된 작품이 한글로 표기된 그것에 비하여 양적으로나 질적으로나 오히려 불급됨이 없을 만큼 되어 있기 때문이다. 이는 물론 기형적(畸型的)인 사실이긴 하지만 역시 역사적인 실증(實證)에 비추어서 어떻게 할 수 없음도 사실이었다. ……
> 이 한국의 「한문문학(漢文文學)」은 결코 한갓 중국의 그것들만을 효빈(效嚬)·축취(逐臭)한 것이 아니었고 거기에는 가다금 독특한 형태와 이채로운 사조(思潮)가 나타나서 민족자주적(民族自主的)인 '영(靈)'과 '물(物)'이 충분히 의존(依存)되어 있음을 거듭 느끼곤 했다.[29]

이가원 역시 한문학의 존재를 기형적인 현상으로 보았다. 이가원의 의식 역시 이병기·백철의『국문학전사』와 동일했던 것

---

29) 李家源,『韓國漢文學史』, 보성문화사, 1961.

이다. 이가원은 한문학을 전공한 사람답게 한문학이 양적으로 질적으로 국문문학을 능가할 수 있다고 말한다. 특히 중요한 것은 그의 양뿐만 아니라 질적으로도 모자람이 없다는 발언이다. 이가원은 한문학의 예술적 성취가 국문학을 상회하는 것이라고 넌지시 말하고 있다. 하지만 그는 굳이 우수하다고 말하지 않고 '불급됨이 없다'고 조심스럽게 말한다. 이것은 그가 한문학의 존재를 기형적인 것으로 파악할 수밖에 없었던 데 기인한다. 그는 한문학을 전공했지만 사실상 조윤제·이병기·백철의 문학사 서술의 문제의식을 뛰어넘지 못했던 것이다. 그는 또 '가다금' 독특한 형태와 이채로운 사조의 출현으로 "민족자주적인 '영(靈)'과 '물(物)'"이 충분히 의존되어 있음을 거듭 느꼈다지만, 그 '영(靈)'과 '물(物)'이 무엇인지를 구체화할 수 없었던 것이다. 왜냐하면, 그것들은 전술한 바와 같이 기존의 문학사가 찾고자 했던 민족정신처럼 시니피에(signifié)가 없는 텅 빈 기호이기 때문이다.

한문학의 처리 문제를 두고 이렇게 문학사가(文學史家)들이 모순에 빠져 혼란을 겪었던 것은 두말할 것도 없이 민족어의 순수성이란 관념에서 벗어날 수 없었기 때문이었다. 순수한 민족어로 구성되는 국문학사는 필연적으로 초라할 수밖에 없었다. 즉 이미 지적했다시피 국문문학의 존재 양상이 갖는 한계 상황으로 말미암아, 국문학사는 절대 다수의 문학 담당층의 존재(귀족, 사대부)를 문학사 구성에서 제외하였고, 이런 이유로 국문학사는 매우 빈곤하게 되었다. 이것은 민족주의의 본래 의도와 심각하게 충돌하고 있었다. 즉 민족의 순수성을 내세우기 위해 순한국어만의 문학사를 구성하려 한 결과, 그것은 **도리어 민족주의의 또 다른 속성인**

민족의 우월성과 충돌하게 되었던 것이다. 즉 민족의 순수성을 주장하려고 민족어 문학을 강조했던 바, 이것은 민족의 문학사를 빈곤하게 만들고 결과적으로 민족의 우월성이 증발해 버린 것이다. 재래의 모든 국문학사는 바로 이 모순 속에서 갈팡질팡 헤매고 있었던 것이다. 이것은 다시 풀어야 할 문제였다.

국문학의 빈곤을 해결하기 위한 노력이 시작되었다. 그 전환점을 김동욱(金東旭)의 『국문학사』[30]가 마련했다. 김동욱은 서론에서 이렇게 말한다.

> 그러니, 우리는 영원히 정체함이 없이 흘러가는 이 존재 가운데의 일분자(一分子)인 것이다. 여기에 우리가 서게 된 이유가 있을 것이다. 이 땅에서 영원히 흘러가는 것, 그것은 우리의 민족(民族)인 것이다. 이 민족이 이룩한 것은 산도 아니요, 바다도 아니요, 이 산하 굽이굽이에 유형무형(有形無形)으로 존재하는 문화인 것이다. 이를 민족문화(民族文化)라 해 두자. 이 민족문화가 우리와 타(他)를 구별짓는 유일한 보루(堡壘)인 것이다. 우리가 그것을 자랑으로 삼을 수 있다면 우리에게는 삶의 보람이 생기고, 새로운 생명력을 여기 불어넣을 책임도 느껴질 것이다. 그러나 누구에게도 이런 당위를 기대하는 것은 어렵다.[31]

김동욱 역시 민족주의자다. 그에게도 민족은 '우리'의 존재 근거요, 절대가치가 되었다. 그리고 민족은 모든 의미를 발생시키는 근원적 층위다. 쉽게 말해 민족은 인간 개인의 존립 목적이자 근거가 되었다. 김동욱의 민족주의는 민족주의의 속성을 여과 없이 온전히 드러낸다. 민족은 비유컨대 '신(神)'을 대리하게 되었

---

30) 김동욱, 『국문학사』.
31) 위의 책, 111면.

다. 개인은 유한한 존재지만, 민족은 영원히 존재하는 초월적 존재인 것이다. 민족주의에 대한 비판이 쉽지 않은 것은, 그것이 사실상 개인에게 삶의 의미를 부여하는 종교의 역할을 하고 있기 때문이다.

김동욱 역시 철저히 민족주의의 입장에서 문학사를 구성한다. 하지만 김동욱은 기왕의 문학사와는 달리 국문학의 범위를 조정했다. 이전의 문학사는 한문학과 국문학을 구분하고, 한문학을 애써 배제하고자 하는 의도를 갖고 있었지만, 그에게 국문학과 한문학의 구분은 존재하지 않았다. 그는 이렇게 말한다. "이렇게 국문학은 이 땅에서 우리의 선민(先民)들이 이룩해 놓은 문학인 것이다. 한자로 표기되었든, 한글로 표기되었든 간에 오랜 역사 속에서 문학적 의식으로 생산된 하나의 총체가 국문학인 것이다."[32] 이렇게 그는 국문학과 한문학의 구분 자체를 없애고 통합된 국문학을 생각했던 것이다. 그 이면에는 문학의 담당층에 대한 의식이 있었다. 그가 생각한 '일반 대중이 생산한 문학적 발상'도 있겠지만, 대개는 '뽑혀진 선민(選民)들이 이룩해 놓은 작품군'을 생각한 것이고, 이것이 민족문화의 중요한 사상으로서 시공을 초월해 지금도 존재하고, 앞으로도 존재해 나갈 것이었기 때문이었다.[33] 김동욱의 생각을 헤아리기란 어렵지 않다. 일반 대중이 생산한 문학이란 것은 대개 한글로 표기된 국문문학을 의미할 터이고, '뽑혀진 선민'이란 고려의 귀족이나 조선의 사대부를 의미할 터이다. 그는 국문문학으로 순수한 국문학을 상정하

---

32) 위의 책, 12면.
33) 위의 책, 같은 면.

는 경우를 의식적으로 해체하려 했던 것이다.

김동욱은 자신이 문학사를 기술하는 시점 여섯 가지를 밝히고 있는 바, 그중 몇 가지 주목할 만한 것이 있다. 첫째 문학의 범위를 확장한 것이다. 그는 "서구적인 Literature의 범위를 벗어나서 동양적인 개념에 가깝게 문학을 설정"하고자 하고 있는 바, 이것은 재래의 국문학사가 서구적 문학의 개념과 장르를 빌어 문학의 범위를 시·소설·수필·희곡으로 제한한 것에 대한 반발이다. 그는 이 발상의 전환을 통해 그가 예시하고 있는 『삼국유사(三國遺事)』 등의 역사와 조선시대의 야담(野談) 등의 서사물(敍事物)과 같은 다수의 장르를 문학사로 편입할 수 있었다.[34]

둘째, "문학은 민중의 것인 동시에 이 나라 천재들이 개척한 보배"라고 말하고 있는 바, 이것은 사실상 국문문학이 자연스럽게 배제할 수밖에 없었던 한문학 작가를 포괄하고자 하는 의도에서 나온 것이다. 그는 이어서 최치원(崔致遠)·이규보(李奎報)·허균(許筠)·김만중(金萬重)·박지원(朴趾源)·이황(李滉)·이이(李珥) 등을 문학사에서 다루어야 함을 역설한다.[35]

마지막으로 김동욱이 이룬 큰 인식의 전환은 외부 문화의 수용에 관한 것이다.

넷째, 우리 선민(先民)들이 탐욕하리 만큼 외부의 고도의 문명(文明)에 대하여 민감한 반응을 보이고, 이것을 섭취하여 자기 것으로 하였다는 것을 자랑으로 생각한다. 국제적으로 고립하지 않고, 자기 좌표를 지

---

34) 위의 책, 같은 면.
35) 위의 책, 12~13면.

키면서, 때로는 은둔자의 고고한 심정으로 외부 세계에 대응하여 나간 곳에 문화민족(文化民族)으로서의 입체적(立體的)인 자세가 있어 왔다. 여기에 비교문학적(比較文學的) 시점을 이 문학사(文學史)에 담을 것이다.[36]

김동욱이 말하는 외부의 고도문명의 섭취가 겨냥하는 바는 명백하다. 그것은 한문으로 이루어진 문화자산이다. 한문을 수단으로 하여 축적된 문화자산의 존재는 민족주의의 순수성에 비추어 볼 때 기형적이고 수치스러운 것이었다. 조윤제는 우수한 중국문화에 한국문화가 감염되는 것을 두려워하여 그것과의 투쟁을 국문학사의 특질로 파악했다. 하지만 김동욱은 중국―한문의 수입 사용을, 외부의 고도 문명에 대해 민감하게 반응하여 섭취한 것, 국제적 고립을 벗어난 것으로 인식했으며, 그 결과 문화민족으로서의 입체적 자세(?)를 유지하게 된 것이다. 조윤제와 전혀 다른 각도에서 생각했던 것이다.

그는 구체적으로 한문 / 한문학의 한국적 존재에 대해 이렇게 말한다.

① 한자(漢字)를 자국의 문자와 섞어서 쓰는 아시아의 여러 나라는 18,19세기 중엽까지 중국을 발신자(發信者, emetteur)로 하는 한시문(漢詩文)의 일방적인 전신자(轉信者, transmetteur) 내지 수신자(受信者, rece-pteur)로 해서 존재하고, 피차 그 나라의 문학이 대등적(對等的)으로 받아들여진 일은 없었다고 해도 좋을 것이다. 그러나 여기서 주목하지 않으면 안 되는 것은 각 나라의 중국문학 수용에서 보면, 한문(漢文)·당

---

36) 위의 책, 13면.

시(唐詩)와 명청소설(明淸小說)의 일부가 받아들여졌을 뿐으로 백화소설(白話小說)은 소설류를 제외하고는 수용되지 않았다는 사실이다. 명청소설도 한국과 일본에서 그 모방작이 나왔음은 틀림없겠으나, 각기 독자적(獨自的) 전개(展開)가 있었으리라 보는 것이 타당한 견해일 것이다.

②일본에서는 한문학을 모두 물리쳐 버려도 80퍼센트 가량의 일본적인 유산이 남지만, 한국에서는 한문학이 차지하는 비율은 일본과 정반대가 된다. 현재 남아 있는 한문으로 기록된 모든 문헌을 양적으로 계산하더라도, 한국은 일본의 수천 배가 될 것이다. 불교국이었던 월남(베트남)과 샴(타이)도 유구한 문화를 가지고, 한문학을 남기고 있지만, 민족문학의 면에서도 한국과 일본에 비교도 안 된다.[37]

김동욱이 말하고자 하는 논점은 두 가지다. ①에서 보듯 한문학은 객관적 실체다. 한문학이 국문문학에 비해 양적으로 압도적이라는 것은 부정될 수 없는 사실로서 일본과도 다르고 월남 샴과도 다른 한국만의 독특한 현상이다.

김동욱 이전의 문학사가 주체-제작자의 관계에서만 민족주의를 관철시켰다면, 김동욱은 주체-사용자의 관계에서도 민족주의의 관점을 관철시킨 것이다. 이로서 국문학사의 구성은 참으로 중대한 전환을 이루게 되었다. 하지만 여전히 문제는 남는다. 이 객관적 실체로서의 한문학을 어떻게 인식할 것인가. ①에서 보듯 한국의 한문학은 중국문학의 대등한 존재가 아니라, 일방적인 수신자로 존재했던 것은 사실이다. 하지만 그 수용과 창작에는 '독자적 전개'가 있었다는 것이다. 김동욱의 논리는 명료하다.

---

37) 위의 책, 16면. 번호를 붙여 구분한 것은 필자가 한 것이다.

한문학을 국문학의 객관적 존재로서 인정하되, 중국문학과는 다른 독자적 전개를 해명하자는 것이다. 이 논리의 결과는 다음과 같다. "국문학의 전통을 민족언어(民族言語)에 바탕을 두고 있는 문학사가(文學史家)들은 이러한 문집(文集)을 문학사의 서술에서 제외하고 있지만, 전언한 바와 같이 이 땅에 자라난 이러한 고문학(古文學)을 효과적으로 받아들여 한국문학사 가운데 정당한 자리를 부여해 줌이 시급할 것이다."38)

김동욱의 문학사는 이런 발상의 전환을 그대로 담고 있었다. 그는 『국문학사』의 머리말에서 자신의 문학사의 특징 여섯 가지를 열거했던 바, 그 두 번째 특징으로 "한문학을 우리의 정통적인 문학원보 속에서 파악한 것"을 꼽았다. 하지만 김동욱이 『국문학사』에서 말한 바는 여전히 민족에 머물러 있었다.

> 셋째, 이 문학사에 흐르고 있는 것은 문화민족(文化民族)으로서의 민족적 긍지이다. 19세까지 우리는 이 자부를 가지고 평화애호(平和愛護) 민족으로서의 자신을 가지고 생(生)을 이룩해 왔다. 우리는 이 민족적 긍지를 앞으로도 가지고 나갈 것이고, 가지고 나아가야 할 것이다. 그래서 나는 소박하나마 민족적(民族的) 의식(意識)을 가지고 이 문학사를 기술해 나갈 것이다.39)

문학사에 흐르는 '문화민족으로서의 민족적 긍지'에서 민족주의의 우월성이 작동하고 있음을 확인할 수 있다. 김동욱의 문학사는 하나의 실체를 전혀 다른 쪽에서 바라본 것이었다. 한문학

---

38) 위의 책, 19면.
39) 위의 책, 13면.

을 폄하하거나, 적극 긍정하거나 양자는 모두 민족주의에서 출발한 것이었다. 전자가 '제작하다'는 동사에 주목한 것이라면, 후자는 '사용하다'라는 동사에 주목한 것이었다. 한편 전자가 민족주의의 순수성을 언어에 적용시킨 결과라면, 후자는 민족주의의 우월성을 문화적 차원에서 적용한 것이었다.

김동욱은 조윤제 이래의 문학사와 차별을 선언했지만, 여전히 민족주의를 벗어나지 못했고, 또 한문학을 포함시키고자 했지만, 장대한 문학사의 구성에는 실패하였다. 김동욱의 『국문학사』의 실제 서술은 조윤제의 문학사보다 구성과 양에 있어서 나을 것도 없었던 것이다. 김동욱의 논리를 수용하면서 장대한 문학사를 구성해 낸 것은 조동일 교수의 『한국문학통사』였다. 『한국문학통사』는 김동욱의 견해를 이어받아 한문학을 정식으로 문학사의 서술 대상으로 삼고, 구비문학까지 포괄하여 국문학사가 아닌 '한국문학사'를 서술하고자 했던 것이다. 원시시대에서 현재에 이르는 장구한 시간과 풍부한 장르의 범위, 그리고 서술량에서 장대한 문학사를 구성하였던 것이다.

민족주의의 순수성이 배제한 한문학을 다시 국문학사로 불러들이는 데는 거의 1세기에 가까운 시간이 소요되었다. 협의의 국문학, 광의의 국문학 등의 국문학의 범위를 둘러싼 논란은 문제 설정의 오류로 인한 것이었기에 사실상 불필요한 것이었다. 그 과정은 이상에서 서술한 것보다 복잡하지만, 그 복잡한 과정을 되풀이 할 필요는 없을 것이다. 어쨌거나 1970년대 후반 한국한문학회가 출범하면서 이 문제에 대한 시비는 자연스럽게 끝이 났다. 국문학사를 '한국문학사'란 명사로 바꾸고, 한문학과 구비문학까지를 '한국문학사'로 이의 없이 수용한 것이다. 그 최종적 결과물이 앞서 잠시 언급한 조동일 교수의 『한국문학통사』다. 한국한문학의 존재는 세계적 차원의 중세에 마땅히 부합하는 것이었다. 서구 기독교 문명의 라틴어문학, 인도문명의 산스크리트문학, 중국 한문문명의 한문문학이 각각 속어문학과 짝을 이루고 있는 것은 중세문학의 전형적인 특징이었다. 이것은 이미 김동욱이 주장한 바 있으며 조동일에 의해 세련된 논리를 갖추었다. 한문학의 존재를 이미 치욕적이거나 기형적인 것이 아니라, 중세문학의 보편성에 부합하는 지극히 정상적인 현상으로 파악했던 것이다.[40]

한문학을 배제하는 논리는 민족주의의 순수성이 작동한 결과로 나온 것이었다. 한문학을 한국문학사 내부에 포괄하는 것은 민족주의의 순수성이 초래한 문제에 대한 약간의 반성이 이루어졌다는 것을 의미하였다. 하지만 민족주의의 '순수성'만 국문학사를 왜곡한 것이 아니었다. 우월성 역시 동일한 작용을 하였다. 조동일 교수의 『한국문학통사』 첫째 시대는 '원시문학'인데, 이것은 '구석기시대의 문학과 예술', '신석기시대로의 전환', '민족문화의 계통과 관련해서' 등 3절을 포함한다. 그 기술 내용은 비평의 대상이 아니다. 다만 문학사를 구석기시대까지 소급시키는 의식 자체가 문제다. 구석기시대까지 소급하는 의식의 이면에는 민족의 기원을 가능한 한 올려 잡으려는 의식이 있기 때문이다.

---

40) 그럼에도 조동일의 『한국문학통사』는 여전히 근대의 설정이란 문제를 피할 수 없었고, 또 문학사의 실재 기술에서는 神-神學을 理-性理學으로 대체하고 있다.

민족주의는 민족의 우월성을 천명 선전하는 것을 목적으로 내장하고 있다. 따라서 민족 유래의 유구함은 그 우월성의 최고의 징표다. 몇 해 전 일본에서 구석기 유적을 조작한 것을 떠올려 보라. 그것과 문학사를 구석기시대까지 소급하는 의식 사이에 본질적인 차이가 있는지.

민족주의의 우월성은 역사의 장구함(다른 말로 하자면 기원의 오래됨) 외에도 연속성을 강조한다. 한 때 운위되었던 '전통의 단절과 계승'이란 문제는 다름 아닌 민족주의의 우월성에서 나온 문제이다. 따라서 중세문학과 근대문학의 단절을 극복하고자 하여, 여러 가지 관념적 조작을 가하기도 한다. 이러한 의식의 전형적 산물이 조선 후기를 '중세에서 근대로의 이행기'로 파악하는 관점이다. 민족문화의 단절은 민족의 우월성에 상처를 내는 것이기에 어떤 형태로든 모든 시기는 매끄럽게 연속되어야 한다. 이 연속성을 바탕으로 하여 장구함이 결정되기 때문이다. 민족주의에 대한 비판이 없는 한 이 문제는 여전히 현재 진행형으로 남아 있을 것이다.

'근대 찾기'가 갖는 문제는 한국에서의 전근대→근대의 과정에 대한 기본적인 오해가 있었기 때문이기도 하다. 전근대→근대의 변화는 선형적 인식이었다. 이 선형적 인식 때문에 단절과 계승이 거론되었다. 중세와 근대는 워낙 이질적인 것이기 때문에 그 과정의 급격한 변화를 보고, 흔히 '전통의 단절'이라고 말했던 것이다. 하지만 이 단절은 민족이란 주체의 역사 창조성을 단절하는 것이었기에 필연적으로 '계승'의 논리를 만들어내었다. 예컨대 한 때 유행했던 실학사상을 개화사상(=근대사상)과 연결짓는 논리는 바로 이 단절을 의식한 계승이었던 것이다. 계승은 단절로 인한 '민족'의 트라우마(trauma)를 치유하기 위한 논리였던 것이다.

중세→근대는 선형적 관계가 아니라 집합적 대체 관계이다. 즉 한국의 근대는 중세(전근대)가 발전한 결과 도래한 것이 아니라, 전근대의 집합이 근대의 집합으로 교체되는 과정이다.

전근대 A={a, b, c, d, e, f, g, h, ……}
근　대 B={가, 나, 다, 라, 마, 바, 사, 아, ……}

집합 A와 집합 B는 각각 요소의 수가 다를 수 있다. 집합 A의 요소와 집합 B의 요소는 서로 성질상 대응하는 것도 있고 대응하지 않는 것도 있다. 두 집합은 정치·경제·문화·예술 등에 해당하는 무수한 요소를 갖는다. 따라서 예컨대 집합 A의 정치적 성질을 띠는 요소 a가 군주정이라면 집합 B의 요소 '가'는 공화정일 수 있다. 근대화란 a를 '가'로 대체하는 것이다. 그런데 두 집합 A를 집합 B로 대체하는 과정에서 집합 B의 요소들이 집합 A의 요소들을 완전히 대체하기도 하고, 혹은 대체하지만 과거 집합 A의 요소가 사라지지 않고 여전히 남아 있기도 한다. 예컨대 음악의 경우, 서양음악(=근대음악)이 국악을 대체했지만, 국악은 사라지지 않고 여전히 남아 있다. 그리고 어떤 요소들은 서로 융합하기도 한다. 그리하여 새로운 집합 C가 생긴다. 근대화의 과정은 이 복잡한 집합 C가 되는 과정이다. 이 대체는 일순간에 생긴 것이 아니라 1876년 개항 이후 시작되었고, 지금도 진행중이다.

이러한 집합으로서의 대체 과정의 주체는 한 마디로 단정할 수 없다. 민족주의는 선형적 인식에 기반을 두어 교체를 진보·발전으로 보고, 그 주체를 민족으로 보고자 하지만, 대체는 집합 요소들의 교체이기 때문에 민족이란 주체는 작동하지 않는다. 이 교체는 내부와 외부가 만나는 지점에서 자연스럽게 진행된 것이다. 굳이 주체를 찾자면 한국과 일본/서구가 동시에 주체가 되었다고 말할 수 있다.

3) 한문학의 포함이 야기한 순수성과 주체의 문제

민족주의의 순수성이 국문학에 적용된 결과 한문학의 처리가 골치 아픈 문제로 부상하였다. 김동욱은 민족이란 주체의 동사를 '제작하다'에서 '사용하다'로 바꾸면서 이 문제를 해결했고, 그 결과 한문학을 포함시킨 한국문학사가 구성되었다. 그것은 민족의 순수성에 우월성까지 결합한 완벽한 민족의 문학사였다. 그렇다면 민족주의의 순수성이 제기했던 모든 문제가 남김없이 해결된 것인가. 천만에! 순수성은 한문학의 서술에 여전히 개입하고 있었다. 이 문제를 검토해 보자.

한문학은 한국문학사 속에서 같이 서술되기 시작했고 여기에 딴죽을 걸 일은 없었다. 하지만 여전히 한국한문학사에 대한 서술은 왜곡을 면할 수 없었다. 즉 민족주의의 성격의 하나인 순수성은 여전히 작동하고 있었고, 한국문학사 내부의 한문학은 여전히 '민족'이란 그물로 걸러지고 있었던 것이다. 한국인의 사상과 감정, 문화적 고유성은 여전히 포기할 수 없는 원칙이었다. 이 원칙은 두 가지 방향으로 나타났다. 첫째는 선별이다. 그것은 민족적인 것을 전면에 내세우기 위해 문학사에 대해 선별적 기준을 적용했던 것이다. 작품의 표면에서 민족적인 것, 조선적인 것을 확인할 수 있는, 한국 고유의 풍속 역사를 제재로 한 한시와 산문은 문학사로 적극 수용되었다. 예컨대 사회 현실을 제재로 한 현실주의적 작풍을 지닌 시, 해동악부체 한시, 민요시 등은 제재 자체의 민족적 성격으로 인해 적극 평가되고 문학사의 한 자리를 정식으로 차지하게 되었다. 이 선별은 제재를 중심에 놓는 매우 간단한 것이었다. 하지만 일단 제재의 차원을 벗어나면 문제는 곤란해지기 시작한다.

이른바 '민족어선언'으로 유명한 『서포만필(西浦漫筆)』을 보자. 『서포만필』은 오로지 김만중(金萬重)이 『구운몽(九雲夢)』이란 국문소설을 지었다는 사실과 연관되어 그의 민족어문학론(民族語文學論)은 부동의 정설이 되었다. 국문시가(國文詩歌)의 가치 긍정과 한문학에 대한 비판을 담고 있는 그의 말은 마치 근대문학의 기원이자, 민족문학의 주체 선언으로 들렸다. 이로 인해 『서포만필』은 오로지 주체의 관점, 즉 민족 주체, 다른 말로 하자면 민족의 순수성이란 관점에서만 이해되었다.

『서포만필』을 읽는 방식은 고정되었다. 민족어문학론이 아니라면 서포의 사상을 탈주자학(脫朱子學)적 사유로 규정하는 것이었다. 즉 서포의 불교에 대한 깊은 이해는 곧바로 주자학에 대한 비판이나 반주자학적인 것으로 해석되었다.[41] 『서포만필』을 읽는 방식은 이처럼 협소하였다. 민족주의의 순수성을 밝히는 동안, 그리고 후술하겠지만 근대성을 찾는 동안 그 외의 다른 모든 것들은 외면되었다. 아니 솔직히 말하자면 무시되었고, 은폐되었다.

『서포만필』에서 이른바 민족어문학론을 주장한 부분은 단 한 곳에 지나지 않으며, 불교에 대한 언급은 극히 소수다. 『서포만필』에서 서포가 가장 중요하게 언급하고 있는 것은 당연히 한문학이다. 특히 『서포만필』은 이 시기 조선문단에 막 수입되기 시작한 명대(明代)의 의고파(擬古派)·당송파(唐宋派)·전겸익(錢謙益) 등의 문학비평에 대해 소상히 언급하고 있는 비평서인데도 불구하고 이 점에 대해서는 거의 주목하지 않았다. 『서포만필』은 당시로서는 드물게도 모곤(茅坤)의 『당송팔대가문초(唐宋八大家文鈔)』에 대해 언급하고 있으며,[42] 조선 후기 문학비평에 막대한 영향력을 행사했던 전겸익에 대해서도 언급하고 있다. 필자가 알기로 『서포만필』은 김창협(金昌協)의 『농암잡지(農巖雜識)』와 함께 거의 최초로 전겸익을 말한 문헌일 것이다. 『서포만필』에 소개된 명대(明代) 문학 유파에 대한 비평적 언급은 얼마나 중요한 것인가? 그럼에도 불구하고 민족어문학론과 탈주자학에 골몰하느라, 그것들은 은폐되었다. 민족이란 주체는 텍스트의 이해를 굴절 왜곡시킨 것이다.

말이 난 김에 『서포만필』에서 거론하고 있는 의고문파(擬古文

---

41) 주자학에 대한 비판적 담론이란 설정은 매우 중요한 것이다. 이것은 뒤에 다시 언급하겠다.

42) 이 책은 조선 후기 散文史에 막대한 영향을 미쳤다.

派)에 대해 간단히 알아보자. 의고파는 16세기 말 윤근수(尹根壽)에 의해 조선문단에 소개된다. '문필진한(文必秦漢), 시필성당(詩必盛唐)'을 창작의 모토로 내세우는 의고문파의 이론은 조선 문단에 밀어닥친 거대한 충격이었다. 한문학 비평사에 있어서 산문비평이라 부를 수 있는 비평은 이 시기에 와서 비로소 시작된 것이다.43) 이후 의고문파로부터 자유스러울 수 있는 사람은 아무도 없었다. 이 시기의 문집을 보면 어떤 문집이건 간에 의고문파에 대해 언급하고 있지 않은 사람은 아무도 없다. 남극관(南克寬, 1689~1714)은 "의고문파는 중국에서는 하나의 재앙이었지만, 조선에는 파천황의 공이 있다"고 평가하였다.44)

의고문파의 영향은 선진양한(先秦兩漢) 산문을 전범으로 삼는 진한산문파(秦漢散文派)를 성립시켰으니, 그것이 조선 후기 한문학에 미친 영향력의 심각함이란 두말할 필요가 없다. 장유의 경

---

43) 선진양한 고문의 유행에 대해서는 다음 두 사람의 언급을 참조하라.

　李宜顯,「陶峽叢說」,『陶谷集』, 保景文化社, 1985, 636면. "我國人最重科業, 雖文詞超輩者, 無不折入於科業, 所製惟表策而已, 曾不着力於古文, 不過以韓・蘇爲範用作科場館閣酬應之資而已. 至宣廟朝崔簡易・尹月汀數公始崇尙頓變, 其功可謂大矣. 國朝典文衡者幾且百人, 而知有古文者尹月汀・李白沙・申象村・張谿谷・金淸陰・李澤堂・金息菴・李西河・金農嚴若干人而已. 其餘諸公非盡才不及也, 科擧累之也."

　金尙憲,「月汀先生集跋」,『淸陰集』:『韓國文集叢刊』77, 594면. "竊槪我朝文苑, 自卞春亭以下, 率皆規倣藻宋, 諸習軟美, 號爲館閣體, 顧於古文辭, 大有徑庭. 先生漑然自奮爲詞林倡, 手揭赤幟, 啓示指南, 使後來操觚之徒知所去就. 自是爭尙先秦兩京之文, 幾乎一變. 視諸皇明弘嘉諸大家力回古道, 追配前烈者, 其功上下. 門下一時出三大提學, 張右相維・鄭同樞弘溟先後嗣興, 雖以尙憲之不才亦嘗代匱, 討論潤色, 幸不辱命. 若鄭參贊曄・趙太宰翼・金宗伯堉竝以經述著聞, 實先生成就之力也."

44) 南克寬,「端居日記」:『韓國文集叢刊』209, 304면. "余嘗謂王李之禍, 中國大矣, 而在我國則有破荒之功, 宜尸而祝之也."

우 『계곡만필(谿谷漫筆)』의 "근대 문장의 폐단은 모두 명나라의 여러 사람에게서 비롯되었다"45)는 발언을 들어 그가 명대의 의고파와 선진양한 고문을 전범으로 삼는 데 비판적인 견해를 가졌던 것으로 생각하지만, 실제 그는 "선진양한과 명대 여러 작가들을 철저히 읽고 작품을 써낸 사람이었다."46) 당시(唐詩)에 골몰했던 이수광은 산문에 대해 "산문에 있어서는 육경(六經) 외에 『장자(莊子)』와 『좌전(左傳)』, 사마천(司馬遷)을 좋아하고, 아래로는 간혹 한유(韓愈)·유종원(柳宗元)을 좋아한다"47)고 밝히고 있는 바, 이는 진한고문파의 전형적인 논리이다. 하지만 이수광 연구자는 이수광이 『지봉유설(芝峰類說)』에서 아무리 후칠자(後七子)의 거두 왕세정(王世貞)을 인용하고 언급하고 비평해도 이에 대해서는 침묵으로 일관한다.

이 지점에서 우리는 왜 전에 없이 17세기부터 굴지의 산문작가들이 쏟아져 나오게 되었던가, 왜 산문에 관한 관심이 급격히 높아지는가를 설명해야 할 것이다. 다른 것이 아니다. 이것은 외부로부터의 충격─의고문파의 도입이라는 것 말고는 설명할 방도가 없다. 물론 주체주의자들은 여기서도 내부의 주체적 동인을

---

45) 張維, 『谿谷漫筆』, 『谿谷集』: 『韓國文集叢刊』 92, 578면. "近代文弊皆生於皇明諸家, 明文未始不善, 但學之者茂其本而竊其末, 逐影尋響, 剝皮割肉, 滔滔肉, 滔滔一律, 不欲觀諸."
46) 朴瀰, 「谿谷集序」, 『谿谷集』: 『韓國文集叢刊』 92, 5면. "盖盡讀先秦兩漢及皇明諸大家言, 發爲文章." 李明漢은 장유 산문의 종합적인 성격을 지적하면서도 그가 先秦兩漢의 산문에 치력하였음을 증언하고 있다. 李明漢, 「谿谷集序」, 『白洲集』: 『韓國文集叢刊』 97, 451면. "晚乃大肆力於先秦兩漢."
47) 李晬光, 「答問者帖」, 『芝峯集』: 『韓國文集叢刊』 66, 254면. "不佞於文, 六經外喜莊子·左·馬, 下或韓·柳."

찾아 그것이 우선한다고 우기겠지만.

『서포만필』에 대한 선별적 독법(讀法)이 입증하고 있듯, 한문학은 한국문학사에 포괄되었지만, 한문학에 '민족'이란 그물이 작동하고 있는 이상 한문학은 한문학 자체의 발전과 논리로 이해되지 않았던 것이다. 즉 한국한문학을 한국문학사로 포괄하고도 여전히 '민족'을 포기하지 아니하는 것이야말로 한문학의 이해, 나아가 한국문학사의 이해를 여전히 왜곡시키고 있는 것이었다. 다른 예를 들어보자.

가장 오해된 사람은 역시 허균(許筠)일 것이다. 앞서 언급했듯이 허균은 조선을 전·후기로 갈랐을 때 후기의 변화를 예고하는 인물로 여겨져 왔다. 그는 임진왜란 이전에 태어나 임진왜란 이후에 사망한 사람이다. 지금까지의 평가에 의하면, 허균은 최초의 국문소설 『홍길동전』의 저자로서 국문소설의 출현을 예고한, 말하자면 순수한 국문학의 기원을 이루는 사람이고, 아울러 주자학이란 중세 이데올로기를 비판한 조숙한 근대인이다. 이에 부합하듯 그의 비평은 개성과 독창을 강조한 것으로 높이 평가된다. 따라서 의고적(擬古的) 창작에 반대했던 것이다.[48] 여기서 보듯 허균을 읽는 코드는 민족과 근대다. 이것이 과연 정확한 독법인가. 허균은 실제 의고파를 열렬히 추종했고,[49] 그중에서도

---

48) 조동일, 「許筠」, 『韓國文學思想史試論』, 지식산업사, 1978, 171면. "모방을 경계하고 독창적인 것을 존중하자는 주장은 허균이 처음으로 제시하지는 않았지만, 독창적인 것의 본질과 가치는 이러한 논리에 의해서 한층 더 명확하게 되었다. 의고적인 문학관에 대한 비판도 더욱 분명한 근거를 발견했다."
49) 허균은 의고파 주세력인 前後七子의 저작을 빠짐없이 읽고 감탄해 마지않았다.

의고파 최대의 작가인 왕세정(王世貞)의 가장 열렬한 추종자였
다.[50] 『홍길동전』의 원작이 국문이 아니라 한문으로 쓰였다는
견해도 있다. 수많은 허균 연구에서 드러난 허균은 존재했던 '허
균'이 아니라, 허균에게서 민족과 근대를 읽고 싶은 욕망이 만들
어낸 허균일 뿐이다. 이 욕망은 허균이 남긴 텍스트를 정밀하게
읽는 것을 방해하고 오로지 허균에게서 민족과 근대만을 선별적
으로 왜곡하여 읽어내고자 했던 것이다.

　국문학 연구자는 허균 사상의 위대함 혹은 독창성을 입증하기
위해 허균과 이탁오(李卓吾)·원굉도(袁宏道)를 대비한다. 그럴 만
한 근거가 있는 듯하지만, 사실상 관련이 전혀 없다. 현존본『한
정록(閑情錄)』의 편찬연대는 1618년인데, 여기에 이탁오의『분서
(焚書)』와 원굉도의『상정(觴政)』·『병사(瓶史)』가 인용되어 있다.[51]
흔히 이 자료를 근거로 하여 허균이 양명좌파(陽明左派) 공안파(公
安派)를 읽었다거나 혹은 어떤 상관성이 있을 것이라고 생각하지
만,『한정록』의『분서』와『상정』·『병화사』는 허균이 직접 읽고
인용한 것이 아니라, 오종선(吳從先)의『소창청기(小窓淸紀)』에 전
재된 것을 다시 전재하고 있을 뿐이다. 이것만으로 그가 이탁오
와 원굉도의 저술을 접하지 않았다고 단정할 수는 없다. 그는
1614~1615년 북경에 갔을 때 이탁오의『장서(藏書)』와『분서(焚
書)』를 읽은 적이 있기 때문이다. 하지만 허균에게서 이탁오와 원
굉도의 사유가 미친 영향을 찾기란 불가능하다. 왜냐하면 허균의
문집『성소부부고(惺所覆瓿藁)』는 허균이 1611년 이전에 지은 작

---

50) 강명관, 「허균과 명대문학」, 『안쪽과 바깥쪽』, 소명출판, 2007, 67~82면.
51) 인용된 것은 문학과 상관없는 이야기다.

품만을 수록하고 있기 때문에[52] 그가 1614~1615년 중국으로 사신으로 갔을 때 대량 구입한 서적 속에 이탁오와 원굉도의 저작이 있었고, 또 허균이 그 저작을 읽었다 해도 『성소부부고』에서 구체적 영향을 확인할 수 없는 것이다. 따라서 허균이 이탁오·원굉도를 읽고 반의고적 비평을 전개했다는 식의 비평은, 그를 둘러싼 풍문에 근거하여 성급하게 내린 결론에 불과한 것이다. 그의 비평에서 독창성·개성이란 것이 얼마나 함량 미달인가 하는 것은 같은 시기에 활동했던 공안파와의 비교를 통해서 알 수 있다. 허균은 아직까지 연구되지 않은 인물이다. 정말 미안한 말이지만, 우리는 허균에 대해 연구한 적이 없는 것이다.

국문학 연구자들은 왜 허균이 골몰했던 의고파에 대해서는 전혀 관심을 보이지 않고, 허균에게서 어떤 영향의 흔적을 찾아볼 수 없는 이탁오와 공안파에 대해서는 관심을 보였던 것인가? 우리는 허균에 나타난 타자―중국―의 동시대(同時代) 문학에 관해 성실한 관심을 보이지 않았기 때문이다. 허균은 우리가 연구하기 전에 미리 결론이 나 있는 인물이었다. 탈주자학적 사유를 가진 인간, 문학에서 개성과 독창성을 주장한 사람, 국문소설을 최초로 창작한 사람으로 미리 결론이 나와 있었던 것이다. 여기에 입각하여 다시 허균의 모든 것이 설명되고, 의미를 가질 수 있었다. 외부의 타자는 필요가 없었다. 의고파의 관련성은 아예 무시되었고, 이탁오·공안파와의 관련성을 찬찬히 천착하지도 않고 예단한 것은 모두 타자의 배제가 불러온 부정적 효과인 것

---

52) 이탁오와 원굉도의 저술은 1614·1615년에 구입하였다.

이다.

이제 중간 결론을 내릴 때다. 민족주의의 순수성이 문학사의 구성에 적용된 결과 타자의 언어로 쓰인 한문학을 국문학의 범위에서 배제하였다. 그러나 이것은 문학사 자체를 빈곤하게 만들어 민족주의의 우월성과 충돌하였다. 그리고 한문학의 창작 주체 역시 민족이라는 객관적 사실을 망각하는 것이었다. 해서 한문학이 국문학사가 아닌 한국문학사로 포괄되었다. 하지만 민족주의의 순수성은 여전히 한문학에 작동하였으니, 한문학 내부에서의 타자, 즉 중국의 동시대 문학을 배제하고, 한문학의 민족문학적 성격을 찾고자 했던 것이다. 이 타자의 배제는 한문학 연구에서 광범위하게 발생하고 있었던 것으로 생각된다. 이 점에 대해서는 뒤에 다시 상론하겠다.

한문학 연구에서 타자의 배제는 연구자 스스로 거의 의식하지 않았다. 허균 연구의 예에서 보듯, 타자의 배제는 거의 모든 연구자에게 내면화되어 있기 때문이다. 허균은 하나의 작은 사례에 지나지 않는다. 허균 이후의 연구 대상도 예외가 아니다. 월(月)·상(象)·계(谿)·택(澤)의 산문 역시 타자, 즉 명대문학에 대한 이해 없이 그 자체로만 이해될 수 없을 것이다. 신흠(申欽)의 아들 신익성(申翊聖), 손자 신최(申最), 신최의 외조카인 김석주(金錫胄)에 이어지는 산문작가 라인도 모두 명대 의고파의 영향을 결정적으로 받고 있다. 고문론(古文論) 연구는 상대적으로 풍성했지만, 이 점은 거의 해명된 적이 없었다. 유몽인(柳夢寅)은 진한산문론을 주장한 작가이고, 그의 산문론은 오로지 진한고문의 전범성(典範性)을 주장하고 있지만, 유몽인 연구가 이 점에 대해 관심을 기울이기 시작한 것은 최근의 일이다.『농암잡지』는 단적으로 말해 중국의 의고문파(擬古文派)에 대한 비판적 평론이며, 그 이론의 근저에는 당송파·공안파·경릉파(竟陵派)·전겸익 등의 비평이 깔려 있다. 민족주의의 순수성, 혹은 민족의 주체성에 입각해『농암잡지』를 읽어내고, 이런 유파의 이론에 관한 검토를 제외한다면,『농암잡지』의 해독은 아마도 불가능할 것이다.[53]

한국문학사의 서술에서 여전히 영향력을 행사하고 있는 천기론(天機論)의 경우도 동일한 논리가 적용될 수 있을 것이다. 최근 이동환 교수는 천기론을 다시 언급하면서 "'천기(天機)'라는 술어와 그 개념의 기본 인자는 말할 것도 없이 중국으로부터 차용한 것이다. 그러나 이 술어의 개념이 문예이론사 내지 미학사에서 존재하는 방식에 있어서는 우리나라와 중국이 현저하게 다르다"[54]고 말하고 있다. 여기서 흥미로운 것은 중국으로부터의 차용이란 것인데, 이것은 아마도 천기론을 말할 때마다 인용되었던『장자(莊子)』등의 텍스트에서 '천기'가 사용된 전례를 말할 것이다.

이동환 교수의 논문은 그 출처를『장자』로 지목하고 있지만, 이것은 명대에 흔히 쓰이던 비평용어였다. 원진우(袁震宇)·유명금(劉明今)의『명대문학비평사(明代文學批評史)』에서는 왕세정이 후기 비평에서 자신의 의고적 이론의 모순을 반성한 이유 둘을 들

---

53) 물론 최근에 와서 이런 방면의 연구가 조금씩 이루어지고 있다. 하지만 왜 과거 연구가 타자를 배제했는가에 대해서는 충분히 논의되지 않고 있다.
54) 이동환, 「조선 후기 '天機論'의 개념 및 미학이념과 그 문예·사상사적 전개」,『韓國漢文學硏究』28, 한국한문학회, 2001, 129면.

면서 그중 하나를 다음과 같이 들고 있다.

> 정덕(正德) 이후 이·하의 복고운동의 폐단이 이미 분명하게 폭로되
> 고, 시가 창작에 있어서 육조체(六朝體)와 초당체(初唐體)를 숭상하는
> 자가 있었고, '천기(天機) 자연(自然)'을 숭상하는 자가 있어 유파가 분
> 분히 일어나 각각 자신들의 설을 주장했다.[55]

분명한 것은 정덕(1506~1521) 이후 의고파들의 복고적 창작론
의 모순이 확연히 드러나고, 이에 육조와 초당을 전범으로 삼는
유파, 천기와 자연을 창작의 핵심으로 꼽는 유파가 나타났다는
것이다. 아쉽게도 이 시기 천기를 주장한 유파를 실명으로 거론
하고는 있지 않지만, 천기론이 이 시기 크게 유행했던 것만은
사실이다. 양명학 쪽에서 천기론이 유행했고, 특히 당송파의 이
론가이자 양명학자였던 당순지(唐順之)는 천기를 자기 사상의 핵
심으로 삼기도 하였다. 어쨌거나 천기론은 명대 비평사에서 의
고론에 대한 반론으로 제출되었던 것이다. 더욱 흥미로운 것은
천기와 자연이 동시에 언급되고 있다는 점이다. 이것은 자연주
의적 성향이 한국 고유의 것이 아니라, 원래 천기론에 내장되어
있었다는 것을 의미하는 것이다.[56] 즉 그것이 어떻게 조선의 비
평계와 연결된 것인지 확인하는 과정은 남아 있으나, 천기론 자

---

55) 원진우·유명금, 『明代文學批評史』, 上海古籍出版社, 1991, 253면.
56) 貝瓊(1297~1379)이란 사람은 명대 초기의 비평가인데, 馬文璧의 『灌園集』
을 읽고 그 서문 「馬文璧灌園集序」에서 이렇게 작품을 평가하고 있다. "信
其發於天機, 不待雕肝琢腎之爲工也." 곧 패경은 시가 천기에서 '發'하는
것으로 파악하고, 그것은 인위적인 과도한 수식과 대립되는 것으로 파악하고
있다.

체가 명대에 유행한 이론이며, 또 본래부터 자연을 강조하는 이론을 내장하고 있었던 것이다. 요컨대 한국의 천기와 중국의 천기가 다른 것이 아니다. 한국 천기의 특유성은 존재하지 않는 것이다.

이동환 교수가 천기의 한국적 용법을 강조하는 것은, 민족주의에 바탕을 둔 것이다. 이 민족주의를 간단히 검토하고 넘어가자. 이동환 교수는 천기론이 우리 민족의 주축적(主軸的)인 미학 내지 문화 생리인 '순자연(順自然)'에 근거한 민족 특유의 미학 사유의 한 범주가 된다고 하였다. 나는 먼저 이 해석에 대해 약간의 의문을 갖는다. 이동환 교수의 발언은 다음과 같이 분석된다.

① 우리 민족의 주축적인 미학 내지 문화 생리는 '순자연(順自然)이다.
② 천기론은 순자연에 바탕을 둔다.

①은 '한민족의 주축적 미학은 순자연이다'로 간단히 줄일 수 있다. 그런데 이 명제가 타당한 것인가. 한민족 미학=순자연이라는 진리는 어떻게 하여 입증된 것인가. 한민족 미학이 순자연이어야 하는 것은 주장이지, 사실이 아니다. 사실이 아닌 주장은 동의하지 않으면 그만이다. '순자연'을 계보학적으로 따진다면, 아마도 조윤제, 『국문학사』제6장 육성시대의 제1절인 '자연미의 발견'에서 닿을 것이다. 시조를 논하는 이 절은 연산군 이후 사대부 시조의 친자연적인 내용에 주목하여 '자연미의 발견'이라 명명하고 있다. '친자연'은, 직접적이라고는 단정할 수는 없지만, 추측컨대 아마 그 계보를 따지자면 조윤제의 이 발언에 유래한

것일 터이다.

조윤제의 발언은 물론 시대와 작품 내용을 연관시킨 것이기에 일정한 설득력이 있다. 그러나 자연미, 나아가 친자연이 민족미학으로 상승하는 것은 곤란하지 않은가. 한민족—자연미(친자연)의 관계는 자연에 대한 선호·호감을 바탕으로 하고 있다. 그것은 구태여 지적하자면, 이 자연의 대척적인 지점에는 '산업화'와 '기계문명'이 타자로 놓여 있다. 아니 감춰져 있다. 즉 친자연—자연미는 '산업화'와 '기계문명'에 대한 은밀한 우월감을 내포한 것이다. 산업화, 그리고 자본주의가 인류를 도리어 파멸로 몰아넣고 있는 작금의 상황에서 인간의 모태(母胎)로서의 자연으로 돌아가야 한다는 명제를 누구도 부정할 수 없다. 아무도 부정할 수 없는 명제를 민족의 미학으로 정립한다는 것은, 실로 민족미학이 윤리적 우위를 점유해야 한다는 강박에서 출발한 것이라 말할 수 있다.

한편으로 한민족—자연의 관계는 서양이 스스로를 과학과 문명으로, 동양을 정신과 자연으로 이분화하는 오리엔탈리즘에 포획된 사고에서 나온 것은 혹 아닌가. 자연과의 친화는 동서를 막론하고 전근대사회의 보편적인 현상이었던 것이다. 그것은 산업화 이전 농업사회의 보편적인 현상이었다. 한국인의 미의식이 순자연이라고 말할 근거는 아무 데도 없다. 사실 '우리 민족의 주축적(主軸的)인 미학 내지 문화 생리'를 찾고자 하는 것은 '민족정신'을 찾고자 하는 민족주의의 변주다. 하지만 이미 밝힌 바와 같이 민족정신은 텅 빈 기호, 즉 시니피에(signifié) 없는 시니피앙(signifiant)에 지나지 않는다. 그 시니피에는 어떤 긍정적인 언술로도 채워질 수 있는 것이다.

민족주의의 순수성이 타자를 배제하는 것은, 실학파의 경우라해서 다르지 않다. 실학파 문학의 가장 높은 봉우리인 박지원(朴趾源)을 예시한다. 박지원의 비평 자체가 워낙 독창을 강조했고, 또 그 점이 워낙 강조되었기 때문에 그가 타자의 사유의 영향을받았으리라고 생각하는 것은 일종의 금기였다. 이 점을 지적한사람이 있다면, 아마 김명호 교수가 거의 유일할 것이다. 김명호교수는 연암의 문학을 언급하면서 원굉도와의 유사성을 언급했던 것이다.57) 다만 김명호 교수는 『열하일기(熱河日記)』 자체의연구에 목적이 있기에 양자의 비평을 소상히 비교하고 있지는않다. 대체로 김명호 교수는 연암이 공안파의 이론을 섭취·극복한 것으로 평가하고 있다. 필자의 경우, 약간 견해를 달리한다.즉 연암의 문학과 비평은 공안파의 입론 위에서 성립하고 있다고 생각한다. 그 증거의 일단을 보자.

국립중앙도서관에 『공작관고(孔雀館稿)』라는 책이 소장되어 있다. 그 세부 목차를 보면 다음과 같다.

> 『孔雀館稿』 제1책 金仁瑞 外書(표지)
> 西廂記序
> 吳門 金仁瑞聖歎 外書
> 一曰慟哭古人, 二曰留贈後人, 西廂記讀法, 西廂記篇題抄, 續西廂記評抄, 舊本序(施耐菴)
>
> 『孔雀館稿』 제2책 袁宏道, 廣莊, 觴政, 甁史(표지)

---

57) 김명호, 『熱河日記硏究』, 창작과비평사, 1990, 62~63면.

* 廣莊

公安 袁宏道 中郞 著

逍遙遊, 齊物論, 養生主, 人間世, 德充符, 大宗師, 應帝王

* 瓶史

公安 袁宏道 中郞 著

(서문) 一花目, 二品第, 三器具, 四擇水, 五宜稱, 六屛俗, 七花祟, 八洗沐, 九使令, 十好事, 十一淸賞, 十一監戒

附答李子髯書, 題瓶史

* 觴政

公安 袁宏道 中郞 著

(서문) 一之吏, 二之徒, 三之客, 四之宜, 五之遇, 六之候, 七之載, 八之祭, 九之典刑, 十之掌故, 十一之刑書, 十二之品第, 十三之杯酌, 十四之飮儲, 十五之飮飾, 十六之歡具, 附酒評

書袁柳浪文後 …… 丙戌 五月 前 端午 心溪子 識.

『孔雀館稿』 제2책

* 袁石公集序

瓶花齋集序 …… 曾可前

瀟碧堂集序 …… 雷思霈

敝篋集序 …… 江盈科

* 袁石公文

公安 袁宏道 中郞 著

敍小修詩, 敍陳正甫會心集, 雪濤閣集序, 敍竹林集, 壽洪太母七十序, 徐文長傳, 拙效傳, 公安儒學梁公生祠記, 余大家祔葬墓石記, 禹穴, 鑑湖, 六陵, 五泄, 齊雲, 高梁橋遊記, 抱甕亭記, 文漪堂記, 由天池踰含嶓嶺至三峽澗記, 開先寺至黃巖寺觀瀑記, 華山記, 遊蘇門山百泉記.

平嶺南碑 …… 藝文館檢閱 李宜哲 撰.

　표지에는 "孔雀館稿"라고 쓰여 있다. 본문은 목판으로 인쇄한 오사란지(烏絲欄紙)에 쓴 것인데, 판심에는 "燕巖山房"이란 네 글자가 뚜렷하다. 연암은 1771년 백동수와 함께 황해도 금천군 연암협을 답사하여 이곳에서 은거할 뜻을 굳혔다. 자호를 연암이라 한 것도 이 시기에 와서이다. '공작관고'란 이름은 1793년 안의현감으로 있을 때 공작관이란 정자를 지은 데서 나온 것이다(『燕巖集』의 3권이 '孔雀館文稿'이다). 따라서 이 필사본은 적어도 1793년이나 그 이후에 필사된 것이다. 그러나 연암이 이 책의 독서 시기가 이때에 와서라는 것은 아니다. 그 이전에 읽었던 책에서 흥미로운 것들을 필사했던 것으로 봄이 타당할 것이다. 이 책이 과연 연암이 직접 수사(手寫)한 것인가에 대해서는 의문이 있을 수 있으나, 이 책이 연암의 수택본이라는 데는 별다른 이의가 없을 것이다.

　이 책은 과연 연암과 어떤 관계에 있는 것인가? 연암과 문학에 관한 견해 때문에 대립하였던 유한준(兪漢雋)의 아들 유만주(兪晚柱)의 일기 『흠영(欽英)』에 다음과 같은 기록이 있다.

　　그(燕巖)는 스스로 문장을 이렇게 자부하였다.
　　"나의 문장은 좌구명(左丘明)·공양고(公羊高)를 따른 것이 있으며, 사마천(司馬遷)·반고(班固)를 따른 것이 있으며, 한유(韓愈)·유종원(柳宗元)을 따른 것이 있으며, 원굉도(袁宏道)·김성탄(金聖歎)을 따른 것이 있다. 사람들은 사마천이나 한유를 본뜬 글을 보면 눈꺼풀이 무거워져 잠을 청하려 하지만, 원굉도·김성탄을 본뜬 글에 대해서는 눈이 밝아지고 마음이 시원하여 전파해 마지않는다. 이에 나의 글을 원굉도·김성탄 소품(小品)으로 일컬으니, 이것은 사실 세상 사람들이 그렇게 만든 것이다."

그는 『공양전(公羊傳)』·『곡량전(穀梁傳)』을 본 따 쓴 『음청권수(陰晴卷首)』의 서문을 보여주며 "이것은 고문이다" 하였다.

평가하건대, 『공양전』·『곡량전』을 본뜬 것은 아름답지 않고, 김성탄·원굉도를 본뜬 것은 아름다우니, 이것은 그의 재주가 김성탄의 문장에는 빼어나지만, 순고(純古) 정대(正大)한 문자에는 부족함이 있기 때문이다.58)

이상의 자료에서 박지원이 실로 공안파의 이론에 빚지고 있음을 짐작할 수 있거니와 실제 양자 사이의 관계 분석을 통해 박지원의 이론적 근거가 공안파에 있음이 확인된다.

연암의 문체는 새롭기는 하지만, 그것이 시대를 초월한 독창이라고 할 수는 없다. 이덕무(李德懋)는 연암을 접촉하기 전에 이미 공안파의 논리를 산문 창작에 적용하고 있었다. 이덕무의 소품 산문은 실로 공안파의 이론 위에서 생겨난 것이다. 박지원과 이덕무뿐만이 아니라, 18세기 후반 조선 문단은 이탁오와 공안파 이론의 절대적인 영향 아래에 있었던 것이다.

① 근래 일종의 속학은, 더욱 갈수록 수준이 떨어지고 있다. 총서에서

---

58) 『欽英』(규장각 소장본), 1786년 11월 26일. "其自許文章也, 則云 : '吾之文有撫左·公者焉, 有撫馬·班者焉, 有撫韓·柳者焉, 有撫袁·金者焉. 人見其學馬學韓, 則便爾睫重思睡, 而特于其學袁·金者眼明心快, 傳道不置. 于是吾之文以袁·金小品稱焉. 此固世人之爲也.' 仍示其所序陰晴卷首效公·穀者, 曰 : '是古文也.' 議效公·穀則不佳, 效袁·金則佳, 是其才長於貫華之文章, 而短於純古正大文字也."

주워 모으고 잡가에서 꾸어 오니, 그 교활함은 마치 난쟁이가 뽐내는 것 같고, 그 요염함은 마치 나무인형이 의관을 차려 입은 것 같으며, 그 분화장한 것은 마치 뚜쟁이의 언행과 같고, 큰 소리를 치는 것은 마치 무당이 귀신을 떠벌리는 것 같다. 그 단서는 이탁오(李卓吾)·원중랑(袁中郎)의 무리에게서 일어났는데, 우리나라의 경우 오늘에야 비로소 성행하고 있다.[59]

②지금 사람들이 배우는 바로 말하자면 이지(李贄)와 전겸익(銓謙益)과 김인서(金仁瑞, 金聖歎)이지만, 힘을 쓰는 바로 말하자면 미치지 못할 뿐만이 아니니, 그들이 짓는 문장이 어떠하겠는가.[60]

서형수(徐瀅修, ①)와 이충익(李忠翊, ②)의 말이다. 대체로 연암이 활동했던 18세기 후반기의 정황이다. 남공철 역시 같은 논조로 이 시기에 와서야 비로소 중랑(中郎, 袁宏道)과 경릉파의 이론이 '시조(時調)'로 불리면서 널리 유행했고, 특히 서울의 경화세족(京華世族)들이 열렬히 추종했음을 밝히고 있다.[61]

연암과 이덕무의 비평과 문학은 외적 영향 없이 내재적으로만 형성된 것이 아니라, 공안파와 양명학에 근거하여 발전해 나간 결과물이다. 이럴진대 연암과 이덕무에게서, 나아가 조선 후기

---

59) 徐瀅修, 「答李學士明淵」, 『明皐全書』: 『韓國文集叢刊』 261, 101면. "近日一種俗學, 則尤每下焉, 綴拾叢書, 丐貸雜家, 其桀黠也, 如侏儒之矜張 ; 其艶冶也, 如桃梗之衣冠; 其粉飾也, 如媒妁之行言; 其誇誕也, 如巫祝之談神. 其端起於李卓吾·袁中郎輩, 而我國則至今日而始盛行也."
60) 李忠翊, 「答韓生書」, 『椒園遺藁』: 『韓國文集叢刊』 255, 508면. "今所學則贄·謙益·人瑞也, 所用力則不啻不及也, 則其爲文何如也."
61) 南公轍, 「從氏象靈居士墓誌銘」, 『金陵集』: 『韓國文集叢刊』 272, 329면. "當是時, 京師之詩漸降, 登埠立門戶者, 倡爲中郎竟陵之學, 號稱時調, 譬如吳趨少年輕衫細唾優人才子僞笑假泣, 諸貴游子弟靡然從之, 而詩道幾廢."

한문학에서 타자, 즉 중국의 명청대 문학을 분리해 내는 것이 가능한 것인가.

이처럼 중국문학을 타자로 배제하는 것이 문학이 존재했던 실상과 부합하지 않음은 물론이다. 그럼에도 불구하고 타자의 배제가 가능했던 것은 중국문학─한문학의 두 가지 속성을 오해했기 때문이었다. 한문학─중국문학은 하나의 규범으로서 존재했다. 규범은 시간의 흐름을 초월하여 불변하는 것이다. 즉 시간의 흐름에 따라 근체시(近體詩)의 규범이 바뀌는 것은 아니다. 하지만 규범으로서의 중국문학─한문학은 규범인 동시에 끊임없이 변화하는 실체다. 우리가 의고파 · 당송파 · 공안파 · 경릉파라고 말했을 때 그것은 변화하는 실체로서의 중국문학이다. 중국문학은 규범과 변화의 양면을 갖고 있는 것이다. 하지만 국문학사는 이 양면성을 정확하게 인지하지 않았다.

한국한문학은 바로 이 규범과 변화란 양면성을 동시에 경험한 것이다. 곧 규범으로서의 중국문학─한문학을 수용하면서 동시에 중국의 변화하는 동시대 문학의 영향을 받고 있었던 것이다. 그런데 한국문학사의 한문학 연구는 중국문학─한문학을 규범으로만 인식하였다. 동시대 중국문학의 변화하는 실체에 대해서는 침묵했던 것이다. 변화하는 실체로서의 중국문학이 끊임없이 한국한문학에 영향력을 행사하고 있는 바, 과연 이 타자를 주체인 한국한문학에서 분리해 낼 수 있을 것인가. 타자는 주체와 분리될 수 있는 것이 아니다. 타자는 결과로서의 주체를 만들어낸 과정이다. 조선의 문인들은 중국을 참고해서 한국을 창조한 것이 아니라 중국과 한국을 한데 묶어 생각하면서 한국문학사를 만들어내었다. 타자는 단순한 참고사항이 아니다. 그들은 바로 의고문파에 대해서 생각했으니, 의고문파를 이론적 원천으로 삼거나 혹은 비판했던 것이다. 그것은 아무개의 결과로서의 이론을 이해하기 위한 도구적 존재가 아니다. 그것은 타자로 함부로 떼어낼 수 있는 것이 아니다. 주체와 타자를 강제로 분리하면 둘 다 목숨을 잃는다.

그럼에도 한국문학사의 테두리 속에서 한국한문학을 연구하는 방법은 간단히 말해, 한문학을 중세의 보편적 문학 양식으로만 한정해서 받아들이는 것이었다. 변화하는 동시대의 중국문학은 괄호를 쳐서 은폐해 버렸다. 이렇게 편향적으로 괄호를 침으로써 민족의 순수는 보장될 수 있었다. 변화하는 실체로서의 중국의 동시대 한문학은 아예 연구자의 의식 속에 떠오르지도 않았거니와 혹 떠올라도 그것을 규범이라 강변하고 여전히 순수성을 내세울 수 있었던 것이다. 연암 박지원의 사유가 양명학과 공안파의 논리 위에 서 있다 할지라도 그것을 강조하는 것은 금지된 일이었다. 그것은 '민족의 순수성'에 대한 불경죄가 되었다. 도저히 영향 관계를 인정하지 않을 수 없다면, 그것은 주체적 수용, 주체적 해석이란 말로 교묘히 피해 갔다. 따라서 모든 결과는 순수성으로 낙착되었다.

더 큰 문제는 한국문학사에서 타자의 배제가 일관된 형태로 이루어진 것도 아니었다는 데 있다. 예컨대 시조(時調)는 고려 말 조선 초의 사대부들이 주자학(朱子學)에 입각한 자신들의 미의식(美意識)에 맞는 장르로 만들어낸 것이라고 판단한다. 주자학이 여말선초 문학사의 성격을 해명하는 데 있어 중요한 고리 역할을 담당함은 두말할 나위가 없다. 16세기 사대부의 시조를 '강호 가도(江湖歌道)'로 압축하고, 그 대표적인 작가로 이황(李滉)과 이 이(李珥)를 드는 바, 이들 시조의 이념적 근거 역시 주자학이었다. 이에 비해 조선 후기 문학사 연구는 외래적 사유와 문학에 대한 관심을 거의 보이지 않는다. 특히 한국사와 국문학사가 조선 후 기 부분에서 특기하는 실학(實學)의 경우 역시 그것은 '민족의 현 실에 반응한 학문'이므로 실학의 배후를 이루는 타자의 사상은 전혀 고려된 적이 없었다. 실학이 아무리 청대(淸代) 고증학(考證 學)과 관련이 있어도 그것은 사실상 존재하지 않는 것과 같았다. 실학이 제 아무리 중국의 사상에 영향을 받은 것이라 해도, 그것 은 심각하게 고려될 필요가 없었던 것이다.

한문학을 한국문학사로 편입할 때 생긴 선별의 혼란은 바로 민족의 순수성에 기인하는 것이다. 한국한문학에서 타자─중국 은 순수하게 분리될 수 없다. 그럼에도 불구하고 국문학사는 태 동 초기부터 민족주의의 순수성을 작동시켜 한문학을 배제하려 하였고, 그 결과 만들어진 빈약한 국문학사의 이미지를 극복하기 위해 한문학을 한국문학사에 포함시키기 시작했으나, 그것은 여 전히 한문학에 대한 순수성의 그물을 펼쳐 놓고 있었다. 조동일 교수의 『한국문학통사』가 한문학을 대량으로 서술하고 있다 해 도 문제는 여전하다. 한국문학사 속에 포함된 한국한문학은 민족 주의의 순수성에 의해 무분별하게 취사선택되어 기묘한 모습으 로 왜곡되어 있다.

전술한 바와 같이 민족주의의 속성인 순수와 우월의 작용에 의해 국문학사의 구성 내용이 달라졌다. 이것은 국문학사가 존재했던 것이 아니라, 제작되었음을 의미한다. 따라서 민족과 민족주의의 두 속성을 반성하는 순간, 국문학사가 객관적 존재가 아니라 임의로 구성된 가공물임이 드러나게 된다.

4. 근대와 국문학

1) '근대'라는 문제 설정

민족은 국문학사를 구성하는 최종 근거다. 여기에 또 하나의 근거가 추가된다. 근대. 민족이 국문학사의 내용물을 구성하는 역할을 담당한다면, 근대는 문학사를 시간의 축을 통해 펼치는 최종 근거가 된다. 여기서 이 점을 검토해 보자.

문학사는 역사다. 역사는 변화를 기술한다. 변화가 없으면 역사는 존재하지 않는다. 어제와 오늘이 완전히 같다면, 역사를 쓸 필요가 없다. 문학의 변화를 기술하는 것이 문학사다. 국문학사 역시 당연히 변화를 기술한다. 그러나 이때의 변화는 진보다. 하지만 진보가 변화의 전부는 아니다. 변화는 진보와 퇴보 그리고 단순한 이동(異同)을 내포한다. 진보적 변화는 변화의 부분집합이다. 변화를 진보와 퇴보, 단순한 이동(異同)으로 구분하는 것은, 변화에 대한 인간의 의미 부여다. 그런데 국문학사는 언제나 진보로서의 변화를 다룬다. 조윤제의 『국문학사』는 다음의 시대 구분을 취하고 있다.

> 태동·형성시대-상고(上古) : 통일신라 이전, 통일신라 일대
> 위축시대-중고(中古) : 고려 일대
> 소생·육성시대-근고(近古) : 조선 태조~성종, 연산군~선조 임진왜란
> 발전·반성시대-근세(近世) : 선조 임진왜란~경종, 영조~고종 갑오
> 　　　　　　　　　　　　경장
> 운동시대-최근세(最近世) : 고종 갑오경장~삼일운동
> 복귀시대-현대 : 삼일운동 이후

‘태동 → 위축 → 소생 → 육성 → 발전 → 반성 → 운동 → 복귀’
란 독특한 시대 구분을 갖고 있는 바, 그것은 대체로 진보적 발
전의 과정을 기술한 것이다.

이 진보/발전은 분할된 시기의 전후만을 비교해서 얻어진 것
인가. 결코 그렇지 않다. 그는 이렇게 말한다.

> 이제 이렇게 구분한 것은 주로 순국문학(純國文學)을 중심하야 생각
> 한 것은 물론이거니와, 조선에 있어서의 한문학(漢文學)의 발달 소장
> (消長)도 전연 고려하지 않은 것도 아니다. 왜냐하면 국문학과 한문학
> 과의 관계는 심히 밀접하야 국문학이 한문학의 감염(感染)을 받게 된
> 이후 그중압(重壓)을 받게 되었음과 이조(李朝) 국초(國初) 이래 국학정
> 신(國學精神)의 회소(回蘇)로 말미암아 반발(反撥)하야 한문학을 도리
> 어 압도하고 복구귀정(復舊歸正)하게 되었음을 비교적 소명(素明)하게
> 하고자 함이다.[62]

조윤제가 구상한 서사(敍事)는 이렇다. 그는 순국문학이 중간에

---

62) 조윤제, 『국문학사』, 9면.

한문학의 무거운 압박을 받았다가 조선 건국 이후 국학정신이 다시 살아나자 도리어 한문학을 압도하고 다시 순국문학으로 돌아오는 과정을 그리고자 했던 것이다. 여기서 복구귀정(復舊歸正)이란 말에 주목할 필요가 있다. 그것은 정상으로 돌아옴을 말하는 것이다. 즉 조윤제 국문학사의 서사는 '정상→비정상→정상'의 서사다. 그것은 순국문학이 문학사의 주류가 됨을 최종적인 목적으로 설정하고 있는 것이다. 다시 말하자면, 조윤제의 『국문학사』는 순국문학이 주류가 되는 과정을 진보로 설정하고 있는 것이다.

그 복구귀정을 그는 감격적 어조로 말한다. '운동시대'(고종 갑오경장에서 삼일운동까지)의 마지막 결론 부분에서 그는 이렇게 말한다.

> 이리하여 국문학은 완전히 기생적인 외래문화의 한문학을 구축(驅逐)하고 본연의 형태에 복귀하게 될 것이나, 한문학을 위하여는 애석한 일이지마는 국문학을 위하여는 큰 승리요 또 다행한 일이라 할 것이다. 그러면 물러가는 한문학을 과거의 공로와 함께 영원히 기념탑에 남기고 위대한 국문학의 발전을 기대할 것이다.[63]

한문학을 구축하고 순수한 국문문학의 시대로 돌입한 것이 바로 복귀다. 조윤제는 한문학과 국문학의 병존을 비정상적인 상태로, 국문학만의 존재를 정상적인 상태로 보고 있으며, 아울러 한문학과의 전쟁이 국문학사의 전개 과정이라고 본 것이다.

조윤제의 『국문학사』에서 확인할 수 있듯 국문학사가 서술하

---

63) 위의 책, 482면.

고자 하는 진보적 변화는 한문학이 제거된 순수한 국문문학의 재래를 최종 단계로 삼는다. 국문문학만의 시대가 최종 단계로 설정하는 서사의 발상지는 어디인가. 국문문학의 시대를 문학사의 최종 단계로 설정한 것은, 문언문학(文言文學)이 아니라 속어문학(俗語文學)이 주류성을 획득한 시기를 의식했기 때문이다. 그것은 곧 서구의 근대문학을 의식한 것이다. 전근대 문학에서 변방적(邊方的) 장르에 불과했던 소설(국문소설)에 각별히 주목했던 것도 역시 서구 문학사를 의식했기 때문이었다. 요컨대 국문학사는 서구의 근대문학에 해당하는 국문문학만의 시기를 최종 단계로 삼아, 그 단계에 도달하는 과정을 서술하고자 하였던 것이다.

따라서 문학사의 시기 구분에서 '근대'는 단순한 시기 구분이 아니라, 실로 국문학사의 전체 서사의 구조를 결정하는 권력적 요소가 되었던 것이다. 즉 국문학사에서 근대의 시기를 어떻게 획정할 것인가, 또 근대의 성격을 어떻게 규정할 것인가 하는 것은, 국문학사의 서사 구도를 결정짓는 근거였던 것이다. 다시 말해 '근대 설정'이 사실상 국문학사의 서술 목적이었던 것이다. 지금 한국에서 생산되는 문학이 어떤 방향을 지향해야 하는가 하는 문제에 대해서는 다양한 견해가 제출되어 있지만, 일단 국문학사로 들어가면, 국문학의 모든 역사는 근대문학을 지향하는 것으로 전제한다. 사실상 국문학사의 서술은 근대문학을 향한 서술이다. 어떤 국문학사도 '근대'의 시기 확정에 대해 고민하지 않을 수 없었다.

'근대' 설정 문제에 있어 가장 중요한 시대 구분의 사례는 조동일 교수의 『한국문학통사』다. 이 문학사의 시대 구분에서 매우 독특한 것은, '다섯째 시대'인 '중세문학에서 근대문학으로의 이행기'다. 이 이행기는 조선시대를 둘로 갈라 임병양란 이전은 중세로, 임병양란 이후 1860년까지를 중세에서 근대로의 이행기 제1기 조선 후기로, 1860년에서 1918년까지를 이행기 제2기로 설정하고 있다.[64] 『한국문학통사』의 '근대' 설정이 타당한가 하지 않은가에 대해서는 논란을 벌일 필요가 전혀 없다. 즉 근대를 다른 시기로 확정해야 한다고 여기서 대안을 제시할 필요가 없다는 것이다. 오직 이행기가 설정된 것, 즉 임병양란 이후 1918년까지 거의 3백 년을 근대로의 이행기로 설정하는 것은 눈여겨 볼만한 것이다. 즉 이 시기는 근대와 중세가 병존하는 시기다. 그러나 근대를 축으로 본다면, 임병양란 이후에 조선 내부에서 이미 자생적으로 근대가 시작되고 있었음을 기정사실화하고 있다.

조동일 교수의 설은 종전의 어떤 정확한 연도를 기점으로 하여 근대의 시작을 논하는 다른 설보다 확실히 강점이 있다. 모든 역사적 현상은 정확하게 구획되지 않는다. 점이지대(漸移地帶)라고 부를 수 있는 모호한 부분이 분명히 존재한다. 이런 점에서 광범위한 이행기를 설정한 것은 확실히 유연성이 있다. 이 점에서 이행기의 설정은 독창적이다. 하지만 동시에 조동일 교수의 설은 과거 학설의 종합판이기도 하다. 즉 내재적으로 근대가 성립하고 있었다는 내재적 발전론과 외부의 충격으로서의 근대, 즉 이식근대론(移植近代論)을 종합한 것으로 보인다는 것이다. 종합

---

64) 임병양란이 기준이 되는 것에 대해서는, 달리 언급할 것이 없다. 1860년이 구분선이 된 것은 동학의 창건이다. 1918년이 이행기 2기의 마지막 해가 된 것은, 삼일운동이 일어난 1919년이 근대문학의 기점이 되기 때문이다.

으로서의 이행기를 비판하기는 쉽지 않다. 하지만 이행기 역시 조선 후기에 근대로의 자생적 발전 루트가 존재했음을 말하고 있는 것은 마찬가지다. 이 지점에서 '근대로의 이행기'에 포함된 근대에 대해 생각해 볼 필요가 있다.

근대는 서구(西歐)의 역사적 경험태(經驗態)다. 그것은 인류사의 보편이 아니다. 인류의 모든 역사가 시간의 흐름을 경험하면 반드시 근대에 도달한다고 단언할 수 없다. 콜럼버스의 아메리카 대륙 발견 이전에 서구에 알려지지 않았던 중미와 남미의 마야, 아즈텍, 잉카문명이 스페인 식민세력에 의해 붕괴되지 않고 발전했더라면 과연 근대에 도달했을 것인가. 한데 이 물음 자체가 이미 어리석은 것이다. 서구와의 접촉 없는 사회의 역사가 근대에 필연적으로 도달했을 것이라는 질문은, 서구의 근대에 대한 콤플렉스의 결과물이기 때문이다.

다시 말해 근대는 서구에서 단 1회 발생한 역사적 경험이며, 이것이 서구 제국주의(帝國主義)의 확장과 함께 비서구사회(非西歐社會)에 강제적으로 이식된 것이다. 동아시아 제국(諸國)은 각각 자신들의 처한 입장에서 자신들의 특유한 역사적 경험에 따라 '서구의 근대'를 강요받았다. 19세기 밀 서구와 직접 조우하기 전[65] 조선사회는 서구와 무접촉의 상태에서 동아시아사회 내에서 독자적인 사적(史的) 발전 경로를 밟아왔다. 따라서 조선 후기의 역사에서 '근대'를 찾는 것은 무언가 이상한 일이 아닌가. 그

---

65) 물론 그 이전 17세기 초 마테오리치와 중국에 파견된 예수회 선교사들의 저작을 통해 문헌으로 서양과 접촉하기는 했다. 하지만 이것은 정치적 외교적 접촉은 아니었다.

것은 한국사 내부에서 서구사(西歐史)를 찾는 것이다. 한국사 내부의 '서구사'라니, 참으로 납득하기 어렵다. 솔직히 말하자면 개항(開港) 이전 조선의 역사에서 서구의 역사적 경험인 '근대'를 찾는 것은, 그야말로 난센스에 속한다.

이 난센스, 즉 황당한 문제 설정은 가까이는 해방 이후, 멀리는 20세기 초반부터 한국인의 의식을 지배했다. 그 이유는 무엇인가. 근대는 서구의 역사적 경험이었지만, 서구 제국주의의 세계 지배와 함께 인류의 보편적 역사 가치로 인식되었던 것이다. 좀더 구체적으로 말하자면, 서구사에서 추상된 고대→중세→근대로 이어지는 역사발전 단계가, 비서구인에게 인간 역사의 보편적인 역사발전 단계로 강요된 것이었다. 19세기 말 20세기 초 비서구사회가 서구의 식민지로 전락하자, 식민지 지식인들은 민족주의에 입각해서 자국 역사를 연구하기·시작하면서 서구의 근대적 역사학을 수용했던 바, 그 수용의 과정에서 이 역사 발전 단계는 보편으로 자연스럽게 수용되었다. 고대→중세→근대의 시대 구분은 근대 역사학의 거부할 수 없는 근원적인 진리였다. 비서구사회 역사학자들의 임무는 자국의 역사에서 이 단계들이 존재함을 입증하여 자신들의 역사가 서구의 역사와 동일하다는 사실을 입증하여, 즉 식민지민의 열등감을 보상받으려 하였다. 하지만 그것은 서구사를 바탕으로 추상된 것이어서 식민지 각국의 역사와 부합할 수 없음이 자명하였다. 그럼에도 불구하고 이 시대 구분은 현재까지 다른 대안 없이 여전히 통행한다.

1876년 개항 이후 근대 서구의 압도적 위력―폭력을 경험한 한국인의 의식 속에서 근대는 인류가 도달해야 할, 따라서 한국인도 당연히 도달해야 할 보편적 가치로 주입되어 있었던 것이다. 근대는 한국인에게 내면화된 진리가 되었고, 아무도 이것을 의심하지 않았다. 하지만 그것은 서구가 이제까지 비서구인들에게 은밀히 혹은 공공연히 가해 왔던 정신적 폭력이기도 하였다.

한국인의 내면에 추구해야 할 보편적 가치로서의 근대가 주입된 데에는 일제강점기의 식민사학(植民史學)이 결정적인 역할을 하였다. 식민사학의 한국사 정체론(停滯論)은 한국사는 무변화(無變化)의 역사로 규정하였다. 역사적 발전이 없다는 강변이었다. 조선사 정체론은 실로 모순적인 논리다. 역사는 곧 변화이므로, '역사'라고 했을 때, 구체적으로 '조선 역사'라고 말했을 때 그것은 이미 변화를 내포한다. 변화 없는 역사란 말은 성립하지 않는다. 그러나 조선사 정체론이 말하고 싶었던 것은, 한국사 내부에 근대로 향하는 주체적(主體的) 동력(動力)이 없다는 것이었다. 곧 식민사학이 정체된 역사, 무변화의 역사란 궤변을 늘어놓았던 것은, 조선 역사에 근대로 향하는 자생적 자발적 경로가 없다는 것을 강조하기 위해서였다. 일본 역사에도 서구의 근대는 존재하지 않았으나, 조선보다 일찍 서구화한 자신들은 그것을 인정하지 않았다.

식민사학의 궤변은 식민지 상태에 있던 한국인의 열패감(劣敗感)을 조장하는 데 성공하였다. 역사에서의 근대의 부재는 식민지인인 한국인의 트라우마가 되었다. 이 정신적 상처에 대한 치료가 필요했다. 정체론의 극복이 필요하게 된 것이다. 식민지 시기에 실학(實學)을 운위한 것은 바로 그 시초였다. 그러나 본격적인 정체론의 극복은 광복 이후부터였다. 광복이 되자 정체론을 비판하고, 한국사 내부에 스스로 근대를 향한 자생적 동력을 보유했음을 입증하는 것이 당면 과제로 떠올랐다. 무엇보다 현재 우리가 경험하고 있는 20세기와 맞닿아 있는 역사 시기인 조선후기에서 근대적 징후를 찾아내어야만 하였다. 이내 농업사(農業史)·상업사(商業史) 등 물적 토대에서 근대의 가장 큰 표지인 자본주의의 '맹아(萌芽)'가 나타났음이 밝혀졌고, 이에 상응하는 사상사적 변화, 즉 자생적(自生的) 근대 프로젝트가 '실학(實學)'이란 이름으로 도출되었다. 물적 토대에 있어서 자본주의화, 정신사에서 탈중세적(脫中世的) 사유의 출현이란 짝은 조선 후기 사회가 경제, 곧 물적 토대와 정신 양방향에서 근대로 나아가고 있음을 명백히 보여주는 중요한 지표였다. 이것이 곧 근대로의 자생적 동력이 존재했음을 주장하는 내재적 발전론의 핵심 논리다.

하지만 내재적 발전론은 이미 정답으로서의 결론을 미리 전제하고 있었다. 왜냐하면 한국사 내부에서 근대로의 주체적 발전경로는 그것의 객관적 존재 여부에 관계없이 '반드시 존재해야만 하는' 당위였기 때문이었다. 만약 연구 결과 근대로의 주체적 발전경로의 존재가 확인되지 않는다면, 그것은 한국인 스스로 식민지사학의 정체론을 인정하고, 일제의 식민지배의 정당성을 인정하며, 한국인의 트라우마는 영원히 치유되지 않을 것이기 때문이다. 즉 "우리에게도 근대로 향한 자생적 주체적 발전 경로가 있지 않을까?"라는 물음에 대한 부정의 답은 애당초 있을 수 없는 것이었다. 그것은 식민지 역사학의 정체론을 우리 스스로 정당화하는 것이므로 처음부터 불가능한 것이었다. 조선 후기사에서 근대가 존재함은, 혹은 근대와 순조롭게 접속할 수 있는 유사한 근대의 존재는 이처럼 연구 이전부터 자명한 것이었다. '내재적 발전론'은 광복 이후 연구자들의 의식 속에 깊이 침투하였다. 그 누구도 민족사의 주체적 발전과정을 모색하는 거룩한 일에 딴죽을 걸 수는 없었다. 그랬다가는 아마 친일파, 반민족자로 몰려 민족의 이름으로 처단되었을 것이다.

조선 후기에서 근대를 찾고자 하는 것은, 20세기에 무기력하게 일제의 식민지로 전락했던 한국인의 정신적 상처를 치유하고자 하는 노력이었고, 해방 이후 국가 건설에 필수적인 과업이었다. 여기에 다시 민족주의가 작동했다. 국민 / 민족을 만들기 위한 민족주의의 우월성은 당연히 일제(日帝)의 정체론에 맞서 당당히 근대의 길을 열었던 주체적 민족을 요구했던 것이다. 이렇게 하여 근대는 '한국인'에게 도달해야 할 역사적 완성단계로 내면화되었던 것이다.

앞서 민족주의 역사학은 '민족'이란 주어에 대한 형용사 술어와 동사 술어를 갖는다 했는데, 형용사 술어는 이미 언급한 바와 같이 '위대하다'는 것이었다. 이제 동사 술어를 가질 차례다. 그 동사 술어는 '발전했다'이다. 그리고 이 동사는 '근대로'라는 부사어를 필연적으로 갖는다. '민족사는 근대로 발전했다'는 것이 민족주의 역사학이 가질 수 있는 두 문장 중 하나다.

한국인의 의식에 내면화된 가치로서의 '(서구의) 근대'는 너무나 강력한 힘이었다. 이 힘의 자장(磁場)은 한국의 역사를 보는 시각을 결정했다. 조선 후기를 근대로 보고자 하는 의식, 조선 후기에서 근대를 찾고자 하는 의식, 그리하여 조선 후기의 여러 사회적 사상적 변화와 발전이 식민지로의 전락이 없었더라면, 근대를 창출했을 것이라는 믿음은, 고대 중세 근대로 이어지는 역사발전의 도식을 진리로 수용하고 있다. 즉 근대는 역사 발전의 단계에 있어서 중세 이후에 필연적으로 도래하는 것이라는 신념을 전제하고 있다는 것이다. 이것은 지금도 계속되고 있다.

요컨대 조선 후기사에서 '근대'란 애당초 잘못된 문제 설정이었다. 내재적 발전은 한국사 내부에서 서구사를 찾는 것이기에 이미 문제 설정 자체가 오류인 것이다. 일제 식민사학의 정체론이 설정 불가능한 문제를 설정하여, 한국사 내부에 근대가 존재하지 않았다고 강변한 것이라면, 내재적 발전론 역시 설정될 수 없는 문제의 틀 속에서 근대가 존재했다고 강변한 것이었다. 둘 다 문제 설정의 오류에서 빚어진 결론이었던 것이다.

2) 내재적 발전론의 근대와 주자학(朱子學) · 실학(實學)

자생적 근대를 주장하는 내재적 발전론은 한국사에만 적용되는 것이 아니었음은 물론이다. 그것은 문학사에도 미술사에도 음악사에도 건축사에도 모두 적용되었다. 이른바 국학의 모든 분야에 적용되었다. 내재적 발전론은 이제 거의 상식이 되어 현재 한국인의 의식 속에 깊이 침투해 있다. 이제 이 오류가 문학사를 어떻게 구성하고 있는가를 검토할 차례다.

문학사에서, 아니 범위를 넓힌다면 사상사가 될 터이고, 또 범위를 더 넓힌다면 한국사 전체가 될 터이지만, 자생적 근대와 관련된 가장 중요한 표지는 주자학(朱子學), 곧 성리학(性理學)으로 여겨진다. 즉 한국사는 물론 문학사·예술사·사상사, 그리고 이른바 '국학'의 연구에 종사하는 연구자들의 의식 내부에까지 한국의 거의 모든 인문학 분야의 '사(史)'에서 주자학과의 대비─그것이 찬동이건, 이탈이건, 비판이건─는 조선 후기사 이해에 있어 의미를 발생시키는 가장 근원적 층위다. 주자학에 대한 태도를 검토하는 것은 그 어떤 무엇보다 강렬한 문제 설정인 것이다. 이 문제 설정은 조선 후기사의 모든 국면에서 주자학으로부터의 이탈, 아니면 주자학에 대한 비판 등등 주자학에 대한 모든 반론적 현상을 찾고 그것을 특정한 방식, 곧 근대 혹은 근대 지향적인 것으로 해석하는 데 몰두한다.

국문학사의 경우로 논의의 폭을 일단 좁혀 보자. 앞서 간단히 언급했듯, 조동일 교수의 『한국문학통사』는 조선 후기(임병양란 이후)를 '중세문학에서 근대문학으로의 이행기'로 규정하고 있는데, 여기서 눈여겨볼 부분은 '문학의 근본 문제에 관한 재검토'이다. 여기서 조동일 교수는 '성정론(性情論)의 근거 비판'이란 항목을 다시 설정한다. 성정론의 근거 비판은 다름 아닌 '주자학/성리학의 문학관에 대한 비판'이란 말이다. 주자학으로부터의 이탈/비판이 근대로 이행하는 중요한 표지라는 의미로 이해된다.

하지만 찬찬히 생각해 보자. 조선 전기에 성정론(性情論)이 존재한 것은 사실이지만, 성정론에 대한 비판이 근대를 향하는 표지라는 발상은 이상하지 않은가. 이것은 성정론이 인간의 자유로운 정서를 표현하는 문학을 억압하는 도구로 존재했다는 것을 전제한다. 과연 그런가. 성정론이 존재했던 것은 사실이지만, 이

것이 조선 전기 문학 창작을 억압한 자취는 조선 전기 문학사에서 찾아볼 수 없다. 즉 성정론이 억압적 담론이었던 흔적은 찾기 어려운 것이다. 성정론이 시에 적용된 주자학의 문학적 담론이라면, 재도론(載道論)은 문학 일반 또는 산문문에 적용된 성리학의 문학적 담론이다. 따라서 재도론에 대한 비판 역시 근대로의 이행을 알리는 표지로 이해된다. 하지만 따지고 보면 조선 전기는 재도론에 대한 언급이 의외로 드물고 또 문인들이 재도론을 정교하게 이해한 것 같지도 않다. 나아가 재도론이 산문 창작의 자유를 억압한 흔적도 찾기 어렵다. 오히려 조선 전기의 문인들은 성정론과 재도론을 긍정적인 문학 담론으로 수용하고 있었던 것으로 보인다.

성정론과 재도론이란 문학 담론이 존재한다는 것과 그것이 창작 현실에서 상상력과 표현의 자유를 억압하는 권력을 갖는다는 것은 구분될 필요가 있다. 조선 전기 문인들의 창작론을 검토해보건대, 그들이 성정론과 재도론의 억압을 의식한 경우를 거의 찾을 수 없다. 조선 전기 시인들은 송시(宋詩), 그중에서도 강서시파(江西詩派)의 시를 전범으로 의식하여 창작에 몰두했을 뿐이지 성정론 따위에는 별 관심을 두지 않았다. 성정론은 도리어 시의 말단적인 표현 기교에 몰두하는 창작 경향을 비판하는 담론으로 기능했다. 성정론이 문학창작을 억압했다는 것은, 조선 전기 한시와 비평을 치밀하게 연구하여 얻어낸 추상이 아니라, 20세기의 국문학 연구자들의 상상이 만들어낸 가공의 담론일 뿐이다. 그렇다면 성정론 비판이 근대로 향하는 지표로 부각된 것은 무엇 때문인가.

성정론과 재도론에 대한 비판은, 곧 주자학 비판이다. 성정론에 대한 비판에 의미를 부여하는 데는, 주자학을 비판하고 극복하는 것을 역사 발전의 중요한 지표로 파악하는 인식틀이 전제되어 있다. 이 인식틀은 어떻게 하여 만들어진 것인가. 주자학으로부터의 이탈, 주자학 비판이란 문제 설정은 서구의 중세(中世)를 의식하여 제출된 문제다. 근대가 중세로부터의 이탈이라면, 중세로부터의 이탈을 알리는 지표는 여럿이다. 한데 신(神)과 신학(神學)으로부터의 이탈, 신과 신학에 대한 비판은 가장 강력한 지표였다. 신에서 인간으로, 신학에서 과학으로! 성(聖)에서 속(俗)으로! 곧 자연과 인간에 대한 신학적 이해에서 벗어나는 것이 근대였던 것이다.

한국사 내부에서 서구사를 찾는 한국의 역사학, 그리고 문학사 연구는, 신과 신학에 상응하는 등가적(等價的) 대체물을 찾고자 하였다. 그것은 다름 아닌 주자학(朱子學)과 '리(理)'였다. 즉 서구의 '신학-신'은 '주자학-리'로 대체된 것이다. 조선 후기 역사에서 주자학으로부터의 이탈, 주자학 비판을 표나게 드러낸 것, 그리고 리(理)보다는 기(氣)에 주목해온 것은 모두 한국사 내부에서 서구의 근대와 대체할 수 있는 유사근대(類似近代)를 찾고자 하는 문제 설정에서 배태된 것이었다. 이 문제 설정이 오류임은 두말할 나위가 없으며, 주자학과 리를 신학과 신으로 대체하려는 시도 역시 오류임은 췌언을 요하지 않는다.

이 문제 설정은 한국사의 시대 구분까지 간섭하였다. 조선 후기를 근대와 연관짓기 위해 자연스럽게 조선 전기는 주자학이 지배하는 사회로 인식되었다. 아니 억지로 규정해야만 하였다!

조선시대사 서술에서 임병양란(壬丙兩亂)을 기점으로 하여 조선 후기에 '주자학 비판'을 드러나게 내세워 기술하는 것, 사상사에서 주자(朱子)의 경학(經學)에 대해 비판적 학설을 제시했다는 박세당(朴世堂)과 윤휴(尹鑴)의 경학에 큰 의미를 부여하는 것, 그리고 문학사, 예컨대 조동일 교수의 『한국문학통사』의 조선 후기가 '성정론 비판'을 강조해 서술하는 것은, 조선 전기 사회가 주자학의 완전한 지배하에 있었음을 전제해야만 성립 가능한 것이다. 즉 조선 후기의 빛을 강조하기 위해 조선 전기를 암흑기로 규정하는 것, 이것은 근대를 밝히기 위해 중세를 암흑의 시대로 묘사하는 것의 복제물이었던 것이다.

이 지점에서 과연 조선 전기 사회가 주자학의 완벽한 지배하에 있었는지를 생각해 보자. 책의 유통을 논의의 실마리로 삼는다. 주자학이 전일적으로 지배하는 사회란 주자학에 대한 완벽하고 깊은 이해를 전제한다. 그러나 중종조까지 주자학의 기본 교과서라 할 『성리대전(性理大全)』조차 제대로 이해되지 않았다. 중종은 즉위한 뒤 경연에서 『성리대전』을 텍스트로 선택하고자 했지만 이 책의 내용을 제대로 이해하는 사람이 없어 텍스트로 채택할 수 없었다. 중종은 성종 때 이 책을 경연에서 강의한 적이 있음을 지적했지만, 그것은 쉬운 부분만을 발췌해서 강독한 것일 뿐이었다. 더욱이 주자학의 정전(正典)이라 할 『주자대전(朱子大全)』은 중종 38년(1543)에야 비로소 간행되었다. 그러나 중종 38년에 간행된 『주자대전』마저 널리 배포되지 않았고, 선조 6년에 (1573) 유희춘(柳希春)이 교정을 본 『주자대전』이 『성리대전』과 함께 비로소 지식인들에게 본격적으로 보급되었다. 1300년 경 주자학이 전래되었으니, 거의 270년이 지난 뒤다. 퇴계(退溪)와 율곡(栗谷) 이전은 주자학의 내용을 차츰 이해해 가는 과정이었지, 원숙한 이해에 도달하였던 것은 결코 아니다. 사단칠정론(四端七情論)은 퇴계 율곡의 시대에 와서야 비로소 이 고도로 추상화된 관념철학에 대한 이해가 비교적 높은 수준에 도달해 나름대로 스스로 궁금한 문제를 제출할 수 있게 되었다는 것을 의미한다. 이것은 조선 전기 사대부사회가 주자학에 대한 온전한 이해에 도달하지 못하였음과 아울러 주자학이 사회·문화의 모든 부분을 지배하지 못했다는 것을 의미한다.

주자학에 입각한 유교국가로의 전환도 매우 더디게 진행되었다. 조선 전기의 『왕조실록』을 읽어본 사람이라면 알 수 있듯, 적어도 연산군 때(1506)까지 사회의 분위기는 그 이후의 것과는 완전히 달랐다. 사대부사회 내에서도 유교 윤리는 극히 느린 속도로 보급되었다. 성적(性的) 일탈(逸脫)이 범람했으며, 혼인에 있어서 처가살이가 보편적이었다. 유교적 가부장제의 성립은 극히 완만하게 진행되고 있었으니, 유교적 가부장제사회의 성립을 위한 주자학의 하위 텍스트들은, 중종조(中宗朝)의 사림정권기(士林政權期)에 비로소 본격적으로 보급되기 시작했던 것이다. 주사학에 입각하여 인간의 일상적 신체를 규율하는 『소학(小學)』, 인간의 일생의 의식(儀式)을 지배하는 『가례(家禮)』, 향촌사회(鄕村社會)를 유가적(儒家的) 윤리에 의해 조직, 통어(統御)하는 『향약(鄕約)』 등은 모두 중종조의 기묘사림(己卯士林)에 의해 활발히 보급되었다. 그러나 이마저도 기묘사화로 인해 이후 중단되었다가 선조대(宣祖代)에 와서야 저항 없이 보급될 수 있었다.

가부장제 역시 제대로 작동한 것은, 많은 논자들이 지적하듯 17세기 중반 이후부터였다. 일반적으로 임병양란을 기점으로 하여 조선 전기 양반사회의 모순이 노정되어 양반사회에 대한 비판과 중세사회의 해체가 시작되었다고 말하고 있지만, 사실은 역으로 임병양란 이후 주자학이 구상한 유교국가, 즉 양반사회가 본격적인 완성의 길로 접어들었던 것이다. 이것은 이제까지 설명한 바와 같은 전쟁 이후의 민심을 수습하기 위한 이데올로기의 반동적 강화가 아니라, 유교사회로의 지향이 갖는 관성이 작동한 결과로 볼 수밖에 없다. 이후 주자학에 대한 이해 역시 더욱 심화되고 있었던 것이다. 아울러 임진왜란을 성공적으로 이끈 것이 양반사대부 체제였다는 것을 간과해서는 안 될 것이다.

이것은 우리가 이때까지 한국사를 서술해 왔던 구도와 너무나 이질적이지 않은가. 요컨대 주자학의 수용(1300), 조선의 성립(1392)부터 임진왜란(1592)까지의 2백 년 내지 3백 년 동안 주자학은 아직 담론으로서 권력의 정점에 도달하지 않았으며 천천히 그것도 아주 천천히 정점을 향해 가고 있었던 것이니, 사회 구성원이 질식의 분위기를 느낄 정도로 조선사회를 완벽하게 통어하지 않았음은 두말한 나위가 없다.

그런데 주자학으로부터의 이탈을 자생적 근대로의 지향이라고 생각하는 문제 설정은 조선 역사 중반의 임진왜란과 병자호란을 절묘한 시간 구분선으로 인식하여, 자기 논리의 공고한 증거로 삼았다. 거대한 전쟁을 중심으로 사회의 변화가 일어나고 또 그 사회 변화로 역사적 시기를 구분한다는 것은 상식적으로 설득력이 있다. 내재적 발전론은 이 상식에 의지하였던 것이다.

이제 임병양란을 구분점으로 하여 조선 전기와 후기에 각각 적당한 사건과 현상들을 의미 있게 배치하는 작업이 남게 되었다. 뒤에 상론하겠지만, 조선 전기는 주자학의 시대로, 후기는 실학의 시대로, 그리고 이에 근거해 조선 전기는 양반사대부의 시대로, 조선 후기는 서민(庶民)의 시대로, 조선 전기는 평시조(平時調)의 시대로, 조선 후기는 사설시조(辭說時調)의 시대로! 얼마나 간명하고 멋진 이분법이자 발전도식인가. 이처럼 임병양란을 구분선으로 하여 조선 전기에 주자학을 집중적으로 배치하는 구도는 조선 전기와 후기의 모든 역사적 문화적 현상을 설명하는 독점적 근거로 작용했다. 거칠게 말해 주자학은 '근대 찾기'에 의해 시대 구분의 기준으로서의 의미를 갖게 된 것이었다.

주자학의 시대 구분 기준으로서의 의미는 다시 실학(實學)에 의미를 부여했다. 주자학과 실학은 '근대 찾기'의 안과 밖이다. 둘은 분리될 수 없다. 시대 구분 기준으로서의 주자학의 의미를 보다 명징하게 파악하기 위해서는 실학에 대해 언급하지 않을 수 없다. 이제 논의를 실학으로 옮기자.

도대체 실학이란 무엇인가. 한국인에게 상식이 되어 버린 이 어휘에 만족스러운 정의를 내리는 것은 뜻밖에도 어려운 일이다. 실학의 성격과 범위를 둘러싸고 한동안 치열한 논쟁이 벌어진 적이 있다. 명징한 결론에 도달하지는 못했지만, 대체로 조선 후기에 역사적으로 실재했던 사회개혁프로그램이라는 데는 합의하였다. 실학은 이후 교육기관을 통해, 기타 메스컴을 통해 국민의 역사적 상식으로 자리를 잡는다. 예컨대 정약용(丁若鏞)은 실학자와 항상 결합하는 식이다. 그러나 앞서 언급했듯, 실학 역시

'근대 찾기'의 산물이다. 곧 실학은 '근대 찾기'가 구성한 구성물인 것이다.

실학의 범위를 따져 보자. 엄격히 따지고 들면, 실학은 그 범위조차 애매해진다. 실학의 주체인 실학자의 범위를 보자. 이우성(李佑成) 선생은 조선 후기 사대부 계급이 세습적(世襲的) 특수집권층(特殊執權層)인 '벌열(閥閱)'과 영구몰락층(永久沒落層)인 '사(士)'로 분화되었다고 지적하고, 바로 사(士)가 실학의 모태라고 하였다. 즉 "실학이라는 학풍은 이 양심적인 사(士)들의 비판의식에 의해서 형성되었던 것이다"[66]라고 규정했던 것이다. 이 논리가 타당하다면, 『임원경제지(林園經濟志)』란 거창한 '실학적' 저술을 남긴 서유구(徐有榘)는 실학자인가, 아닌가? 그의 가문은 1806년 정쟁(政爭)에서 패배하기 전까지 벌열 중의 벌열이었다. 조부 서명응(徐命膺)은 양관(兩館) 대제학(大提學)을, 작은 조부 서명선(徐命善)은 영의정을, 아버지 서호수(徐浩修)는 규장각 직제학을, 숙부 서형수(徐瀅修)는 대사간과 대제학까지 지냈다. 그의 가문은 벌열이 아니겠는가? 실사구시학파(實事求是學派)의 거두 김정희(金正喜)는 과연 영구몰락층인 사(士)인가? 그의 가문의 내력을 볼 때 그가 벌열이 아니라고 말하지 못할 것이다.

가정해 보자. 만약 오늘 18세기 조선사회의 모순을 지적하고, 그것을 해결할 구체적 프로그램을 담고 있는 저술이 발견되었다고 하자. 저자에 대해서는 현재까지 알려진 바 없다. 이 사람은 실학자이고 그 학문 행위는 실학인가, 아닌가. 그는 실학자다! 왜

---

66) 李佑成, 「實學研究序說」, 『韓國의 歷史像』, 창작과비평사, 1982, 18면.

냐하면, 그것은 20세기 역사학의 '근대 찾기'가 요구하는 조건을 만족시키고 있기 때문이다. 학계의 권위자가 이 사람은 실학자이며, 이 학자의 저술은 실학적 저술이라고 말한다면, 그것으로 그는 실학자가 된다. 이 외에 어떤 답이 필요하겠는가. 실학의 범위는 이처럼 애매하다.

실학이 내포하고 있는 골치 아픈 문제는 더 이상 덮어둘 것이 아니다. 또 이 문제는 실학의 개념을 다시 정교하게 다듬어서 해결될 것도 아니다. 다른 방식의 물음이 필요한 것이다. 실학의 개념과 내용을 더욱 정밀하게 연구하는 방식이 아니라, 왜 실학이란 개념이 필요했던가를 물어야 할 것이다. 앞서 언급했다시피 실학은 근원적으로 한국사의 '근대 찾기'와 관련된다. 그리고 실제 개념은 주자학과 관련해서 성립한 것이다. 실학은 '근대' '주자학'과 구분될 수 없는 개념인 것이다. 주자학은 실학의 대척적 담론이다. 즉 실학을, 주자학에서 이탈하는 것, 주자학을 비판하는 것 등등 주자학에 대한 비판적 언술로 이해했고, 지금도 이해하고 있는 것이다. 실학이란 명사는 허학(虛學)인 주자학을 비판하고, 극복한 학문 담론으로 상정되었던 것이다. 그러나 당혹스런 결과가 계속 나타났다. 실학자라고 규정한 학자가 주자학의 언술을 펴는가 하면, 실학자의 학문 내용 중에 도저히 실학적인 것으로 볼 수 없는 것들이 있었던 것이다. 거기다 주자학과 실학이 불가분의 관계에 있음이 알려지기 시작했던 것이다. 실학의 기원으로 율곡까지 거슬러 올라가기도 하는데, 율곡은 주자학자가 아닌가. 실학과 주자학의 얽힘은 자연스러운 일이지만, 실학을 주자학의 대척적 지점에서 정립하고자 하는 의도에는 반하는 것이 아닐 수 없었다. 그럼에도 이런 문제는 정밀하게 검토되지 않았다. 모두 이 문제를 의식적으로 피해 갔던 것이다. 왜인가?

주자학=중세란 도식은 조선시대사를 설명하는 가장 높은 추상이었다. 실학을 주자학에 대척적인 담론으로 설정하면서 이 추상의 설득력은 배가되었다. 조선 전기=주자학=중세란 구도는 이면적으로 조선 후기=실학=근대란 도식의 대립적 존재를 전제한 것이었다. 주자학은 현실과 무관한 순수한 관념의 학문일 뿐이며, 실학은 현실적인 문제를 고민하는 현실적 학문이었다. 관념에서 현실로! 얼마나 멋지고 완벽한 대립이고 발전인가. 물론 '실학'의 내용은 가공의 것이 아니라, 실재하는 것이었다. 실학의 시대인 18세기는 조선 건국 후 3백 년을 경과하고 있었다. 사회 모순이 곳곳에서 노출되었다. 이 모순과 낙후된 현실을 개혁하고자 하는 학적(學的) 프로그램은 분명 존재했다. 그 내용을 여기서 굳이 말할 필요는 없을 것이다.

하지만 실학의 내용은 복합적인 것이었다. 사회개혁프로그램은 그중 일부였다. 성호(星湖) 이익(李瀷)의 실학은 예학(禮學)과 경학(經學)에 대한 방대한 저술을 남기고 있으며, 후계자 안정복(安鼎福) 역시 그렇다. 다산에게 있어서도 예학은 그가 지향하는 학문적 목표였다. 이 예학은 사대부사회의 존속을 전제로 하여 유의미한 것이었다. 그것은 주자의 『가례(家禮)』와 『의례경전통해(儀禮經傳通解)』가 갖는 문제의식과 대척적인 것이 결코 아니었다. 그렇다면 실학자들의 그 치밀한 예학 연구가 조선사회를 개혁하는 진보적 속성을 갖는다고 말할 수 있을 것인가. 요컨대 실학자들의 저술은 반드시 사회개혁적인 것만은 아니며, 동시에 주자학의 문제의식을 전면적으로 비판하는 것도 아니었다. 이익과 안정복의 사유에서 과연 주자학의 문제 설정에 대한 전면적인 비판의식이 있는지 의문이 아닐 수 없다.

실학의 언어를 구체적 지시 대상을 갖고 있는 진보적 언어로 규정하고, 주자학을 순수한 관념적 추상어로 규정하여 주자학과 실학을 대립시킨 것은, 20세기의 근대 사학의 산물이었지 사실이 아니었다. 즉 주자학과 실학은 전면적으로 대립하는 마주보는 담론이 아니었던 것이다. 정약용(丁若鏞)이 왈리왈기(曰理曰氣)하면서 집집마다 문호를 세운다고 말한 것은 주자학에 편향된 지식인들의 학문 풍토였지 주자학 자체를 완전히 몰의미한 것으로 인식하고 비판한 것은 아니었던 것으로 보인다.

물론 이렇게 말하면 주자학과 실학의 대립 현상을 부분적으로 예시(例示)하는 반론이 예상된다. 그렇다. 주자학과 실학이 전혀 대립하지 않는 것은 아니다. 그것은 부분적으로 대립한다. 우리가 말하는 실학의 내용을 볼 것 같으면, 내부에 서학(西學)과 고증학·양명학 등 주자학과는 사뭇 대척적인 성격의 담론이 복잡하게 혼재(混在)하고 있었다. 이런 내용의 부분적 차원에서 실학은 얼마든지 주자학과 대립할 수 있었다. 그러나 그것이 전체적으로 주자학/반주자학으로 일관되게 대립한 것은 아니었던 것이다. 그럼에도 불구하고, 실학을 굳이 주자학과 대립적인 것으로 파악하려는 것은 무엇 때문인가. 그것은 앞에서 언급했듯 주자학과 실학을 대립시켜, 실학에 자생적 주체적 근대의 이미지를 부여하기 위해서였다. 신과 신학으로부터의 해방이 서양의 중세에서 근대로의 이행이었듯, 주자학과 리(理)로부터 실학과 현실[氣]로의 이행을 근대로 보려는 것이었던 것이다.

실학은 주자학에 대한 비판으로서 존재한다고 하자. 그렇다면 주자학에 대한 비판이 과연 '근대'를 보증할 수 있는가. 주자학에 대한 비판이 발전했더라면, 근대에 도달할 수 있었던 것인가. 예컨대 사상사에서 주목하는 박세당(朴世堂)과 윤휴(尹鑴)의 주자학 비판은 주자학에 대한 전면적인 비판인가. 그의 사상은 주자학을 무용한 오류로 보아 해체하는가. 그들이 주자를 비판했을 때 주자 비판 너머에는 '근대'의 빛이 보이는가. 나의 소견으로는 그들의 주자학 비판은 새로운 주자학의 구성을 의미하는 것이지, 그것 자체가 반주자학이거나 주자학의 무용(無用)함을 의미하지는 않는다. 동일한 방식으로 장유(張維)가 주자학의 학문 독점을 비판하고 양명학을 옹호했다고 해서, 그가 반주자학자라고 할 수는 없는 것이다.

박세당과 윤휴·장유의 주자학에 대한 비판 그리고 그 비판의 발전적 형태로서의 실학은, 과연 그것이 넓은 의미의 유교(儒教)를 전면적으로 비판하고 있는가 또 그 대안을 모색하고 있는가 라는 문제와 관련하여 치밀하게 고찰되어야 마땅하다. 주자학으로 장대(壯大)하고 정교한 지배 논리를 확보한 조선의 유교는 쉽게 해체될 것이 아니었다. 유교는 이미 국가사회를 완벽하게 구조화하였고, 인간의 의식에 내면화되어 신체와 일상을 지배하였으니, 혁명적 상황이 아니라면 자기의 권력을 쉽게 포기하지 않을 것이었다. 아니, 그것은 근대를 경험한, 아니 근대 이후를 논하고 있는 지금까지도 한국인의 사유와 행동을 지배하고 있지 아니한가.[67]

주자학에 대한 비판은, 혹은 그 대안으로서의 실학은 궁극적으로 유교적 국가사회 체제와 문화, 역사에 대한 전면적 비판을 지향하지 않으면 무의미한 것이다. 그러나 과연 실학이 구상한 정치 경제적 프로그램이 유학—주자학이 만든 사회 체제를 해체할 수 있었을까? 또 주자학을 비판하거나 부정하는 사고가 성숙한다 해도 그것이 반드시 근대일 수 있을까. 만약 실학이 실천되었더라도 그 결과는 서구와 동일하지 않았을 것임은 물론이다. 그렇다면 실학의 의의는 어디에 있는가.

중세란 말을 임시로 사용한다면, 실학은 중세68)에 대한 중세적 방법의 극복이라는 점에서 발전이다. 실학이 실천되었더라면, 그것은 아마도 조선의 모순을 상당히 극복한 새로운 중세를 탄생시켰을 것이다. 이런 점에서 조선 후기사에서 근대의 모습을 찾고자 하는 것은 잘못된 문제 설정에 기초한 것이며, 조선 후기사의 실학, 상업, 농업의 자본주의적 맹아가 식민지를 거치지 않았더라면 근대로 발전했을 것이라는 것은, 서구의 근대를 역사의 완성으로 보는, 스스로의 역사 속에서 근대를 경험하지 못한 한국인의 근대콤플렉스에서 온 환상에 지나지 않는다.

조선역사 내부에 근대를 지향하는 역사적 동력이 본래적으로 존재했다는 것이 내재적 발전론이고, 이 내재적 발전론을 지지한

---

67) 官僚主義, 溫情主義, 폐쇄적 家族主義, 性差別, 儒家的 儀禮의 존속, 상하복명의 윤리 등을 생각해 보라. 더 손쉬운 예로 제사가 『朱子家禮』에 근거하고 있다는 사실과 제사의 의미도 모르면서 제사를 지내기 위해 명절에 전 국민이 이동하는 광란을 생각해 보라.

68) 나는 이 용어를 쓰기 싫지만 지금 형편으로는 대신할 방도가 없기에 임시로 사용한다.

것이 실학이다. 하지만 이 내재적 발전론은, 서구의 역사 발전의 단계를 수용하며, 아울러 우리에게 보다 엄밀한 의미에서 근대가 존재하지 않았다는 것을 인정한다는 점에서 영원히 서구사회에 비해 열등한 한국사를 필연적으로 구성한다. 이것은 여전히 서구 중심주의의 논리에 사로잡혀 스스로를 서구의 아류적 존재로 규정한다는 것을 의미한다. 이것은 내재적 발전론이 의도했던 '주체 찾기'와 정면으로 모순되는 것이다.

조선 후기사는 발전하고 있었으며, 실학은 그 발전의 한 징표다. 하지만 조선 후기와 실학을 내재적 근대로 볼 근거는 아무 데도 없다. 요컨대 실학은 오로지 조선 후기에서 주체적 근대의 자생적 발생 루트를 찾기 위해 주자학과 대립적인 학문 담론으로 구성된 것이었다. 그것은 실재했지만, 그것에 부여된 의미는 실재한 것이 아니라, 20세기의 필요에 의해 만들어진 것이었다고 말할 수 있다.

3) 내재적 근대의 흔적으로 여겨지는 사유들의 의미

'근대 찾기'는 임병양란을 근대로 넘어오는 시기로 설정했으며, 주자학에는 온전한 중세, 실학에 근대의 맹아란 의미를 부여했다. 이 의미 부여가 엄청난 문제를 내포하고 있음은 위에서 언급하였다. 하지만 문제는 여기에 그치지 않았다. 조선 후기에서 근대를 찾고자 하는 문제 설정은 조선 후기사의 여러 문화적·사회적 현상들을 왜곡하는 데도 균등하게 작용했다. 이 왜곡은 대단히 광범위한 것이었다. 사상사 차원에서 '근대 찾기'를 생산했던 왜곡에 대해 검토하고 넘어가자.

나는 문체반정(文體反正)을 다룬 한 논고[69]에서 문체반정이 비판의 대상으로 삼았던 양명학(陽明學)·양명좌파(陽明左派)·소설(小說)·소품(小品)·고증학(考證學)·서학(西學) 등과 주자학과의 관계를 고찰한 바 있다. 그것들은 예외 없이 직접적 혹은 간접적으로 주자학을 비판, 부정하는 주자학과 대척적인 입장에 서 있는 사유들이었다. 이런 사유들에 대해 학계에서는, 대체로 중세에 대한 비판으로 파악하였다. 전술한 바와 같이 주자학에 대한 비판을 중세에 대한 비판으로 읽었던 것이다. 주자학에 대한 비판으로서의 '근대'의 설정이 갖는 문제는 실학을 검토하면서 지적한 바 있다. 그런데 '근대 찾기'는 실학 외의 주자학에 대한 모든 반론적·비판적 담론들을 근대로 읽어내고자 하였다. 문체반정에서 정조의 비판 대상이 되었던 주자학을 비판했다고 여겨져 온 여러 사유들은 실학, 근대와 어떤 관계에 있는 것인가.

문체반정이란 용어에 포함된 '문체'란 말로 인해 문체반정에서 문체－문학이 사건의 전폭을 이룬다고 생각하면 오해다. 문체반정에서 문체－문학은 사건의 실마리, 혹은 일부를 이룰 뿐이고, 그 이면에 대단히 복합적인 담론이 있다. 문체반정은 문학 이상의 의미가 있는 것이다. 문체반정의 경과는 거개 다 밝혀져 있기에 여기서 재론할 필요는 없다. 먼저 넓은 차원에서 접근해 보자. 문체반정은 18세기 서울의 궁정과 관료사회에서 발생한 사건

---

69) 강명관, 「문체와 국가장치－정조의 문체반정을 둘러싼 사건들」, 『안쪽과 바깥쪽』, 소명출판, 2007, 195~218면.

이다. 하지만 사건의 근원은 내재적(內在的)인 것이 아니라 외재적(外在的)인 것이었다. 좁혀 말하자면, 문체반정은 중국에서 수입된 서적(書籍)으로 인해 발생한 것이었다. 정조(正祖)가 문체반정을 주도하면서 완강한 어조로 여러 차례 중국 북경(北京) 유리창(琉璃廠)으로부터의 서적 수입을 금지하는 것을 보면 짐작이 갈 것이다.

문체반정은 기본적으로 사상전(思想戰)이다. 문체반정을 주도한 정조가 그의 죽음 직전까지 주자(朱子)의 모든 문자를 거두어 모은 '주자대전집(朱子大全集)'의 편집을 구상하고 추진했던 것은, 말할 것도 없이 문체반정의 대상이 되었던 요소들이 주자학에 반하거나 혹은 주자학에 비판적인 것이었음을 의미한다. 그렇다면 그 구체적 내용들이란 과연 무엇인가. 요약해 보자.

(1) 공안파(公安派)와 양명좌파(陽明左派), 양명학(陽明學)

정조는 문체반정의 대상이 되는 사유들은 '명말청초(明末淸初)'의 것이라고 압축한다. 문체반정에서 명말청초란 궐할 수 없는 어휘인 것이다. 그 의미는 무엇이며, 어떤 사상가를 지칭하는가. 정조는 드물게 한 사람 원굉도(袁宏道)의 이름을 직접 언급한다. "명청(明淸)의 글은 초쇄기궤(噍殺奇詭)하여 실로 치세(治世)의 글이 아니며 그중에서도 『원중랑집(袁中郎集)』이 가장 심하다."[70] 원굉도는 공안파(公安派)의 이론가다. 앞서 언급한 바와 같이 16세기 명의 의고파는 고전적(古典的) 전범(典範) — 시(詩)에서는 한

---

70) 『正祖實錄』, 정조 15년 11월 7일조.

위(漢魏)의 고시(古詩)와 성당시(盛唐詩), 산문에서는 선진양한(先秦兩漢)의 산문—의 예술적 성취를 언어적 모의(模擬)를 통해서 재현하고자 하였다. 이 의고적 창작논리는 대대적으로 유행했지만, 이내 당송파(唐宋派)의 비판을 받는다. 그러나 당송파의 비판은 철저하지 않았다. 의고파의 의고적 창작논리를 철저하게 비판한 것은 공안파였다. 정조가 말한 원굉도는 바로 그 공안파의 이론가이다. 원굉도의 반의고적 창작이론은 양명학의 사유를 극단까지 밀어붙인 이탁오(李卓吾)의 사상을 문학적으로 전환한 것이다. 양명학―양명좌파(이탁오)―원굉도란 구도가 성립하는 것이다. 따라서 원굉도의 비평이론에는 양명좌파 이탁오의 사유가 내재(內在)하고 있었으며, 나아가 그것이 양명학의 기초 위에 서 있는 것은 두말할 필요가 없다.

조선에서 양명학은 이황(李滉) 이래 이단으로 규정되었기에 사상적 주류가 될 가능성이 없었다. 물론 정제두(鄭齊斗)를 정점으로 하는 강화학파(江華學派)의 양명학이 존재하고, 그것이 또 조선 후기 사상계에서 이채(異彩)를 발하는 것은 사실이지만, 조선의 양명학이란 '심학(心學)의 횡류(橫流)'라 불릴 정도로 강학(講學)을 통해 민중들 사이에 범람했던 명대의 양명학처럼 현실적 중량감이 있는 것이 아니었다. 또 양명학의 사상사적 가치는 양명학의 논리적 귀결인 왕학좌파(王學左派)의 출현에 있는 것인데, 좌파는 이탁오의 사유에서 보듯 주자학(때로는 儒學 자체)과 철저히 대척적인 입장에서 자신의 논리를 구축하고 있기 때문에 조선에서는 거의 공개적으로 언급될 수 없었다. 『장서(藏書)』를 읽었던 양명좌파에 대한 최초의 독서자 허균(許筠) 이래 이탁오의 이름과 저작은 지식인들 사이에 퍼져 나갔다. 양명좌파와 이탁오의 논리는 18세기 후반이면 지식인들 사이에 널리 인지되었던 것으로 보인다. 그러나 양명좌파의 존재를 명대 사회에 강렬히 부각시켰던 안산농(顔山農)·하심은(何心隱)에 대한 이식(李植) 이래 지식인들의 극도의 비판적인 발언에서 확인할 수 있듯, 좌파는 명교(名敎)를 파괴하여 기성의 사회 질서를 뒤흔들고, 급기야 명조(明朝)의 멸망을 재촉한 주요인으로 인식되었기 때문에 양명좌파의 사유를 긍정적으로 인용하거나 언급한다는 것은 거의 불가능한 일이었다.

바로 이 지점에 문학의 미묘한 융통성이 있었다. 양명좌파에 비해 공안파는 상대적으로 자유롭게 수용되었던 바,[71] 그 수용의 흔적을 조선 후기의 문학비평사에서 재구성할 수 있다. 그 계보를 거칠게 밝히자면, 김창협(金昌協)·임방(任埅)·이하곤(李夏坤)·김석주(金錫胄)·남극관(南克寬)·이용휴(李用休)·이언진(李彦瑱)·이덕무(李德懋)·박지원(朴趾源)·이옥(李鈺) 등을 대충 꼽을 수 있다. 공안파의 수용, 이해의 역사는 따로 쓴 책이 있기에 여기서 장황하게 다시 언급하지 않겠다.[72] 다만 현재까지 국문학과 국사학이 주목해 왔던 실학, 그중에서도 이른바 '북학파(北學派)'의 문학이론의 핵심 부분에는 공안파-원굉도가 내장되어 있다. 앞에서 이미 검토한 바와 같이 우리가 그동안 찬탄해 마지않았던 실학과 문학의 태두인 박지원 사상의 정수(精髓), 곧 박지원

---

71) 예컨대 金昌協은 원굉도를 신랄하게 비판한다. 하지만 그의 주변 인물들은 원굉도의 문학을 긍정적으로 평가한다.
72) 강명관, 『공안파와 조선 후기 한문학』, 소명출판, 2007.

의 상대주의니, 인식론이니 하는 것들은 기본적으로 원굉도 비평의 차용인 것이다. 박지원은 원굉도의 열렬한 독자였고 또 원굉도의 영향을 받았음을 스스로 밝히고 있음은 이미 전술한 바 있다. 이덕무는 역시 청년기에 자신의 주변 인물들과 원굉도 이론의 수용을 두고 깊은 논란을 벌이기도 하였다. 그의 소품체도 원굉도 비평의 결정적 영향을 받고 있음은 췌언을 요하지 않는다. 이용휴와 같은 남인과 이용휴의 제자인 이언진 등에게서 보이는 파천황적 사고 역시 원굉도와 이탁오를 제외하면 달리 이해할 길이 없다. 뿐만 아니라 이옥의 문학에도 원굉도의 영향이 감지된다.

공안파―원굉도의 사상은 실로 이탁오의 것이다. 박지원 사상에 나타나는 어린아이[嬰兒, 童子]는 이탁오의 「동심설」에 근거한 것인 바, 이것은 동시대의 이덕무·이언진 등에게도 공히 나타난다. 「동심설」의 동심은, 양명좌파 왕용계(王龍溪)·나근계(羅近溪) 등의 적자(赤子), 영아로서 그것은 양명좌파 특유의 사상이었던 것이다. 요컨대 문학의 외피를 쓰고 양명좌파가 수용되는가 하면, 한편에서는 직접 이탁오를 위시한 양명좌파의 사유가 다시 문학 속으로 흘러들고 있었던 것이다. 요긴대 공안파와 양녕좌파는 허균 이래 문인 지식인들 사이에 줄곧 읽혀 오다가 18세기 후반 본격적으로 유행했던 것이다. 공안파와 양명좌파는 기본적으로 양명학이고, 따라서 주자학과 각립할 수밖에 없었다. 문체반정에서 정조가 특별히 원굉도를 언급하고, 또 박지원의 『열하일기』를 꼬집어 예로 든 것은, 그 속에 내장하고 있는 양명학적 사유 때문이었던 것이다.

(2) 서학(西學)

서양에 대한 인식은, 임진왜란을 통해 최초로 이루어진다. 이후 일부 서양은 식자층들에게 책자의 형태로 조금씩 알려졌으나, 호기심의 차원을 넘지 않았다. 정식 학습 대상이 된 것은 역법(曆法)이었다. 역법의 개정을 위해 청(淸)에 사신을 파견하여 서양역법(西洋曆法)을 배우는 등 이미 서양의 과학기술은 공식적으로 수용되고 있었다. 그러나 서양과의 지리적 상거가 워낙 컸기 때문에 서양은 거의 존재감을 느낄 수가 없었던 것으로 보인다. 또 알려지는 정보의 양이 적은 탓도 있었다.

지식인들에게 서양이 보편화된 것은 청과의 외교적 관계가 안정된 18세기 중반 이후의 일이다. 정조가 문체반정 중 "요즈음 사람들은 중국의 물건을 사용하기 좋아한다"고 비판했던 것은 청과의 안정적인 외교 관계를 바탕으로 하여, 활발하게 전개된 청(淸)-조(朝) 무역의 결과 중국의 사치품·애완품 등이 수입되었던 것을 전제로 한다. 이 사치품에는 자명종(自鳴鐘)·양금(洋琴)·세계지도·망원경 등의 서양물품이 있었다. 서학과 관련짓자면, 천문학·수학·지리학 등 과학 분야의 저작과 천주교에 관련된 서적 역시 북경을 통해 수입된 것이다. 간단한 예를 들자면 『직방외기(職方外紀)』와 같은 지리서, 『기하원본(幾何原本)』·『수리정온(數理精蘊)』 등의 수학서적과 『천학초함(天學初函)』 등의 신앙서적을 포함한 서양에 대한 지리적 역사적 방면의 개설서가 대량 수입되었고, 그 결과 『사학징의(邪學懲義)』에서 볼 수 있는 바와 같은 광범위한 신앙서적이 조선 내에 존재하게 되었고, 또 급속도로 복제된 것이었다. 간단하게 말해 18세기 중반 이후부터 중국에 파견된 조선의 사신단(使臣團)은 북경의 지식시장 — 유리창에서 서학(西學)을 비롯한 신서(新書)를 대량 구매할 수 있었던 것이다.

신앙으로서의 서학이 문제가 된 것은, 1785년 추조적발(秋曹摘發) 사건부터인데, 정조는 정치적 고려 때문에 이 사건을 심각하게 처리하지 않았다. 그러나 1791년 진산사건(珍山事件)에 이르러 대대적인 박해를 가한 것은 이 사건이 제사를 폐하고 신주(神主)를 불태웠기[廢祭焚主] 때문이었다. 제례(祭禮)와 상례(喪禮)는 조선의 유교국가로의 전환에 가장 큰 역할을 맡았던 의례(儀禮)였다. 이 의례는 해도 그만 하지 않아도 그만인 선택사항이 아니라, 남성을 중심으로 한 가족 구조를 결정하는 것이었고, 국가는 곧 그것의 확대 복제물이었다. 제례와 상례의 부정은 곧 유교적 사회질서를 파괴하는 것이었고, 이것은 궁극적으로 조선의 남성중심주의적 가부장제를 부정·해체하려는 동인(動因)을 갖고 있었다. 주지하다시피 가부장제의 성립은 17세기 중반 이후다. 주자학이 요구했던 유교적 가부장적 사회는 18세기에 와서 비로소 완성되어 안정기에 접어들게 되었는데, 이 시기에 와서 내재적으로 성장해 온 비판적 담론이 아니라, 외부에서 온 전혀 이질적인 사유에 사대부가 감염되어 제례와 상례를 부정한 것은 충격이 아닐 수 없었다. 천주학(天主學)은 조선 체제가 이제까지 경험하지 못했던 사유로 조선의 사회 구조를 전면적으로 부정하고 있었던 것이다.

(3) 소설(小說)·소품(小品)

문체반정은 서학으로 촉발되었지만, 그 포커스는 서학에만 맞추어진 것이 아니었다. 서학에 대한 언급이 문체반정에서 빠진 적은 없고, 그 양도 결코 적지 않지만, 문체반정이 주요 타깃으로 삼았던 것은 소품과 소설이었다.

소품과 소설은 역시 북경 유리창에서 수입된 것이었다. 물론 소품체 산문과 소설은 이전부터 수입되고 있었으나, 18세기 중반 이후 유리창에서의 서적 공급이 활발해지자, 조선인들이 가장 많이 수입하는 책이 되었다. 소품의 역사는 상당히 위 시기로 소급할 수 있을 것이나, 이 시기의 소품은 이미 공안파로부터 유래하는 새로운 비평론의 세례를 받은 과거의 것과는 사뭇 이질적이었다.

소품은 제재(題材)의 차원에서는 재래의 작품과는 다른 일견 사소해 보이는 제재를 채택하고, 한편으로는 재래의 산문과는 구별되는 언어의 운용 방식에 의해 쓰인 산문을 지칭한다. 물론 이 제재의 사소함이란 상대적인 것이겠지만, 그럼에도 불구하고 소품은 인간 존재와 세계의 근원을 탐색하는 본격적이고 심각한 제재를 채택하지는 않는다. 아울러 그것이 취하는 문체는 대개 가볍다. 요컨대 미세한(그래서 사소한) 제재를 미시적으로 관찰하여, 그 미시적 세계를 치밀하게 분석·재현하고, 그 결과 그 마이크로한 세계가 사소한 것이 아니라, 뜻밖에 심오한 의미를 지니고 있음을 말하고자 한다. 이것이 성공한 소품의 성과다.

이런 차원에서 소품은 주자학과 대립하는 것이었다. 주자학이 극도로 추상화된 관념어를 다루고, 그 관념어로 세계를 일방적으로 해석하려고 한다면, 소품은 그 추상적 관념이 내리는 해석이 미시적 세계에서 관철되지 않음을 입증하려 하였다. 그것은 말하자면 인간이 기성의 추상적 관념에 얽매이지 않고 세계를 직시할 때 세계는 전혀 다른 모습으로 나타난다는 것, 즉 전혀 다른 방식으로 이해된다는 것을 의미하였다. 이런 점에서 소품은 모종의 인식론적(認識論的)의 전환을 내포하고 있는 것이고, 이 전환은 주자학의 진리를 뒤흔들 가능성이 있었던 것이다.

소설 역시 소품과 함께 주자학의 세계 해석을 뒤흔들었다. 고전적 평가를 받은 작품은 인정물태(人情物態)라고 표현되는 인간 세계의 리얼리티를 드러내고 있었다. 음란한 소설로 혹독한 비판을 받았던 『금병매(金瓶梅)』야말로 도덕이 시종일관 은폐 / 억압했던 성욕(性慾)과 육욕(肉慾)으로 가득한 인간의 추악한 모습을 남김없이 드러내었다. 잠금장치 없는 욕망은 인간을 인간으로 결정짓는 유일한 요소지만, 주자학에서는 억압되어야 할 것이었고, 욕망의 모습은 구체화할 수 없는, 언어화해서는 안 되는 것이었다. 그러나 소설은 『금병매』에서처럼 과거 언어로 표현할 수 없었던 인간과 세계의 리얼리티를 가시화했던 것이다. 이런 점에서 소설은 주로 이데올로기─주자학을 해체할 가능성이 농후하였다. "소설은 인심을 고혹(蠱惑)시키므로 이단(異端)과 다를 것이 없다"[73]고 한 정조의 발언은 이런 차원에서 이해되어야 할 것이다.

---

73) 「日得錄」,『弘齋全書』:『韓國文集叢刊』 267, 231면. "小說蠱人心術, 與異端無異."

(4) 고증학(考證學)

정조는 문체반정 기간 동안 고증학을 소품의 일종으로 보고 역시 배격하였다. 고증학은 자료—언어의 엄밀성을 추구하는 학문이다. 이 자연과학을 연상시키는 새로운 형태의 학문은, 학문이라기보다는 학문적 방법론에 가깝다. 엄밀한 자료의 객관성을 추구하면서 진리의 토대를 구축하고자 하는 고증학은, 일면 심학(心學, 陽明學)의 극단적 주관적(主觀的) 관념론에 대한 비판에서 출발하지만, 동시에 그것은 양명학의 성과를 출발점으로 삼는다. 즉 양명학적 사유의 필연적 결과로서의 정전(正典, 經典)의 상대화, 역사화의 연장에서 출발하고 있는 것이다.

고증학의 수용 과정은 정확하게 밝혀져 있지 않다. 다만 18세기 중반 이후 중국의 고증학적 성과가 조선학계에 알려지기 시작했던 것만은 분명하다. 물론 이것은 중국 고증학 전성기의 성과물은 아니었다. 대체로 18세기 후반 문체반정에 영향을 끼친 고증학적 업적으로 두 가지를 예시할 수 있다. 첫째 고염무(顧炎武, 1613~1682)의 『일지록(日知錄)』이 보여준 고증적 방법에 의한 글쓰기. 둘째 모기령(毛奇齡, 1623~1716)의 일련의 저작. 이 두 사람의 저작은 18세기 후반 조선의 학계에 엄청난 충격을 끼쳤던 것으로 생각된다. 18세기 후반 이후의 『시경(詩經)』과 『서경(書經)』에 대한 일련의 논쟁적 글쓰기는 이 두 저작, 특히 후자의 영향을 받은 것이다.

모기령의 저작은 『서하집(西河集)』·『모시사관기(毛詩寫官記)』·『고문상서원사(古文尙書冤詞)』를 비롯한 일련의 저작이 수입되어 있었던 바, 모기령은 자신의 굉박(宏博)한 지식 — 이것은 고증학의 기본이다 — 을 동원하여 평생 주자의 저작을 비판하는 데 몰두하였다. 그의 학문적 업적이란 오로지 주자 학설에 대한 비판에 있다고 해도 과언이 아닐 정도로 그는 주자학의 취약처를 가혹하게 파고들었다. 모기령의 비판은 객관적이고 엄밀한 문헌적 증거에 입각한 것이었기에 주자학을 옹호하는 사람들도 그 객관적 증거 앞에 무기력해질 수밖에 없었다. 물론 모기령의 경박한 인간성, 주자에 대한 집요한 비판은, 사람들의 비판을 불러일으켰지만, 그의 학문 자체가 주자학에 대한 비판이 전무한 조선 학계에 신선한 충격이었던 것만은 부정할 수 없는 실정이었다. 정조의 경서강의(經書講義) 중 시경강의(詩經講義)가 사실상 모기령의 학설을 비판적으로 검토하고자 하는 의도를 갖고 있었음은 최근 소상히 밝혀진 바 있다.[74] 물론 중국 고증학의 성과가 18세기 후반 조선 학계에 온전하게, 즉 순차적으로 수용된 것은 아니었다. 예컨대 고증학의 탁월한 업적으로 손꼽히는 염약거(閻若璩, 1636~1704)의 『상서고문소증(尚書古文疏證)』은 적어도 문체반정 시기에는 수입되지 않았던 것으로 보인다.[75] 그럼에도 불구

---

74) 千基哲, 「正祖朝 詩經講義에서의 毛奇齡 說의 비판과 수용」, 부산대 박사논문, 2004.

75) 丁若鏞은 梅賾의 『古文尚書』 25편이 僞作이 아님을 역설하는 모기령의 『상서고문원사』를 읽고 『고문상서』가 위작이며 또 그것을 지지하는 모기령 설의 오류를 밝히고자 康津에서 『尚書評』을 쓴다. 그런데 1827년 洪奭周·洪顯周 형제가 『상서평』을 읽고, 염약거의 『상서고문소증』을 보내자, 염약거의 설을 채택하여 『상서평』을 수정한다. 茶山은 정조의 치세에 국가 최대의 도서관인 규장각을 드나든 사람이고 또 굉박한 지식의 소유자였으나, 『상서고문소증』을 본 적이 없었던 것이다. 이것은 『상서고문소증』이 18세기 말, 혹은 19세기 초에야 조선에 수입되었음을 의미한다. 곧 『상서고문소증』은 저

하고, 고증학적 연구는 지식인들 사이에서 널리 유행하였으니, 그 증거를 적지 않게 찾을 수 있다.

고증학은 파편화된 언어적 증거를 재론의 여지가 없이 엄밀하게 다룸으로써, 경전의 본래적 형태를 확정하고, 거기서 경전의 의미를 찾으려 함으로써, 결과적으로 경전의 의리론적(義理論的) 해석을 해체하고자 하였다. 주자학의 언어가 진리를 증명하려는 것이었다면, 고증학에서의 언어는 사물일 뿐이었다. 사물로서의 언어는, 언어를 도구로 하여 주장되는 진리가 얼마나 취약한 토대 위에 구축되어 있는가를 암시했다. 고증학은 주자학에 대한 큰 도전이 아닐 수 없었다. 정조가 문체반정 때 고증학을 소품 소설과 함께 비난한 것은, 이것들이 모두 거대 담론이 다루지 않았던 세계를 미세한 방식으로 다룬다는 공통성뿐만 아니라, 주자학에 대한 비판적 담론임을 의식했기 때문이었다.

(5) 이질적 사유들의 한계치

문체반정에서 문제 삼고 있는 서학, 소설·소품, 양명학·양명좌파·공안파, 고증학은 예외 없이 주자학을 비판하고 해체하는 요소를 내포하고 있었다. 문체반정은 이에 대한 주자학적 진리관의 반동적 공세다. 정조가 '주자대전집'을 구상하고 그것을 실천에 옮기고자 했던 것이 그 증거다. 그렇다면 이런 이질적 사유들의 존재는 과연 어떤 의미를 갖는가.

이런 사상들이 주자학을 비판한 것은 사실이지만, 이것으로

작 이후 1세기를 훨씬 지나서야 조선에 들어왔던 것이다.

주자학이 패퇴하거나 위축된 것은 결코 아니었다. 새로운 비판적 사상의 존재 그리고 그 사상의 논리적 정합성이란 중요한 것이고, 그것만으로 정신사적 흐름을 포지(抱持)할 수 있고 기술할 수 있을 것이다. 하지만 정신사라는 순수 관념사를 벗어나 사회사와의 관련성을 생각한다면 전혀 다른 문제가 발생한다. 즉 사상의 벡터(Vector)적 이해, 곧 한 사상이 갖는 힘(권력)의 양적 크기와 사상이 향하는 방향을 동시에 고려할 필요가 있을 것이다. 다시 말해 어떤 사유의 존재나 혹은 사유의 정합성이 문제가 아니라, 사상의 방향성과 사상을 현실화시킬 수 있는 힘(권력)의 크기(양)를 고려해야 할 것이다. 예컨대 사상을 진리로 만드는 것은, 사상의 논리적 정합성이라기보다는 권력의 양적 크기다. 송시열(宋時烈)이 말한 주자의 진리성은, 주자 사상의 정합성 때문이 아니라, 정치권력을 장악했던 노론(老論)이 신념했기 때문에 진리인 것이다. 이런 시각에서 위의 사상들을 다시 검토해 보자.

18세기 말에 와서 공안파가 본격적으로 이해됨으로써 양명학, 그리고 양명좌파의 사유가 조선의 지식인에게 조심스럽게 일정 부분 수용되었지만, 그것을 바탕으로 한 전면적인 주자학 비판은 더 이상 이루어지지 않았다. 즉 조선의 지식계에서 양명좌파와 공안파는 중국에서의 이탁오·원굉도와 동일한 무게를 갖는 것은 아니었다. 즉 이탁오는 읽히고 있었고, 이탁오의 사상은 일부 수용되었지만, 그 이상 이탁오 사상을 자기 사상의 근거로 삼아 더 발전시킨 흔적은 찾기 어렵다.76) 박지원의 사유에 일정하게

---

76) 李德懋와 朴趾源·李彦瑱 등은 李卓吾 사상의 핵심이라 할 「童心說」을 수용한 것이 분명하지만, 동시에 이탁오 자체에 대한 언급은 매우 부정적이다.

이탁오적 사유가 감지됨에도 불구하고, 그가 이탁오에 대해 하찮은 존재로 언급하는 것은 곱씹어 볼 만한 가치가 있다.[77] 박지원의 사유에 양명좌파의 영향이 감지된다고 해서, 그가 주자학을 전면적으로 부정한 것도 물론 아니었다.

설령 양명좌파적 사유를 수용했다 하더라도, 그것이 보다 진보적인 형태의 사유라 말할 수는 없을 것이다. 양명좌파는 양명학적 사유를 극한까지 밀어붙인 것이고, 그리하여 마지막에는 불교와의 거리가 무의미해지는 경지에 도달하게 된다. 하지만 여전히 유가적 윤리를 벗어날 수는 없었다. 그는 위태롭게 유가 윤리의 칼날 위에 서 있었을 뿐이었다. 요컨대 양명좌파는 주자학의 모순처를 논리적으로 비판하고 윤리적 실천의 내적 자발성을 강조했지만, 그 역시 여전히 유가 윤리를 부정하고 새로운 윤리를 생산하는 단계에는 도달할 수 없었던 것이다. 또 따지고 보면 유가―주자학이 포괄하는 범위는 너무나 광대무변하지 않은가. 그것은 존재론(存在論)·인성론(人性論)·인식론(認識論)·경세론(經世論)·역사학 등등 전근대사회의 인간이 상상할 수 있는 거의 모든 인문학의 범위를 포괄한다. 그것은 또 극단적 추상어로 사유하지만, 동시에 『소학(小學)』과 『가례(家禮)』와 『향약(鄕約)』의 구체적인 언어로 인간의 일상적 삶의 공간에서 신체를 지배하고, 일생의 의례를 관장하며, 향촌사회(鄕村社會)를 조직하는 극도의 미세한 규정성을 갖는다. 인간의 심성으로부터 우주에

---

77) 아마도 조선의 지식인들 중에서 허균을 제외하고는, 이탁오에 대해 긍정적으로 판단한 경우는 거의 없을 것이다. 허균은 『藏書』를 읽고 대단한 책이라 평가한 바 있다.

이르는 주자학의 장대한 이론 체계를 대체할 양명좌파의 비전은 과연 무엇이란 말인가.

고증학의 한계 역시 뚜렷하다. 조선조 고증학은 정약용(丁若鏞)과 서유구(徐有榘)·성해응(成海應) 그리고 이규경(李圭景)의 일련의 저작들을 생산하고, 흔히 실사구시학파(實事求是學派)의 좌장으로 불리는 김정희(金正喜)의 금석고증학(金石考證學)을 낳았다. 하지만 조선의 고증학의 성취는 그리 높고 깊지 않다. 그것은 일정한 성취를 낳았지만, 문체반정 이후의 보수반동적 상황 속에서 더 이상의 성취를 쌓기란 거의 불가능하였던 것이다. 특히 비판적 학문으로서의 고증학은 역시 경전고증학(經典考證學)에 있는 바, 이 경전고증학에 대한 비판이 문체반정 이후 홍석주(洪奭周)·김매순(金邁淳)과 같은 보수 성향의 주류 지식인들에 의해 이루어졌고, 이들은, 고증학의 파편성(破片性)과 무이념성(無理念性)을 맹렬히 공격하였다. 이 비판에 맞설 수 있는 고증학자는 존재하지 않았다. 도대체 주자학의 진리성(眞理性)을 의심한다면, 그 다음은 무엇인가. 유교국가를 부정하지 않는다면, 고증학은 무슨 생산적 성과가 있는가라는 물음에 고증학은 대답할 수 없었던 것이다.

소설 소품의 유행도 문체반정 이후 신유사옥(辛酉邪獄)의 보수반동적인 탄압을 거치면서 잦아들었다. 소설을 읽는 풍조는 여전했으나 다분히 흥미 위주였으며, 소품체 산문의 생산도 그 생산적 기력을 잃었다. 연암류(燕巖流)의 사회비평적 글쓰기가 현저히 퇴조하고 있었던 것이다.

그렇다면, 주자학과 가장 이질적 관계에 있었던 서학은 과연 주자학을 대체할 가능성이 있었던가. 진산사건의 폐제분주(廢祭焚主)는 궁극적으로 가부장적 가족—사회 구조를 부정하고, 그것이 근거하고 있는 국가이데올로기를 부정한다는 점에서 조선 체제에 대한 전면적인 부정이었다. 하지만 서학은 문체반정 때 일단 진압되고, 이어 일어난 몇 차례의 사옥(邪獄)을 거치면서 국가이데올로기를 대체할 정도로 발전할 수가 없었다. 체제는 서학을 뿌리 뽑을 만한 힘을 그대로 갖고 있었다.[78] 그 탄압의 과정은 실로 피비린내 나는 잔인한 것이었지만, 유교국가의 유지를 위해서는 그 정도의 잔인함은 아무 것도 아니었다.

문제는 서학에 대한 우리의 관심의 성격이다. 우리는 서학서(西學書)의 수입과 조선 지식인의 반응, 천주교의 확산에서 근대로의 지향을 읽어내려는 경향이 있지만, 이것은 심각한 문제가 있는 관점이다. 서학서가 조선사회에 지리적 자연과학적 차원에서, 그리고 가장 중요한 영역인 종교적 차원에서 충격을 준 것은 사실이지만, 서학서의 내용을 근대로 치환할 수는 없다. 18세기에 읽힌 서양서(西洋書)들은, 당대 서양의 진실을 정확하게 전달하지 못하고 있었다. 즉 조선에 유입된 서학서는 가톨릭이란 보수적 종교의 포교 수단이었던 바, 서구의 근대화 과정, 즉 적어도 지리상의 발견 이후의 서양 역사가 동시통역될 리가 만무했다. 서학서는 주로 가톨릭이란 보수적 종교의 입장에서 취사선택된 지식들이었으니, 그것의 궁극적 실체가 보수성을 띠는 것은 두말할 필요도 없을 것이다. 게다가 문체반정이 진행되던 그 시기(1787~

---

78) 일본의 경우도 동일하다. 막부의 서학 탄압으로 말미암아 천주교가 뿌리를 내릴 수 없었다.

1800)에 프랑스에서는 부르주아 혁명이 일어나고 있었다. 조선에 전래된 서학이 그 세계사적 사건을 전달할 리 만무했다.79)

요컨대 서학, 소품·소설, 양명학·양명좌파·공안파, 고증학은 모두 주자학에 대한 위협적인 비판이었으나, 그것 자체가 주자학을 대체할 방향성을 갖지 않았고 또 대체할 현실적인 힘도 보유하고 있지 않았다. 그것은 거칠게 말해 유교국가를 넘어선 새로운 사회, 국가에 대한 비전과 프로그램과 힘을 결여하고 있었던 것이다. 도리어 주자학이란 국가이념은 18세기에 와서 조선을 유교국가로 완성하였고, 인민에 대한 주자학적 의식화는 절정에 달해 있었기 때문에 이질적 사유들을 압도할 권력을 충분히 갖고 있었던 것이다.

이런 사유들의 출현과 존재는 객관적 실재였다. 이 객관적 실재가 문제되는 것은 아니다. 문제는 이 객관적 실재에 대한 의미부여. 20세기 한국의 이른바 국학은 이런 사유들의 출현과 존재에 열광하면서 오로지 '주자학에 대한 비판'이란 컨텍스트에서만 이 사유들을 해석했던 것이다. '주자학에 대한 비판'이란 컨텍스트가 선택된 것은 누차 언급한 바와 같이 내재적 근대를 찾으려고 했기 때문이었다. 위의 사유와 위의 사유들을 제시했던 사상가·문인들이 종종 실학과 관련되어 있는 것은 바로 이 때문이다. 이 역시 실학에서 근대를 찾고자 했던 사고방식의 연장인 것이다. 그리하여 위의 사유들을 해석할 수 있는 풍부하고 다양한 코드, 컨텍스트들은 모두 배제되었던 것이다.

---

79) 이런 점에서 서양서의 도입에 대한 철저한 실증적 연구와 함께 그 책의 성격, 독서에 대한 섬세한 고찰이 무엇보다 필요하다.

이제까지 살핀 바와 같이 조선 후기사에서 근대를 찾는 작업은, 조선 역사 속에 존재하지 않았던 타자―서구(西歐)를 무의식적인 차원에서 찾으려 한다는 점에서는 완전한 허구의 역사를 썼던 것이다. 그 결과 한국사 서술, 한국사상사, 예술사, 문학사의 구도는 '근대 찾기'에 의해 왜곡된 것이다. '근대 찾기'라는 문제 설정 자체를 문제 삼지 않으면 안 된다. 실학인가 아닌가, 실학에 근대적 성격이 있는가 없는가, 실학은 자생적·주체적 근대인가 아닌가 하는 모든 문제는 무의미한 것이다.

4) '근대 찾기'의 국문학사의 왜곡적 구성

이제 논의의 대상을 국문학 연구로 좁혀보자. 국문학사 역시 '근대 찾기'의 산물이다. 문학사 자체가 서양 근대의 산물이듯, 국문학사 역시 근대를 의식하여 쓰인 것이다.

해방 직후 이명선(李明善)은 『조선문학사』의 서문에서 이렇게 말한다.[80]

> 이처럼 매수 제한에 상당한 구속을 받았음에도 불구하고 조선문학의 발생, 발전과정을 설명하는 데 있어서 일견 아무 관계도 없어 보이는 구라파(歐羅巴)의 문학이론을 많이 적용하였다. 때로는 참고로 주에다가 기입해 놓은 것도 몇 가지 있다. 이것은 조선문학을 억제로 구라파 문학에 예속시키자는 것이 아니고, 소위 조선문학의 특수성이란 것이 이러한 구라파문학의 조명 아래 한번 비쳐어져야만 분명해지리라고 생

---

80) 서문이 쓰인 것은 1948년 10월 17일이다.

각하였기 때문이다. 조선사를 옳게 해득하려면 그것을 세계사의 일환으로서 그 조명 아래 비취어져야만 하는 것과 마찬가지다.[81]

이명선은 국문학의 발생 발전을 설명하는 데 있어 '일견 아무 관계도 없어 보이는' '구라파' 문학이론을 적용했다고 한다. 이명선의 말처럼 유럽의 문학과 한국의 문학은 아무런 상관이 없이 발전해 온 것이었다. 이명선은 상호 '아무 관계도 없었음'을 명확하게 인지하고 있었다. 그럼에도 불구하고 조선문학의 특수성이 "구라파문학의 조명 아래 한번 비취어져야 분명해지리라"고 생각했던 것은 무엇 때문인가. 이명선이 말하는 특수성이란 말이 관건이다. 즉 이명선은 유럽문학의 보편성을 전제하고 있는 것이다. 이것은 상호 동일한 조건하에서 비교되는 비교문학의 방법이 아니다. 양자는 조선문학─특수성, 유럽문학─보편성의 관계에 있다. 명언하지 않았지만, 이명선의 사고 속에서 유럽문학은 세계문학으로서의 보편성을 갖는다. 세계문학의 보편하에서 유럽의 특수성이나, 조선의 특수성이 아니라, 유럽의 보편성 아래 조선의 특수성이란 관계가 성립하는 것이다. 이제 서구는 보편적 진리 기준이 되었다.[82] 오로지 서구의 빛에 비추어져야만 조선이 드러날 수 있었던 것이다.

서구의 보편성은 준거로서의 보편이기 때문에 완전한 것이며,

---

81) 이명선, 「序」, 『조선문학사』, 1~2면.
82) 구자균 같은 사람은 서구가 국문학사의 준거임을 다음과 같이 노골적으로 말한다. "전술한 서양 문예관으로써 그대로 우리 고전문학을 어떻게 다루어 나가느냐 하는 것이 우리가 당면한 과제라 하겠거니와 ……" 구자균, 『고등학교 국어과 국문학사』, 박문출판사, 1956, 1면.

그 완전한 보편에 비추어지는 조선은 이미 서구가 아니기 때문에 늘 불완전한 것으로 드러난다. 조선문학사는 곧 열등한 문학사임이 전제된다. 김태준의 『조선한문학사』에 붙인 김재철(金在喆)의 서문 서두를 보자.

> 조선에는 「섹스피어」나 「씽크레어」와 같은 문인도 없었고 「파라다이스 로스트」와 「파우스트」와 같은 작품도 없어 그 문단은 낙엽의 가을과 같이 소조하고 눈 나리는 겨울 밤과 같이 적막하였다.[83)]

김재철은 조선은 서구를 결여하고 있다고 말한다. 조선은 서구와 관련 없는 역사를 갖는다. 따라서 조선 내부에서 서구가 결여된 것은 당연한 것이다. 하지만 서구는 이미 보편으로서의 완전성을 갖기 때문에 이 결여는 불구의 것이 되고, 따라서 수치를 느낀다.

김태준은 『조선소설사』에서 이렇게 말한다.

> 이와 같이 자유스럽지 못한 경로를 밟아온 조선소설은 척토에 자라난 풀뿌리와 같이 완전한 발육을 하기도 어려울 뿐 아니라 대풍(大風)같이 불어오는 중국 대륙의 고도문명(高度文明)을 무비판적으로 수입하는 동시에 그의 문예를 모방하며 그의 생활을 동경하게 한 형세를 지어 조선문예의 기형적(畸形的) 진보(進步)를 이루고 이에 따라서 모든 문제를 만들었다.[84)]

김태준은 조선은 중국의 고도 문명을 무비판적으로 수입하고

---

83) 金在喆, 「序文」, 『朝鮮漢文學史』(김태준, 漢城圖書株式會社, 1931), 1면.
84) 김태준, 『조선소설사』, 14면.

중국문예를 모방한 결과 조선문예의 기형적 진보가 이루어졌다고 한다. 조선문예를 기형적 진보의 결과로 판단하는 준거는 서구의 소설사다. 애당초 소설사를 구성하게 된 것이 서구 근대의 부르주아 소설의 역사를 의식했기 때문이듯, 기형적 진보로 판단하는 준거는 서구의 소설사, 문학사다. 김태준은 서구 문학사를 이미 보편적 문학사로 인식하고 있는 것이다.

김태준이 중국 모방의 결과로 인해 조선의 문학사가 기형적인 것이 되었다고 하면서 열등감에 젖은 것은 납득할 수 없는 일이다. 즉 김태준이 서구 문학사를 보편적 문학사로 인식하는 것은, 그가 비판하고 있는 조선의 사대부들의 한문학이 중국의 문학사를 보편적 문학사로 인식한 것과 조금도 다르지 않다. 김태준의 문학사에 대한 비평의식은 다만 중국이란 표준을 서구로 옮기고 있을 뿐인 것이다.

김태준 · 이명선 등 초창기 국문학자의 견해에서 볼 수 있는 바와 같이 서구문학사를 의심할 바 없는 보편적 기준으로 상정하는 것은, 어느 누구도 의심할 수 없는 부동의 진리였다. 여기에 대해서는 어떤 의심도 가능하지 않았던 것이다. 이병기와 백철이 1957년 간행한 『표준국문학사』는 이 점을 보다 노골적으로 드러낸다.

> 우리가 국문학사를 쓰는 데 있어서 어느 정도로 유럽의 문학사적인 발전상(發展相)을 참조해야 할 것인지 여기엔 이론(異論)이 있을 줄 아는데, 거기 대해서 우리들은 극히 온전한 생각을 가지고 있다.
>
> 이 때에 우리가 유럽에 대한 어떤 사대주의(事大主義)적인 자비(自卑)의 태도를 취할 것은 물론 안 될 말이다. 그러나 뚜렷하게 눈 앞에 나타나 있는 사실은 부인할 수 없기 때문에 우리보다 암만해도 더 완전

하게 발달해 온 그들의 경우에서 국문학사의 서술을 위한 어떤 표본(標本)을 찾아내는 것이 필요한 일이 될 것 같다. 가령, 우리가 흔히 말하는 후진성(後進性)이라든가, 특수성(特殊性)이라든가는 누구와 비교해서 뒤떨어졌다는 것이며, 어느 것과 비한 특수성인가 하면 그것은 항상 유럽의 것이 표준으로 되어 있다는 것이다.

먼저 말한 국문학의 개념도 본시는 근대의 것이라고 말한 것은 여기서도 그 뜻을 유럽의 국문학적인 의미와 관련시키지 않고는 합리적(合理的)으로 그 뜻이 나오지 않는 것이다.

국문학이란 국가 또는 국민을 전제하지 않고 그 실체를 파악할 수 없는데, 우리나라에서는 그 국가와 국민이 역사적으로 등장한 과정과 형식이 분명하지 못하다. 그것은 우리에게 봉건제도(封建制度)라는 것이 전형적(典型的)으로 나타나질 못했다는 것과 서로 관련되어 있다는 것이다. 거기 비해서 유럽은 그만큼 이 과정이 분명하게 나타나고, 바뀌고 했기 때문에, 이 국가 국민의 역사적 표현도 그만큼 분명한 마디로 되어 있는 것이다.

구체적으로 말하면 루네상스 시기로부터 유럽은 근대의 과정으로 잡아들었고 여기서 국가, 국민의 역사적 사회적 조건은 성립되었으며, 따라서 국문학, 국민 문학의 뜻도 소급하면 근대 초기부터서야 문학 개념으로 될 수 있었던 것이다.[85]

이병기·백철은 국문학이란 국가 또는 국민을 전제하는 것이며, 국민과 국가가 르네상스 이후, 즉 근대의 과정에 접어들면서 국가·국민이 성립하였기에 비로소 국문학 역시 근대 이후에 출현한 것임을 인지하고 있다. 두 사람은 문학사가 유럽의 국민국가의 출현 이후에 만들어진 근대적 구성물이라는 것을 인지했던 것이다. 르네상스 이후의 근대는 분명 한국사에는 부재하는 것이

---

85) 이병기·백철, 『표준국문학사』, 13면.

었다. 그것은 두 사람의 말마따나 르네상스 이후 역사를 낳은 봉
건제도가 전형적으로 나타나지 않았기 때문이었다. 동아시아의
한국과 저 서유럽의 역사가 동일할 수 없음은 당연한 일임에도
불구하고, 이병기·백철은 한국의 역사가 무언가 모자란 듯한 것
으로 생각한다.

곧 두 사람은 유럽에 대해서 사대주의적 자기 비하를 해서는
안 될 것이라 말하면서도, 유럽의 문학이 '우리보다 암만해도 더
완전하게 발달해' 왔기 때문에 국문학사 서술의 표본을 유럽으
로 삼는다. 유럽이 우리보다 완전하다면, 그 결과는 뻔하지 않은
가. 두 사람은 이어서 후진성(後進性)과 특수성(特殊性)을 말하고
있는 바, 그것이 유럽 문학사에 대한 한국의 후진성과 특수성을
말하는 것임은 두말할 필요가 없다. 결국 두 사람의 문학사는 한
국의 후진성을 입증하기 위해 쓰였던 것이다. 이것은 유럽의 근
대를 기준으로 삼았기 때문에 발생한 모순이었다.

이병기·백철은 국문학이 근대적 구성물임을 명백히 인식했
다. 하지만 이후가 문제였다. 유럽의 문학사가 근대적 구성물이
라는 것은, 그것이 초시대적 초지역적 보편적 진리기준이 될 수
없다는 것을 의미하지만, 이병기·백철은 이에 대해서는 성찰을
멈춘다. 오히려 유럽문학은 이명선이 말한 바와 같이 이병기·백
철에게 있어서도 진리의 기준이 된다. 완전한 보편에 대한 특수
는 언제나 불구의 것이다. 앞서 말했다시피 유럽과 한국이 다른
것은 자명한 사실인 바, 그것은 상호간의 차이가 아니라 완전-
불완전의 관계가 된다. '우리'에게는 국문학 성립의 전제 조건인
국가와 국민의 역사적 등장 과정과 형식이 '분명'하지 못한 것이

다. 그 근거는 유럽에 비해 봉건제도가 '전형적으로' 나타나지 못한 데 있다.

이병기와 백철은 이렇게 중간의 결론을 내린다. "그 근대를 표준해서 우리 국문학사의 서술에서도 시대적인 기원을 찾아야 할 터인데 우리에게선 저 루네상스와 흡사한 근대적인 전환이 행해지지 않았다. 그만큼 우리의 역사적 사회적 발전상(發展相)이 불규칙하고 비전형적(非典型的)인 것이 표적이라 하겠다."[86] 유럽은 르네상스를 중심으로 해서 근대적 전환이 이루어졌던 데 반해, 즉 '완성'이 이루어진 데 비해, 한국의 '사회적 발전상'은 '불규칙'하고, '비전형적'이다. 『표준국문학사』를 발전시킨 『국문학전사』에서 이병기·백철은 국문학의 불완전성을 다음과 같이 깔끔하게 정리한다.

다음에 시대 구분에 있어서 또 한 가지 설명해 둘 것은 우리 국문학사의 서술에 있어서 세계문학사적(世界文學史的) 관련성(關聯性)인데, 그 사적 구분의 위치가 반드시 '유럽'의 그것과 일치되지 않는다는 것이다. 세계문학사적 의미에서는, 보통 크게 구분하여 고대문학사 중세문학사 근대문학사 현대문학사 등으로 시대 구분이 된다고 생각하는데, 우리 국문학사의 경우에는 그 기준이 그대로 들어맞지 않는다. 이것도 결국 먼저 지적한 바와 같이 그 근대성(近代性)이 시대적(時代的)으로나 내용의 전형성(典型性)에 있어서나 저쪽처럼 순조(順調)롭게 정확하게 와서 발전이 되지 못하고, 그것이 늦어지고 내용이 혼교(混交)되고 한 기형(畸型) 불순(不純)한 문학사적 조건 때문이다.[87]

---

86) 위의 책, 14면.
87) 이병기·백철, 『국문학전사』, 11면.

이병기·백철은 세계문학사와 '유럽'의 문학사를 구분하지 않는다. 즉 그들에게 유럽문학사는 곧 세계문학사다. 유럽문학사, 곧 세계문학사의 보편성에 비추어 볼 때 국문학은 근대성이 시대적으로 내용의 전형성에 있어서나 유럽처럼 순조롭게 정확하게 발전하지 못했기에 국문학은 "내용이 혼교(混交)되고 한 기형(畸型) 불순(不純)한 문학사적 조건"으로 인한 불완전성을 갖게 된 것이다.

이런 관점을 취할 경우 국문학사 서술은 사실상 무의미한 것이 된다. 국문학사 서술은 원래 민족주의에서 출발한 것인 바, 민족주의의 우월성에 비추어 볼 때 혼교, 기형, 불순한 것을 서술할 필요가 어디에 있는가. 서구 문학사를 완전한 표준으로 삼는다면 열등한 국문학사, 기형적 국문학사가 쓰일 것은 필연적인 사실이었다. 그것은 필연적으로 스스로 민족의 우월성이 아니라 열등함을 입증하는 결과를 가져올 터이다. 앞서 언급했던 김재철의『조선소설사』서문에 나타났던 열등감이 바로 그 구체적인 증거다. 이렇게 문학사를 통해 민족의 우월성을 입증한다는 애초의 국문학사의 서술 의도에 반하는 모순을 스스로 저지르게 된 것이다. 이 문제를 인식하지 못한 것은, 한국사 내부에서 서구 근대를 찾고자 하는 문제 설정의 오류 때문이었다. 즉 유럽의 문학사를 의식하여 문학사를 기술하면 유럽의 문학사를 한국문학사 내부에서 찾게 되어 있다. 그러나 그것은 부재한다. 본디 부재하는 것을 알면서도 부재하는 것을 찾는 모순을 두 사람은 모순으로 인식하지 못했던 것이다.

이 문제는 일단 덮어두고 실제 국문학사 서술에서의 근대 설정에 대해서 상론해 보자. 서구의 문학사를 보편적 준거로 삼는 것은 앞서 누차 언급한 바와 같이 '근대'를 국문학사 내부에서 어떻게 처리하는가 하는 점에 있었다. 이병기·백철은 "그러면 우리의 경우에선 저 루네상스와 같은 근대성(近代性)을 어디서 찾아야 할 것인가"라고 의문을 던진다. '서구의 르네상스=근대'라는 보편적 도식을 국문학사 내부에서 찾겠다는 것이다.[88] 실로 국문학사 서술의 목적이 근대를 찾는 것임을 노골적으로 말하고 있는 것이다. 하지만 누차 언급했듯 국문학사 내부에서의 근대 찾기는 원래 존재하지 않는 것을 찾는, 말하자면 허공을 움켜쥐는 행위와 다르지 않았다. 따라서 그 결과는 서구의 근대와 일치하지 않는 '유사 근대'를 찾는 것으로 낙착될 수밖에 없었다.

엄격히 말하면 전체적으로 그런 시대가 나타나진 않았으나 우리에게도 그 기운(氣運)에 있어서 저와 ① 유사한 시기를 가진 일이 있다.

그 시기는 마침 ② 한글이 창정(創定)된 세종 시대 뒤이어 ③ 실학(實學)의 학풍(學風)이 크게 일어나고 있던 시기인 것이다. 문일평(文一平) 씨의 말과 같이 한글 창정은 커다란 자아(自我)의 표현이요, 공리(空理)를 물리치고 실학을 내세운 것은 루네상스의 지상(地上)적인 현실풍(現實風)과 흡사한 기풍(氣風)이라 할 것이다. 연대도 마침 저 루네상스가 온 유럽의 근대 초기에 해당하는데 이것도 우연한 일이 아닌 줄 안다.

결국, 그 싹트는 기운은 근대적인 열매를 결실하지 못했지만 그것은 뒤에 온 우리 나라의 역사 사회가 그만큼 불순(不順)한 풍토인 것을 말하는 것이요, 그 기운이 전혀 없었던 것은 아니다. 그래서 우리는 이 시기를 근대적인 초기(初期)로 확인하고, 근조(近朝)에 중점을 두고 국문

---

88) 위의 책, 14면.

학사의 시대 구분을 크게 삼기(三期)로 나누어 보았으니, 여조 이전편 (麗朝以前篇), 근조편(近朝篇), 현대편(現代篇)이 그것이다.[89]

유사한 시기는 곧 유사 근대를 말한다. 이 유사 근대는 국문학사의 시대 구분까지 간섭하였다. 즉 국문학사의 시대 구분은 '근대'를 중심으로 하여 전(前)과 후(後)를 배치하는 방식으로 이루어지고 있다. '근대 찾기'의 의도가 노골적으로 드러나는 부분이다. 그러나 그 근대가 서구의 근대가 아님은 명백하다. 밑줄친 부분을 주목해 보라. '엄격히 말하면 전체적으로 그런 시대가 나타나진 않았'다. 이 진술이야말로 정당하다. 한국사 내부에 '서구의 근대'가 존재할 리 없음은 너무나 자명한 것이다. 그러나 서구는 보편이기에, 특수에서 보편을 찾고자 하는 강박은 '유사한 시기'①를 찾는다. 그 근거는 '한글의 창정(創定)'②과 '실학의 학풍'③이다. 자국어를 표기할 수 있는 문자의 발명, '공리를 물리친' 실학의 탄생은 근대를 알리는 지표다. 이것은 이후 한국의 모든 문학사가 선택하고 있는 지표였고, 지금도 여전히 통용되는 지표다.

자국어를 표기할 수 있는 문자, 실학은 서구의 근대를 알리는 지표와 일치하지 않음은 물론이다. 설혹 일치한다 해도 문제는 여전히 남는다. 이것을 집합 관계로 표현하면 다음과 같다.

서구의 근대 A={a, b, c, d, e, f, g, h, ……x, t, z}
조선의 근대 B={가, 나, 다, e, f, 바, 사, 아, ……타, 파, 하}

---

89) 위의 책, 14면.

근대를 알리는 지표는 여럿이다. 때문에 설령 집합 A와 집합 B가 서로 e, f를 공유한다 하더라도 A와 B의 관계는 일치하지 않는다. 양자는 부분집합일 따름이다. 더욱이 사실상 e와 f의 일치 역시 자의적인 판단에 의한 것일 뿐이다.

양자는 부분적 지표의 유사성에 의해 동일시될 뿐이다. 그러나 그 유사성은 비유적인 것이다. '(가)는 (나)처럼 (다)하다'는 비유적 표현은 '(가)는 (나)이다'와 전혀 다른 의미를 갖는다. 유사는 유사일 뿐 동일한 것은 아니다. 이병기·백철은 이 문제를 이미 알고 있었다. 즉 다음과 같은 진술이 그것이다. "여기서 또 한 가지 문제되는 것은 근조(近朝)를 편의상 근대라고 해서 저쪽의 근대와 서로 대조(對照)시켜 본다 하더라도, 그 시기와 내용이 유럽과 부합되지는 않는다는 점이다."90) 자신들이 설정한 근조(近朝)는 근대를 의식하여 만들어진 것이지만, 역시 시기와 내용이 유럽과는 부합되지 않는다는 것이다. 이런 관점에서 쓰인 국문학사는 그 내용의 편차에도 불구하고 모두 동일한 문학사인 것이다. 모든 국문학사들은 서구문학사와 일치하는 것이 아니라, 단지 비유를 통해 유사한 근대의 모습을 자의적으로 찾아내고, 그것을 근대라고 우겼던 것이다. 이런 모순에도 불구하고 국문학사를 서구 문학사로 읽어내려 하는 사고는 너무나 자연스러운 것이었기에 아무도 이의를 제기하지 않았다. 근대를 절대적 가치로 생각하는 상황 속에서 근대의 부재는 민족의 열등감을 조장하기 때문이었다.

---

90) 이병기·백철, 『표준국문학사』, 16면.

'근대 찾기'가 시도한 시대 구분은 다른 필자의 문학사에도 공히 적용되었다. 독특한 유기체적 논리로 국문학사의 시대 구분을 시도했던 조윤제의 문학사 역시 내재적 근대를 설정했다. 앞에서 언급한 바와 같이 그는 국문학사를 태동 → 형성 → 위축 → 잠동(潛動) → 소생 → 육성 → 발전 → 반성 → 운동 → 유신(維新) → 재건 등 독특한 이름을 갖는 11개의 시대로 나누었던 것이다. 하지만 그것은 여전히 상고(태동, 형성), 중고(위축, 잠동), 근고(소생, 육성), 근세(반성, 육성), 최근세(유신), 현대(재건)란 시대 구분으로 환원될 수 있고, 여기에 한 번 더 환원의 과정을 거치면 당연히 고대 → 중세 → 근대라는 서구사의 시대 구분이 될 것이었다. 조윤제의 유기체설 역시 서구사의 시대 구분을 벗어나지 못하고 있었던 것이다. 더욱 중요한 것은 조윤제의 시대 구분 속에도 '근대'는 어김없이 자리 잡고 있다는 것이다. 그는 영조에서 고종 갑오경장에 이르는 시기를 반성시대, 갑오경장에서 3·1운동에 이르는 운동시대를 '근세'로 명명하였다. 이것은 사실상 근대다. 근세가 영조부터 시작한다는 점, 즉 18세기부터 시작한다는 점에서 이것은 조선 후기에 근대가 시작되었다는 '내재적 발전론'이다.

모든 문학사는 약간의 편차는 있지만 조선 후기를 근대로 설정하는 데 동의하였다. 그 가장 큰 기준은 임병양란(壬丙兩亂)이었다. 어떤 문학사이건 임병양란을 중심으로 하여 조선 전기와 조선 후기를 가르는 데 동의하고, 전기와 후기에 대척적인 의미를 부여하였다. 조선 후기가 근대가 되기 위해서 조선 전기는 완전한 중세가 되어야만 하였다. 앞서 언급한 바와 같이 가장 큰 구분선은 주자학이었고, 임병양란이었다. 조선 후기를 근대와 관련짓기 위해 조선 전기를 주자학이 사회를 전면적으로 지배하는 사회로 묘사하고, 문학사는 주자학적 문학론이 문학의 창작을 지배하는 시기로 보았던 것이다. 당연히 주자학으로부터의 이탈, 곧 주자학에 대한 반성, 비판이 조선 후기가 되었다. 전술한 바와 같이 이것은 신(神)과 신학(神學)이 지배하는 서양 중세사를 리(理)와 주자학이 지배하는 조선으로 등치한 것이었다. 신과 신학으로부터의 이탈이 서구의 근대라면 리(理)와 주자학으로부터의 이탈은 조선의 근대였다. 거듭 말하는 바이지만, 이것은 얼마나 깔끔한 구도인가. 그러나 다시 냉정하게 생각해 보라. 조선 전기는 주자학이 전일적으로 지배하는 사회가 아니었다. 주자학의 전일적 지배는 양란 이후 조선 후기에 완성되었다. 양란 이후 주자학에 대한 반성과 비판이 일어나고 주자학에 근거한 사회 구조의 해체를 나는 찾을 수 없다.

조선 전기 / 후기의 시대 구분은 단지 조선 전기와 후기의 구분에만 한정되지 않았다. 그 구분의 의도가 갖는 권력은 실로 그 이전 시기까지 간섭하였다. 조선 전기를 주자학이 지배하는 사회로 설명하기 위해서는 다시 고려 후기와 조선 전기를 대립시키고, 고려 말 조선 초의 주자학의 도입을 특별히 강조할 필요가 있었다. 따라서 주자학의 도입이 문학사에 미친 영향이 과도하게 서술되었다. 시조(時調)는 주자학의 미학(美學)을 수용한 사대부의 미의식에 의해 탄생한 장르로 인식되었고, 한문학 역시 주자학의 성정미학(性情美學) 재도론(載道論)이 창작을 지배하고 구속한 것으로 서술되었다. 고려 후기는 다시 뒤에 올 조선 전기의 주자학—문학과의 대비 속에서 서술되었다. 문학사에서의 근대와의 접속은 조선 전기는 물론 고려 후기까지 간섭했던 것이다.

'근대'는 조선 전기, 고려 후기뿐만이 아니라, 다른 시기도 간섭했다. 문학사에서 이행기를 설정하든 하지 않든, 20세기에 들어 조선시대에 없던 장르가 출현하면 그것을 어떤 논리를 붙여서라도 '근대문학'의 시발점으로 보고자 하였다. 신소설이든 『무정』 같은 장편소설이든, 신체시(新體詩)든 상관이 없었다. 이전에 없던 새 형식이라는 이유로 그 무엇이든 근대문학의 시발점이 될 자격이 있다고 판단했던 것이다. 대다수의 사람들이 그때까지 창작하고 읽고 감동하고 했던 한시(漢詩)와 한문산문(漢文散文), 시조와 가사는 문학사 기술에서 마치 신기루처럼 사라졌던 것이다. 즉 기성의 장르가 여전히 힘을 갖고 통행함에도 불구하고, 문학사는 한두 새 형식의 출현을 대서특필하고 나머지 실제 문학의 방대한 존재와 유통을 완전히 묻어버렸던 것이다. 마치 전근대문학이 빨리 사라져 주기를 바라는 것처럼 말이다. 즉 '근대'에 대한 강박적 태도는 20세기 이후의 문학사조차 왜곡했던 것이다.

'근대 찾기'는 문학사 서술을 이처럼 왜곡의 방식으로 지배하였다. 몇 예를 더 들어본다. 첫째 앞에서 언급한 바와 같이 조선 후기에서 '근대'를 찾는다는 의도는 조선 전기 사회를 조선 후기와 대립적으로 규정하고, 모든 '전근대적'으로 보이는 현상을 부조적(浮彫的) 수법으로 끌어내었다. 예컨대 조선 전기 문학사에서 '민중(民衆, 혹은 庶民)'을 완전히 제거하고, 조선 후기 문학사에 민중을 집중적으로 배치하는 것이 그것이다. 조선 전기 민중과 소설은 무관한 것이며, 조선 후기에 와서야 비로소 민중(서민)의 소설이 등장한다거나, 조선 전기의 시조(時調)는 완전히 양반사대부의 것이며, 조선 후기의 사설시조는 완전히 민중의 것이라는 도식이 그 구체적 실례다. 이것은 문학사만의 구도가 아니라, 문화사 예술사의 일반적인 구도이며, 나아가 한국사 전체의 구도다. 조선 후기의 근대와의 관련성이 조선 전기까지 사실상 규정하고 있는 것이다.

이렇게 하여 근대와 전근대에 해당하는 다양한 이항대립이 가능하게 되었다. 한문학 / 국문학, 조선 전기−평시조 / 조선 후기−사설시조, 조선 전기 사대부 한문학 / 조선 후기 비사대부 한문학[閭巷文學], 조선 전기 양반가사 / 조선 후기 평민가사, 도학파(道學派) 문학 / 실학파 문학이란 이분법적 이항대립이 그것이다. 그것은 단순한 대립이 아니라, 사실상 작품의 성격까지 규정하는 것이었다. 조선 후기로 올수록 진보·발전의 성격을 갖는 것으로 작품들은 해석되었다. 만약 진보·발전의 구도에 맞지 않는 작품의 존재는 무시되거나, 의미가 축소되었다.

조선 전기 / 조선 후기의 이항대립은 문학사의 현상을 설명하는 원리가 되었음을 문학사 서술에서 광범위하게 확인할 수 있다. 앞서 언급한 바와 같이 조선 후기의 국문소설이 비상하게 강조된 것도 한편 전기 / 후기의 구분에서 유래한 것이었다. 국문학 연구의 역사에서 각 세부 장르사 중에서 가장 먼저 사적 체계를 갖춘 것은 소설사(小說史)다.[91] 소설은 성장하는 신흥 장르임은 분명했지만, 여전히 저급한 장르로 인식되고 있었다. 편차는 있

---

91) 김태준, 『조선소설사』.

겠지만, 서민들이 읽었던 소설들의 수준은 동시대의 중국소설이나 서구소설에 비하면 수준이 극히 낮았다. 민족적인 감정을 앞세워 조선 후기 서민소설을 과대하게 평가할 것은 없을 것이다. 그럼에도 불구하고 소설사가 가장 먼저 쓰인 것은, 소설이 서구 근대 부르주아의 장르였기 때문이었다. 곧 서구 근대문학에서 소설의 발달은 부르주아의 문예양식으로서 근대문학의 특징적 국면이었던 것인 바, 조선 후기의 국문소설과 소설독자층은 부르주아 계급과 부르주아 문예와 등치시킬 수 있는 것이었다. 서구의 근대 문학사에서의 소설을 첨예하게 의식했기에 한국문학사에서 소설의 존재에 과도하게 주목했던 것이다. 중국의 경우도 사정은 같다. 루쉰[魯迅]이 최초의 소설사『중국소설사략(中國小說史略)』을 썼던 것도 동일한 의식의 산물이다.

소설에 대한 과도한 집착은 결국 서구 문학사를 한국문학사 내에서 찾으려는 의식에서 나온 것이었다. 국문문학만으로 문학사의 주류를 구성하고, 한문학을 각 장의 끝에 부기했던 조윤제의『국문학사』가 박지원(朴趾源)의 한문 전(傳)만은 소설이라고 하면서 애써 국문문학과 같이 서술했던 것도 모두 서구 근대문학사의 총아였던 소설의 존재를 의식했기 때문이었다. 하지만 한국과 서구는 문학사 자체의 발전 경로가 완전히 달랐으니, 서구의 근대소설과 같은 소설이 풍부하게 존재할 리가 없었다. 따라서 소설사의 자산을 늘리기 위한 노력이 경주되었다. 가전(假傳)을 소설로 보고 연구하는가 하면, 전(傳)에서 소설적 성격을 찾아내려고도 하였다. 예컨대 연암의 구전(九傳)은 한문학 장르의 하나인 전(傳)일 뿐 소설이 아님이 명백하였으나, 모두 그것을 소설로 인식하였던 것이다. 전과 소설과의 관계도 흥미로운 연구 주제였다. 서사성이 있는 산문 장르에서 소설성(小說性)을 찾아내려는 모든 노력은 바로 서구 근대 소설사의 존재를 의식한 것이었다. 이것은 모두 연구 대상을 왜곡하고 과장한 것이었다. 애당초 부재하는 것을 알면서도 그 부재하는 것을 찾으려고 했기에 별별 희극이 다 벌어졌던 것이다.

국문소설, 특히 판소리계 소설을 지나치게 높이 평가한 것도 서구 근대 소설사를 의식한 것이다. 국문소설이야말로 문언문학이 아닌 속어문학이고, 속어문학은 곧 서구의 근대문학의 가장 중요한 속성이 아니었던가. 국문소설 중『춘향전(春香傳)』을 위대한 리얼리즘의 승리로 추켜세우는 것도 근대주의에 함몰된 결과다. 예컨대 이명선은『조선문학사』에서『춘향전』을 이렇게 평가한다.

> 이러한 인물들을 창조해 낸 것은 고대소설의 놀랄 만한 발전이며 춘향전의 리아리즘의 위대한 승리다. 영국사람들이, 청명하면서도 실천력이 부족한 소극적인 인물로서 함렛트를 말하듯이, 우리는 능글능글하고 뻔뻔스러운 현실주의자 월매를 말할 수 있다. 이 점만으로도 춘향전은 다른 어떤 고대소설보다도 우수한 작품이라고 단정하지 아니치 못한다.[92]

이명선은 예의 모든 소설 연구자들처럼『춘향전』을 한국 소설사에서 가장 높은 봉우리에 도달한 것으로 판단한다. 그 평가를 인정한다 해도『춘향전』은 그 높은 평가에 상응하는 난감한 문

---

92) 이명선,『조선문학사』, 147면.

제를 여전히 내포한다. 그 무엇보다 빈약한 서술량이라니!

이명선의 이 기술에 있어서 주의할 것은 위의 인용 끝 부분의 각주에서 '리아리즘'에 대한 그의 견해를 주로 밝히고 있는 부분이다. 각주에 인용한 것은 엥겔스의 「발자크론」, 콤 아카데미 문학부의 『소설의 본질』이다. 여기서 그가 취한 것은 전형론이고, 『춘향전』이 이 규정에 맞게 전형적이면서도 개성적인 인물을 창조했다는 데 있다. 그러나 사실 『춘향전』을 리얼리즘 운운하면서 높이 평가한 본질적인 이유는 춘향이 변학도로 상징되는 지배 권력에 반항했다는 데 있을 것이다. 지배 권력에 대한 민중의 저항은 뭔가 체제의 전복을 상상하게 한다. 『춘향전』을 '민중의 저항'으로 읽는 것은, 아마도 암암리에 절대왕정과 귀족지배를 끝장내었던 부르주아 혁명이나 1917년의 러시아 혁명을 의식하였을 가능성이 높다. 하지만 『춘향전』을 '민중 저항'으로 읽는 것이 가능한 것인가.

노골적으로 말해 『춘향전』의 주제는 '열(烈)'이란 전근대적 윤리의 선양 외에는 아무 것도 아니다. 『춘향전』은 조선이란 체제가 추구해 왔던 윤리적 통치가 18~19세기에 와서 완벽하게 작동하게 되었던 사정을 배경으로 한다. 특히 남성에 대한 복종의 윤리인 여성의 '열'은 여성이 실천해야 하는 모든 윤리에 선행하는 최고의 윤리가 되었다. 여성은 살아 있는 친정부모나 시부모에 대한 효(孝)보다, 자식에 대한 사랑보다, 열을 먼저 실천하는 것이 옳다고 신념 하게 되었던 것이다. 18~19세기에 와서 열은 친정부모, 시부모 그리고 자식을 두고 죽은 남편을 따라죽는 행위가 여성의 윤리 실천으로서 가장 높은 평가를 받았다. 춘향의 변학도에 대한 저항은 민중저항이거나 순수한 사랑의 결과물이 아니다. 그것은 18~19세기란 전근대사회의 상황 속에서 읽힌다면 열행일 뿐이다.

조선 체제의 입장에서 본다면, 유교사회의 장구한 유지를 위해서는, 열녀를 표창하여 여성의 남성에 대한 복종을 유도하는 것이, 관장(官長)의 악행을 춘향으로 대변되는 민중이 드러내는 것보다 훨씬 더 값있는 것이었다. 더욱이 악질적 관장은 양심적인 관료인 이몽룡에 의해 징치되지 않는가. 백성들은 이몽룡의 선정과 춘향의 열행을 길이 찬미할 것이었다. 그것은 곧 조선 양반 체제의 영원한 지속을 의미하는 것이다. 이럴진대 과연 『춘향전』에서 혁명의 불온한 기운을 감지할 수 있을까? 곧 춘향의 저항은 실제로 중세적 윤리를 선양하는 것이었으니, 『춘향전』이 반중세적 메시지를 가질 리 만무하다. 이런 점에서 『춘향전』에서 반중세적 주제를 읽어내고, 그것에 기반을 두어 『춘향전』의 기법과 인물 창조를 리얼리즘으로 판단하는 것은, 오류가 아닐 수 없다. 요컨대 국문학 연구사에서 소설에 쏟아진 비상한 관심의 무게는 서구 문학사의 근대성을 국문학사 내부에서 찾기 위해 연구 대상 분야를 과장한 것이다.

이런 식의 왜곡은 작품의 해석에 널리 가해졌다. 다시 실학파 문학의 예를 들어본다. 내재적 발전론의 성과인 실학의 존재는 문학사에도 그대로 적용되었던 바, 실학파문학이 그것이다. 조선 후기 실학파 문학의 정점은 다산(茶山)과 연암(燕巖)이다. 여기서 다산의 시에 대해 간단히 살펴보자. 다산 시는 사회 현실에 대한 비판의식으로 가득 찬 이른바 리얼리즘 시다. 하지만 이러한 리얼리즘이 다산 시만의 특유한 것인가. 나아가 조선 후기만의 성격을 갖는 특유한 미학을 성취한 것인가. 다산의 리얼리즘은 그의 「삼리(三吏)」 연작에서 볼 수 있듯, 두보(杜甫)의 「삼리(三吏)」를 모본으로 삼고 있다. 우리는 다산의 「삼리」와 두보의 「삼리」 사이에 어떤 미학적 차이를 얻을 수 있을 것인가. 아마도 없을 것이다. 물론 다산 시에서 발견되는 현실주의는 값진 것이다. 하지만 그 현실주의는 이미 두보 이래 중국 한시와 한국 한시의 어마어마한 축적 위에서 나온 것이다. 더욱이 여말선초(麗末鮮初)의 사대부들의 한시에서 발견되는 리얼리즘과 다산 시의 리얼리즘은 전혀 다를 것이 없다. 그렇다면 다산 시만의 성격은 과연 무엇이란 말인가. 나는 솔직히 말해 다산 시의 리얼리즘과 두보 시의 리얼리즘, 그리고 여말선초 지식인들의 리얼리즘 사이에서 어떤 차이도 느끼지 못한다.

연암의 「열녀함양박씨전(烈女咸陽朴氏傳)」은 여성의 성욕을 긍정한 진보적인 작품으로 인식되었다. 즉 「열녀함양박씨전」은 근대적 속성이 있다고 판단한 것이다. 하지만 「열녀함양박씨전」이 과연 근대적 속성이 있는 작품인가? 『연암집(燕巖集)』은 남편을 따라 죽은 젊은 여성을 표창해 달라는 내용의 문장 2편을 싣고 있다. 연암이 다른 사람을 위해 대작(代作)한 것이다. 그런데 『연암집』은 연암이 자편(自編)한 것이다. 「열녀함양박씨전」은 젊은 과부 박씨가 남편을 따라죽었던 것, 즉 이 시기 여성들이 남편을 따라 죽는 종사(從死)를 비판했다고 말할 수 있다. 그렇다면 위에서 언급한 두 편의 산문과 「열녀함양박씨전」의 거리를 어떻게 이해해야 할 것인가. 연암이 주자학에서 유래한 남성중심주의를 비판하고 여성의 권리를 옹호했다는 것은 지나친 판단인 것이다. 앞서 언급한 바와 같이 연암의 사유에는 양명학과 공안파의 사유가 상당히 깊이 들어와 있었다. 양명학과 공안파가 주자학과 대척적인 관계에 있음은 두말할 나위가 없다. 그의 사유와 문학이 주자학과 대립하고 있는 것으로 보이는 것도 이 때문이다. 바로 이 점을 문학사가들은 근대적인 것으로 해석하고자 했던 것이다. 하지만 양명학과 공안파 역시 기본적으로 유가다. 유가의 사유를 떠날 수 없는 것이다. 양명학과 공안파를 어떻게 해석하든, 그것은 근대와 상관없는 것이다.

조선 후기에 '민족문학론(民族文學論)'이 등장한다는 관점도 이와 관련된다. 앞서 검토한 바 있는 김만중의 『서포만필』에서 국문시가의 옹호론을 펼친 것을 두고 민족문학론으로 해석하여, 조선 후기에 비로소 국문문학에 대한 가치를 긍정하는 비평이 시작되었으며, 이것이야말로 조선 후기의 근대로의 이행기적 특징을 나타내는 것으로 보았다. 하지만 서포의 이른바 민족문학론이 오로지 민요(民謠)와 같은 일반 민중들의 노래만을 대상으로 한 것이며, 산문으로 확장되지 못한다는 것을 간과하고 있다. 뿐만 아니라 『서포만필』에서 민족문학론이 단 1회 등장하는 것이고, 대부분은 당시 수입되었던 의고파(擬古派)에 대한 비평으로 이루어졌음을 간과한다. 실학파(實學派) 문인들은 대체로 민족의식이 있는 학문을 했다고 말하지만, 박제가(朴齊家)가 한국어를 버리고 중국어를 사용해야 한다고 말한 데 대해서는 모두 침묵한다. 역시 북학파의 일원인 이덕무(李德懋)가 풍습은 조선의 것을 따르겠지만, 학문과 문학은 중국을 따라야 한다는 말에 대해서도 역시 침묵한다. 『서포만필』과 『청구영언(靑丘永言)』 등의 각종 가집(歌集, 時調集)의 서문 발문에 집중적으로 나타나는 시조 옹호론을 과연 민족문학론으로 보아야 할 것인가. 나에게 그것은 오히려 한문학의 존재를 기정사실화하고, 거기에 가창(歌唱)의 필요에 의해 존재하는 국문시가의 가치를 긍정함으로써 문언문학과 속어문학으로 이루어지는 중세문학의 질서를 공고히 한 것으로 읽힌다.

이상에서 살핀 바와 같이 국문학사의 '근대 찾기'는 실로 한국사의 '근대 찾기'의 연장이다. 민족과 근대는 확고한 진리가 아니니, 그 위에서 쓰인 문학사는 단지 가공(架空)의 담론일 뿐이다. 20세기 한국인의 대뇌를 지배했던 '근대'는 한국사 일반과 그리고 모든 개별사, 즉 문학사·철학사·예술사 등의 구성을 결정하는 것이었다. 그것은 서구사의 역사관, 시대 구분을 보편적 진리로 삼아서 이루어진 것이었다. 한국의 문학사와 예술사 연구는 사실상 문학사 예술사 내부에서 서양의 문학사·예술사를 찾는 작업이었던 것이다.

5. 맺음

국문학은 실재하는 것이 아니라 민족과 근대에 의해 구성된 것이다. 연구가 심화되면 국문학의 본질이 드러날 것이라는 생각은 환상이다. 그것은 이미 결정된 서사적 구성을 갖는 이야기이며, 결론을 갖는 이야기이기 때문이다. 국문학사란 서사(敍事)는 민족을 주어로 하는 민족에 관한 이야기이다. 그것의 주제는 '민족의 우월'이다. 즉 국문학사 연구는, 문학의 객관적 존재 양상과 그 변화의 리얼리티를 밝히는 것이 아니라, 민족의 우월함을 문학사란 형식을 빌어 밝히고자 하는 것이다. 하지만 '민족'이 객관적 실체가 아니라 이데올로기적 구성물이듯, 국문학사(그리고 국학)에서 민족의 우월성은 애초 찾기 불가능한 것이었다. 민족정신이란 것이 텅 빈 기호에 채워 넣은 가공의 시니피에이듯, 문학사에 장착하려 한 민족의 우월성 역시 이미 연구 이전에 설정된 가공의 것이기 때문이다.

국문학사는 동시에 문학사 내부에서 근대를 확인하고자 하는 작업이었다. 국문학사에서 자생적 근대를 찾으려 한 것은 국문학만의 문제 설정이 아니라 이른바 한국사를 위시한 이른바 국학 일반의 문제 설정이었다. 그러나 한국사 내부에서의 '근대 찾기'는 사실상 서구의 근대를 찾고자 한 것이었던 바, 서구와 역사적 경험이 판이한 한국사 내부에서의 서구를 찾는 것은 존재하지 않는 것을 찾아 헤매는 원천적으로 가능하지 않았던 일이었다. 따라서 지금까지 존재했다고 믿어 왔던 '조선 후기의 근대'는 실재하는 것이 아니라, 다만 서구의 '근대 찾기'가 만들어낸 가공적(架空的) 구성물에 불과한 것이다. 나의 내부에 있는 서구사(西歐史)는 명백히 타자이다. 타자를 배제하고 주체를 찾는다면서 헤맨 끝에 우리는 나의 내부에 있는 타자를 발견하고 주체로 오인했던 것이다. 여기서 나아가 중세니 근대니 하는 시대 구분 자체를 비판적으로 성찰해야 할 것이다. 이 시대 구분을 따른다면, 서구중심의 역사 기술에서 벗어날 수 없을 것이고, 서구의 폭력에서 벗어날 수 없을 것이다.

그렇다면 한국 문학사 연구는 필요 없는 일인가. 그렇지는 않다. 문학이 존재하는 한 문학의 역사가 없을 수는 없다. 하지만 그 문학사는 민족(민족문학)을 주어로 삼지 않는다. 그것은 인간을 주어로 삼는다. 과거 이 땅에 살았던 인간들이 쏟아낸 언어적 형상물을 검토하는 것은 여전히 유효한 것이다. 즉 그것이 어떻게 스스로를 억압하고 해방했던가, 그리고 시대와 환경에 어떻게 반응했던가를 검토해야 할 것이다.

작품 해석 역시 민족과 근대에서 벗어날 필요가 있다. 하나의 점을 지나는 선이 무한하듯, 하나의 작품, 하나의 작품군(作品群)을 지나는 해석의 선은 이론상 무한하다. 근대와 민족 역시 무한한 선 중의 하나에 지나지 않는다. 문학 작품의 해석을 근대와 민족으로 한정하는 것은, 문학의 자유에 대한 폭력이다. 작품을 복수의 코드로 읽을 필요가 있다. 연구자의 상상력에 따라 코드는 얼마든지 생산된다. 그 복수적 코드는 필연적으로 단일한 문학사가 아니라, 복수적 문학사가 병존하게 할 것이다.

문학사는 모든 장르와 작품을 계기적 연속성이나 필연적 관계 속에 밀어 넣지 않는다. 즉 장르와 장르, 작품과 작품 사이에 계기적 연속성이나 필연적 관계를 부여할 필요는 없다. 그 연속성과 관계는 존재할 수도 있고 존재하지 않을 수도 있다. 존재하는 것은 존재하는 대로, 존재하지 않는 것은 존재하지 않는 대로 드러낼 뿐이다. 민족문학사의 이름하에서 모든 문학현상의 흐름을 유기적 관계로 포괄할 필요가 없다는 것이다. 문학사 연구는 체계의 구축이 갖는 억압에서 보다 자유로울 필요가 있는 것이다. 인간은 구속받기 위해 태어난 존재가 아니다.

한문학 연구와 일상[1)]

1.

나에게 주어진 주제는 한문학 연구와 일상(日常)과의 관련이다. 이런 기획 발표의 발표자가 늘 그렇게 선정되듯 어쩔 수 없이 맡았다. 말하자면 오이엠(OEM) 방식인 셈이다. 한데 나는 평소 이론적인 문제에 별 취미가(사실은 능력이) 없다. 할 이야기가 있기는 하지만, 무슨 대단한 이야기는 아니다. 혹시 특별한 이야기라도 있을까 기대를 할 것이 걱정되어 미리 변명을 해 두는 것이다.

요즈음 역사학계 일각에서 일상사(日常史)란 말이 더러 쓰이고

---

1) 이 글은 한국한문학회 30주년 기념 학술대회에서 발표한 것이다. 발표문을 약간 고쳐서 여기에 싣는다.

있고 또 그런 책도 한두 종 번역되어 있는 것으로 알지만 읽어본 적은 없다. 꼭 읽어야 할 책임도 없다. 나의 관심사가 서구 역사학과 연계되어 발생한 것이 아니기 때문이다. 그런 문제에 관한 한 나는 지식이 없다. 다만 평소 생각하고 있던 바를 약간 정리해 볼까 한다.

2.

한문학회가 30주년을 맞이했지만, 한문학 연구의 앞날이 썩 긍정적으로 보이지는 않는다. 주지하다시피 인문학계의 사정이 좋지 않은 것, 특히 대학 내의 인문학이 최근 대학원의 급속한 붕괴에서 확인되듯 위기를 넘어 파산의 지경에 이른 것은 이미 기정사실이다. 아직 대학원생이 들어오고 학술진흥재단이니 BK니 하며 연구비가 풍성하니 사정이 여전히 좋다고 할 수도 있겠지만, 그것이 반드시 연구의 질적 수준을 높인다고는 단정할 수 없기 때문이다. 물론 이것이 이른바 일부 지역대학의 위기일 수도 있겠지만, 돌아가는 상황을 보건대 꼭 그런 것만도 아니다. 하기야 지역대학의 인문학이 파산하면 그것은 자연스럽게 중앙의 인문학의 파산과 연결될 것이다.

인문학의 파탄 근거는 근본적으로는 자본－테크놀로지의 전면적 진군에 있을 것이다. 한데 이 현상을 어떻게 인식해야 하는가, 혹 어떻게 대응해야 하는가 하는 문제는 워낙 거창하고 어려운 이야기라, 나는 감당할 능력이 없다. 다른 고명한 전문가의 말씀이 있어야 할 것이다. 다만 이참에 인문학, 좁게는 한문학과 국문학 연구가 이제까지 걸어왔던 길도 한번 돌아보자는 것이다. 주제는 한문학 연구와 일상이지만, 관련되는 문제이기에 먼저 재래의 국문학 연구에 대해 몇 말씀드리고자 한다.

국문학 연구(곧 한국한문학 연구)는 간단히 말해 '민족'이란 주어의 성격을 규정하는 것으로 환원될 수 있다. 즉 다음과 같은 문장으로 나타낼 수 있다.

'민족은 A이다.'

이 문장의 주어 '민족'은 민족사·민족문화·민족전통·국문학·한국음악사·한국회화사 등의 다양한 동일 계열어로 치환될 수 있다. 아울러 A라는 술어는 형용사와 동사를 술어로 갖는다. 형용사일 경우, 그것은 대체로 '우월'의 속성을 갖는 어휘가 된다. '우수한'·'빼어난'·'슬기로운'·'찬란한' 등의 어휘는 '우월'의 동의어로 맥락에 따라 선택된다. 만약 술어가 동사라면, '발전'(긍정적 변화)의 속성을 갖는 어휘가 될 것인데, 곧 '발전한다'·'진보한다'가 그 예가 될 터이다. 이 동사는 흔히 부사어를 갖는데, 그 부사어는 '근대로', '근대를 향해'일 것이다.[2] 또 위

---

2) 여기서 좀 더 상론하고 싶은 것은 위 문장의 '근대로의'라는 수식어다. 특히 조선 후기에서 어떤 방식으로든지 근대적 속성을 추출하려는 것, 그리하여 20세기와 순조롭게 접속시키려는 것은 바로 이 부사어를 필연적으로 가지려는 문제의식에서 나온 것이다. 그러나 이것이 그야말로 생략 가능한 수

문장의 주어는 그 속성이 제한된다. '민족'은 동질적 인간 집단이기 때문에 먼저 그 동질성을 규정하는 작업이 필요했던 것이다. 민족을 규정하는 '동질성'에 관한 논란은 워낙 복잡하기에 여기서 상론이 불가능하다. 다만 동질성을 규정하는 가장 강력한 장치의 하나는 언어였다. 동일한 언어를 사용하는 집단이 한민족(韓民族)이었다. 한문학이 국문학의 범위에서 한참 동안 제외되어 있었고, 한문학과와 국문학과가 분리 설치된 것은 바로 언어의 순수성으로 민족을 규정했기 때문이었다.[3]

　국문학(사) 연구, 한문학 연구는 기본적으로 위 문장의 주어를 민족 대신 '민족의 문학' 곧 국문학으로 대체하고 그 술어를 규정하는 작업이다. 그러나 그 술어는 이미 주어진 것이다. 즉 민족은 위대하다, 민족은 근대로 발전해 왔다는 문장은 민족을 주어로 할 경우 이미 규정된 것이기 때문에, 그에서 파생된 같은 계열의 주어는 다른 술어를 가질 수 없다. 풀어서 말해 민족이(혹은 民族史가) 위대한 길을 걸어왔고, 또 근대를 향한 발전적 경로를 갖는 것처럼 국문학도 파란곡절을 거치면서 근대를 향한 위대한 발전을 거듭해 왔다는 것이다. 이것이 국문학사 불변의 서사(敍事)다. 아울러 이 문장은 과거형 현재형 미래형으로 표시될 수 있다. 민족은 위대했다, 위대하다, 계속 위대할 것이다. 이렇게 말이다. 아니면, 복문이 될 수도 있다. 민족은 위대했다, 그러다 위

───────────────

식어임은 두말할 필요가 없다. '근대'란 서구에서 발생한 일회적 역사 경험이고, 비서구사회에는 강요·이식된 것이기 때문이다. 따라서 개항 이전 조선의 역사 발전은 존재했지만, 근대화란 존재할 수 없다. 내재적 발전론이란 것은 민족사의 신화적 서술에서 나온 것이다.
3) 국어순화운동도 여기서 배태된 것이다.

기를 맞았다, 그러나 극복했다, 다시 위대해졌다로! 알아차렸겠지만, 이 서술은 신화적(神話的) 서술이다. 요컨대 한국사와 국문학사는 의인화(擬人化)된 서술이며, 좀 더 구체적으로 말해 신화적 서술이다. 조윤제(趙潤濟)의 『국문학사(國文學史)』가 유기체설(有機體說)을 취하고 있는 것은 바로 이 때문이다.[4]

국문학 연구가 신화적 서술을 취할 수밖에 없는 것은, 본질적으로 국문학(한국한문학)이 국사, 국어와 함께 국민국가(國民國家)를 형성하는 중요한 장치이기 때문이다. 동질적인 인간 집단(국민, 민족)을 만들기 위해, 동일한 긍정적 기억을 만들어낼 필요가 있었으니, 국사와 국문학, 국어는 곧 그 기억을 만드는 장치였던 것이다.

국문학 연구, 곧 한문학 연구는 위의 센텐스가 진리 문장이라는 것을 입증하기 위해 두 가지 방식을 택했다. 절대 다수의 연구물은 연구 대상, 곧 작품의 내용을 검토하여 민족(또는 민중)에 대한 긍정적 발언을 찾는 것이었다. 사회 인식, 사회적 모순, 국토산하의 발견, 사회 현실의 반영, 현실성, 민중성 등등 국문학의 성격을 규정하는 그 언어들은, 그 언어를 쓸 수밖에 없었던 20세기 한국의 현실에서 배태된 것이기도 하다. 하지만 한편으로 문학(사)의 해석을 협착하게 만들었던 것도 부정할 수 없다. 문학의 자유를 제한했던 것이다. 이 협착한 내용 해석은 그 환원주의적 속성과 상투성으로 인해, 문학의 예술성을 결정하는 미적 요소에

---

4) 위 문장의 변형된 형태로 '민중'을 주어로 삼는 경우도 있다. 민족 대신 민중이 주어가 되면, 민중이 고난을 겪으면서 성장·진보해 온 역사를 그리기 마련이다.

대한 고려가 결핍되었기에 일부의 비판을 받았다. 하지만 이 비판 역시 동일한 위험에 빠질 수밖에 없었다. 왜냐면 그 미학은 궁극적으로 민족미학(民族美學)을 추구했기 때문이었다. 특히 한두 마디의 어휘 속에 민족미학을 정립하려는 것은 동일하게 환원주의의 협착성으로 귀결되기 마련이었다. 연암의 말처럼 푸른 하늘을 '天' 자가 삼키고 있는 형국이다. 양자는 결국 내용과 형식에서 민족적인 것을 구성하려 한 것이었다.

요컨대 국문학, 한문학 연구는 미리 결론을 갖추고 있었다. 개별 연구들이 개별적 차원에서 어떤 의미를 생산한다 해도 결국은 문학사 서술 속에서 최종적 의미를 갖게 되는 바, 그것은 결국은 민족 또는 민중, 근대라는 거대 담론이 그 해석을 독점적으로 지배하는 것을 의미한다. 즉 그것은 작품 해석의 컨텍스트를 거대 담론의 것으로 한정했던 것이다. 물론 거대 담론의 설정 자체를 부정하는 것은 아니다. 문제 삼는 것은 해석의 독재다.[5] 어떤 특정 해석이 다른 해석을 권력적 관계 속에서 침묵시키는 것, 즉 해석의 독재는 문제가 된다는 것이다. 거대 담론은 자신의 그물 속에 포괄되지 않는 것을 모두 배제한다. 민족의 문학사를 말하면서 그 '민족'이 남긴 무수한 것들을 무의미한 것, 무용한 것으로 제거해 버리고 말았던 것이다.

가장 치명적인 배제는 일상과 개인의 배제였다. 나는 국문학 연구에서 배제되었던 바로 그 부분을 복권시켰으면 한다. 때문에

---

5) 내가 비판한 것은 거대 담론의 폭력이지 거대 담론 자체가 아니다. 거대 담론을 추구하실 분들은 여전히 그렇게 하시면 된다. 논리적 정합성을 확보하면 누구도 부정할 수 없다.

이 글에서 일상에 대해 말하고자 한다. 사소한 일상이라니! 우습게 알겠지만, 나는 일상의 밥과 휴식을 위해 분투 중이다. 모든 것은 일상으로 귀결된다. 우리가 목숨 걸고 사는 것은 다름 아닌 일상이다. 일상을 우습게 아는 논리는 기만적이다. 물론 일상의 파편성에 골몰하자는 것은 아니다. 현재 우리의 일상을 지배하는 자본—테크놀로지에 대한 반성적 사유가 절대적으로 필요하듯, 조선이란 국가가 개인에게 집행된 모습과 그것에 대한 순응과 저항의 구체적인 모습을 검토할 필요가 있는 것이다.

3.

1 일상이란 무엇인가. 일상은 범상한 행위의 연속이다. 그것은 하루의 의미가 아니다. 생에 있어서 반복되는 행위와 의식의 총체다. 좀 더 구체화하면, 일상은 평균적이며 동질성의 확률이 높은 행위와 그 행위를 가능하게 하는 의식까지 아울러 포함힐 수 있다. 일상은 단일한 몇 가지 무엇으로 환원되지 않는다. 또 일상은 반복적이고 평균적이지만, 불변의 것은 아니다. 일상의 내용과 성격은 그것을 공유하는 집단에 따라 달라진다. 조선 사람의 일상과 21세기인의 일상은 동일하지 않다. 미국인과 한국인의 일상도 같지 않다. 일상은 공간적 지역적으로 변화하는 실체다. 일상을 연구 영역으로 확보한다는 것은, '일상'이란 대상의

공시적 통시적 이해를 아우르는 것이다.

일상은 자동화된 행위와 의식의 반복이기에 그것을 연구 대상으로 삼는 것은 무의미한 것인가. 일상은 언뜻 보기에 무의미하고 파편화된 조각으로 보이지만, 사실 그것은 규율된 것이며, 아울러 그 규율에서 벗어난 것이다. 먼저 규율. 일상은 인간이 만들어낸 문화에 의해 규율되기도 하고, 인간의 생물학적 환경적 조건에 의해 규율되기도 한다. 문화에 의한 지배란 이데올로기와 역사와 관습에 의해 지배되는 것을 말한다. 따라서 일상의 행위와 의식을 역으로 검토하면, 개인에게 각인된 이데올로기와 역사적, 생물학적, 환경적 조건을 읽어낼 수 있다. 예컨대 자본주의 이데올로기는 개인에게 정교한 논리로 각인되지 않고, 중화학공업의 거대하고 복잡한 시스템의 작동은 평소 인지되지 않지만, 양자는 할인점과 백화점에서의 일상적 구매행위에 이미 작동한다. 즉 나의 일상적 소비행위는 자본주의와 중화학공업의 권력의 관철 공간인 셈이다. 다시 예를 들자면, 조선조 한 양반의 하루를 구성하는 연속적 행위의 흐름에서 각각의 자질구레한 행위들은 그 자체로 무의미하게 보일지 모르지만, 그것은 『소학(小學)』이 지시하는 것인 바, 알다시피 『소학』의 보급 역사는 장구한 역사를 갖는다. 그리고 『소학』의 성격과 보급은 궁극적으로 성리학이란 이데올로기의 권력에서 유래한 것이다.

일상은 규율의 대상이고 이데올로기가 권력을 집행하(려)는 공간이지만, 동시에 거대 담론에 저항하는, 거대 담론으로부터 자율을 확보하는 공간이기도 하다.6) 뒤에 상론하겠지만, 예컨대 『복선화음가(福善禍淫歌)』에서 김씨 부인의 일상적 행위는 노동의 연속이다. 이 노동의 연속의 속성, 곧 여성의 근면성은 성리학—가부장제란 이데올로기에 의식화된 결과일 것이다. 하지만 김씨 부인이 비판하는 개똥어미의 일상은 소비와 나태한 행위의 연속이다. 가부장제는 여성을 규율하려 하지만, 한편에서는 그 규율에서 벗어나는 욕망과 실천이 존재한다. 일상은 말하자면, 규율과 자율이 음／양의 역동성을 갖는 공간이다.

문학과 일상의 관계를 논한다는 것은, 일상에 이데올로기와 같은 거대 담론이 어떻게 관철되는가, 곧 관철의 양상과 깊이 등을 문학이란 언어적 장치 속에 어떻게 구현되어 있는가를 일차적으로 다루는 것이다. 잠시 앞에서 한 말을 다시 상기하기 바란다. 나는 민족과 같은 거대 담론으로 문학사를 환원적 목적, 방법으로 해석하는 것을 비판한다. 하지만 나는 거대 담론 자체를 부정하는 것은 아니다. 나의 관심은 20세기에 만들어진 거대 담론으로 조선을 읽어내지 말고, 조선을 지배했던 거대 담론과 그 거대 담론이 조선인의 일상에서 관철되는 양상을 읽어내자는 것이다. 좁혀 말하자면 국가—성리학이 어떻게 인간을 훈육하는가, 이데올로기가 일상에서 어떻게 작동하고 집행되는가를 따지자는 것이다.

거대 담론이 자기 권력을 일상에 집행하는 방식, 곧 그것이 일상에서 작동하는 양상은 매우 다양하다. 그리고 그것은 파편화된 일상 속에서 작동하는 것이기에 포착하기 어렵다. 이덕무는 이렇

---

6) 일상을 규율하는 조건에는 생물학적 조건이거나 환경적인 조건들이 있다. 하지만 나는 오로지 이데올로기(그리고 문화 또는 역사·사회) 등과 일상과의 관계에 대해서만 말할 수밖에 없다(다른 쪽은 말할 능력이 없다).

게 말한 바 있다.

어린아이가 울고 웃는 것, 저자 사람들이 사고파는 것 역시 찬찬히 살펴보면 무언가를 느끼기 충분하고, 사나운 개가 서로 싸우는 것과 영리한 고양이가 혼자 노는 것을 조용히 살펴보면 지극한 이치가 거기에 있다. 봄누에가 뽕잎을 갉아먹고, 가을 나비가 꽃을 따는 데는 천기(天機)가 유동한다. 수만 마리 개미가 행진할 때는 깃발과 북을 빌지 않아도 절제(節制)가 정연하고, 수천 마리 벌들이 사는 방은 기둥과 들보에 의지하지 않고도 간가(間架)가 절로 고르다. 이것들은 모두 지극히 미세한 것이지만, 각각 지극한 묘리와 지극한 조화가 한이 없는 것들이다. 대저 천지의 높고 넓음과 고금의 왕래를 살펴보면 또한 장대하고 기이한 것이 아닐 수 없다.[7]

돌아보지 않았던 것들의 미세한 부분을 관찰하면 도리어 그 속에서 지극한 이치를 찾을 수 있다는 이덕무의 제안은 지금도 유효하다. 말하자면 문학사 연구에서 '민족'의 위대함이나 '근대'로 향하는 동선(動線)을 찾아나가는 것이 아니라, '거기'에 존재했던 인간의 일상을 문학이란 영역에서 세밀하게 재구성하고, 그것에 관철되는 거대 담론, 혹은 그 거대 담론의 관철에 저항하거나 혹은 대응하는, 혹은 거대 담론으로부터 독립해 있는 자율적 공간을 탐색해야 할 것이다.

이렇게 일상의 쇄소(瑣小)한 것에 집중하는 것은 몰사회적 인

---

7) 「耳目口心書」, 『青莊館全書』:『韓國文集叢刊』 258, 359면. "嬰兒之啼笑, 市人之賣買, 亦足以觀感 ; 狡犬之相鬪, 黠描之自弄, 靜觀則至理存焉. 春蠶之蝕葉, 秋蝶之採花, 天機流動. 萬蟻之陣, 不藉旗鼓而節制自整 ; 千蜂之房不憑棟樑, 而間架自均, 斯皆至細至微者, 而各有至妙至化之無邊焉. 夫天地之高廣, 古今之來往, 觀不亦壯且奇乎哉."

식으로 도피하는 것이 아닌가 의심할 수도 있지만 그런 것은 아니리라 생각한다. 민족과 국가, 근대가 갖는 유효성은 상존하지만, 동시에 그 수명이 영원할 것 같지는 않다. 말하자면 한국사회에서 이 어휘들은 전근대에서 근대로의 전환, 식민지에서의 독립, 독재에서 민주화로, 분단에서 통일로의 변화라는 과제를 전제한 것이었다. 한국사회가 본격적인 자본주의사회로 진입하면서 이 문제들의 상당 부분은 낡은 문제가 되었다. 민족과 근대가 보유했던 해방의 속성은 점점 엷어지고 이제 억압의 속성을 갖는 중이다. 개인의 일상은 자본-테크놀로지의 권력을 대리 집행하는 민족/국가에 의해 규율되고 있지 아니한가.

조선을 이해하는 관심의 성격 역시 달라진다. 조선이란 국가 체제를, 양반이란 지배층을 주어로 삼았을 때, 그것이 인간/개인을 어떻게 규율하고 억압했는가, 또 그 속에서의 인간/개인은 어떻게 저항하면서 자율적인 영역을 확보해 나갔는가를 검토할 필요가 있는 것이다. 이 문제의식은 현재의 국가 체제가 어떻게 인간을 억압하는가 하는 문제와 통하는 것이기도 하다.

2 앞서 언급했듯 이런 문제의식은 문학 작품의 덕월성이니 진보성보다는 평균적이고 일상적인 것, 그리고 작품의 밑바닥에 깔려 거의 의식되지 않던 것을 보고자 한다. 이 시각은 과거 문학사 연구와 충돌할 수 있다. 예컨대 국문소설『심청전』과『춘향전』에서 재래의 연구는 해방과 진보로 대변되는 민중의식을 읽어내려 하였다. 하지만 일상적 연구는 두 작품에서 진보적 민중의식을 예각화하여 읽어내지 않고, 범상한 민중의 일상적 의식을

찾는다. 『심청전』의 경우, 민중들에게 광범위하게 침투한 유가의 윤리의식이 초점이 된다. 즉 유가의 윤리의 실천을 위해 개인의 신체를 포기할 것을 강요하는 국가이데올로기의 권력이 민중들을 이미 완벽하게 의식화했음에 주목한다. 『심청전』은 조선이 남긴 엄청난 양의 효자전(孝子傳)의 맥락에서 읽을 수 있다. 효자전에서 효행의 실천 장치 중 가장 유력한 것이 신체의 일부를 훼손하는 것이었다[斷指, 割股].[8] 심청의 자살은, 윤리의 집행이 급기야 신체 전체를 요구하는 수준으로까지 진행되었음을 의미한다. 작품은 자식의 신체를 요구하는 잔혹성을 은폐하기 위해 심청이 부활하고 왕후가 되는 비현실적 장치를 도입한다. 우리는 『심청전』의 언어에서 진보적 민중의식이 아니라, 민중에게 집행된 거대 담론의 작용, 그리고 어버이에 대한 자식의 일상적 태도와 의식, 질병에 대한 민중의 대처를 읽어내야 할 것이다.

『춘향전』의 경우도 다르지 않다. 전통적으로 문학사가들은 『춘향전』을 민중(춘향)의 지배권력(변학도)에 대한 저항에 초점을 두고 읽었다. 하지만 내가 보기에 이 소설은 열행(烈行)의 아름다움을 설파함으로 여성의 남성에 대한 성적(性的) 종속, 곧 가부장제(家父長制)의 관철이 더 중요한 것이라는 설교로 읽힌다. 춘향은 국가의 이데올로기에 철저히 의식화된 인물이다. 『춘향전』의 언어는 해방의 언어가 아니라, 억압의 언어일 수 있는 것이다.[9]

---

8) 『백범일지』를 보면 백범이 아버지의 병에 허벅지의 살을 잘라 내다가[割股] 고통에 그만두는 장면이 나온다. 어버이의 병은 일상적인 것이었고, 이에 대한 반응은 단지, 할고를 떠올린다. 이것은 유가의 이데올로기에 의식화된 결과다.

9) 문학은 억압이자 해방의 交織이다. 이야기가 약간 빗나가지만, 나는 『심청

『심청전』과『춘향전』에 대한 이런 해석에 대해 분명히 반론이 있을 것이다. 하지만 이 자리에서 시시비비를 가리고 싶지는 않다. 이렇게 작품을 해석할 수 있고, 또 이런 해석이 정치-윤리로 인간을 억압했던 조선 체제의 잔혹성을 보다 깊이 비판할 수 있기 때문이다. 한데 정작 더 중요한 것은, 이런 해석 말고 전혀 다른 것을 읽어낼 수 있다는 것이다.『춘향전』이 춘향의 집치레에 나타나는 그 과장된 물목은『이춘풍전』에서 추월이가 이춘풍에게 요구하는 물목, 그리고『게우사』의 유사한 물목과 연결될 경우, 이를 통해 19세기인의 소비 수준과 소비에 대한 욕망의 구체성을 확인할 수 있다. 물질·재산·소비에 대한 욕망은 매일의 순간순간을 지배하는 욕망이다. 곧 이 작품들을 통해 19세기인의 일상에서의 물질적 욕망의 실체를 확인할 수 있는 것이다.『흥부전』에서 나타나는 그 식욕과 음식의 의미도 간단하지 않다. 거기서 19세기인의 음식에 대한 욕망을 엿볼 수 있는 것이다. 욕망을 읽어내는 코드는 무수하다. 여러 텍스트를 선택하고 그 선택된 텍스트에서 일상적 욕망의 존재를 재구성할 필요가 있을 것이다.

　이렇게 본다면, 한문학이야말로 광대한 연구 영역을 앞에 놓고 있다. 행장(行狀)·유사(遺事)·비지(碑誌)·전(傳) 등은 양반의 일상과 그 일상의 속성을 구성하고 이해하기 위한 요긴한 자료가 된다(나는 어머니와 아내를 위해 쓴 글에서 그런 가능성을 보았다). 이

전』과『춘향전』을 표본으로 삼아 문학이 인간의 삶을 어떻게 억압／해방하는가를 다루고 싶다. 텍스트의 용법은 복합적이다. 요컨대 문학사의 발전, 진보란 화두에 얽매이지 않고 그 문학텍스트가 존재했던 사회에서 문학이 억압／해방의 양 방면으로 작용했던 실상을 밝히는 것이 앞으로의 과제가 아닌가 한다.

런 자료를 통해 양반의 하루를 구성할 수도 있고, 한 달과 1년, 나아가 평생을 구성할 수도 있다. 그 속에서 일상의 구체성을 구성해 낼 수도 있고, 또 그 구체성의 근거인 의식을 구성해 낼 수도 있다. 아니면 하루의 어떤 세목에 집중할 수도 있다. 먹고 마시고 입고 잠자고, 아내(혹은 남편)와 성 관계를 갖고, 자식을 낳고, 재산을 증식하고, 과거공부를 하고, 친구를 만나고, 시를 짓고, 비평하고, 향교(鄉校)나 서원(書院)에 나가고, 문중의 행사에 참여하고, 여행을 떠나고, 과거에 응시하고, 장례를 치르고, 산송(山訟)을 벌이고, 남을 비난하거나 칭찬하는 등등의 인간의 구질하고 허접한 일상을 재구성할 수도 있다. 이 범상하고 반복적인 행위와 의식에 양반다움이 있는 것이다. 문제는 오로지 그것을 얼마나 설득력 있게 의미화하는가에 달려 있을 뿐이다. 물론 앞에서 언급한 바와 같이 그것의 의미화는 거대 담론과의 관계에서 이루어질 것이다. 다만 그것은 거대 담론 결정론이 아니라, 거대 담론의 관철 정도와 관철에서 일어나는 변형의 양상을 다루는 것, 곧 농도를 따져야 할 것이다.

이런 접근은 텍스트에 대한 관심의 포커스를 바꾼다. 즉 돌출적이고 우수한 작품도 물론 중요하지만, 방대한 양으로 남아 있는 범상한 작품에도 초점을 맞추어야 한다. 작품 하나도 중요하지만, 범상한 작품군(群)을 다룰 필요가 있다. 빼어나고 특별한 미적 성취보다는 상투적 표현 방식에 의미를 부여한다. 이런 접근을 통해 천재의 수준 높은 사유와 행위가 아니라, 범인의 평범한 행위와 의식을 구성해 내는 것을 목표로 삼는다.

이렇게 말하니 문학 연구가 아니라, 역사 연구가 아닌가 반문

할 수도 있다. 그렇다! 나는 행장(行狀)·제문(祭文)·전(傳)·유사(遺事) 등 비지전장(碑誌傳狀)이 일상을 구성하는 데 있어 단순한 자료로 기능해도 상관없다고 생각한다. 그 작품이 만약 특이하고 빼어난 미학적 장치를 갖고 있다면 그 장치를 적절하게 해석해서 드러내면 그만이고, 상투적인 것이라면 그 상투적인 기법의 의미를 그대로 드러내면 그만이다. 만약 꼬집어 특기할 만한 미학적 장치가 없으면 없다고 하면 그만이다. 문학의 언어 사용이 일반 언어의 용법과 구분되는 특수한 미학적 장치를 가져야만 한다는 것도 일종의 강박관념이다. 만약 군이 문학의 언어 사용법의 특수성을 고집하시는 분이 계신다면 그렇게 하면 된다.

이제 약간 구체적인 사례를 보자. 예컨대 「유연전(柳淵傳)」. 이 작품을 두고 소설 운운하지만 나는 솔직히 이 작품이 과연 소설인지 확신할 수 없다(이 작품을 소설로 보고자 하는 태도나 문학사에서 유난히 소설을 중요시하는 의식 역시 근대주의의 산물이다). 이 작품은 재산의 성립과 분할[分財]을 두고 일어난 사건을 다루고 있는 작품이다. 그런데 이 작품을 '소송'에 초점을 맞추어 읽어내거나 혹은 다른 어떤 단일한 주제로 환원하는 방식의 연구는 적어도 나에게는 설득력이 없다. 유연(柳淵)의 형 유유(柳游)는 성불구자였다. 가부장제가 일상을 지배하는 제도로 고착화되어 가던 중종 시기 장자(長子, 그리고 남편)가 성불구자라는 사실이 의미하는 바는 무엇인가. 나아가 조선조에서 성불구자는 어떻게 인식되고 처우받았는가를 검토할 필요가 있다. 그리고 「유연전」에서 물질 – 재산에 대한 인간의 욕망이 일상에서 어떻게 구현되고 있는가, 유연과 유유의 아내, 유연의 장인인 이지(李禔)와 종매부 심융(沈

隣)이 일상적으로 맺고 있는 인적 관계 등이 이 작품을 통해 어떻게 구현되고 있는지를 다시 섬세하게 따져볼 필요가 있다. 예컨대 유유는 집을 떠나 떠돌이가 되는데, 이때 조선이란 지리적 공간과 떠돌이의 삶이 가능한 사회적 환경 등의 문제를 떠올릴 수도 있고, 유연의 이야기가 사대부사회에 전파되는 과정을 상상해볼 수도 있다. 이런 것들도 아울러 따질 수 있을 것이다. 이런 연구를 위해 단일한 작품만을 대상으로 할 수도 있지만, 여러 작품의 일부분을 선택해서 조합할 수도 있다. 작품의 일부가 절취될 수도 있다.

한시 역시 달리 읽을 필요가 있다. 한시를 전체 맥락에서 떼어내고 오로지 한시의 언어적 미학, 수사학, 혹은 민족과 민중, 리얼리즘이란 거대한 담론으로 읽어내는 것은, 사실상 한시 자산의 극히 일부만을 섭취한다는 것을 말한다. 아니면 한시의 미학을 읽어내는 것, 이것도 이미 한시에 대한 일반의 관심이 사라진 현재에는 설득력이 현저히 떨어진다. 이런 내용적 미학적 연구를 그만두자는 것은 아니지만, 일종의 심각한 편식이다. 이제 식상하여 파탄의 지경에 이르렀다. 한시가 어떤 상황에서 지어지면, 그 상황과 어떤 관계를 맺고 있는가 하는 문제도 흥미로운 주제다. 사대부의 삶에서 한시는 그야말로 일상의 행위다. 이 일상 속에서 한시를 배치하고 읽어내는 독법도 필요하다. 평범한 한시가 새로운 의미를 갖게 될 터이다. 한시의 내용에서 사대부의 일상을 재구할 수도 있고 해독할 수도 있다. 이런 점에서 한시는 일상과 관련하여 풍부한 자료를 제공한다. 예컨대 도학자(道學者)의 도학적 한시는 그가 일상적으로 가졌던 사유의 한 축을 보여준다. 도학자의 의식과 일상이 어떻게 구성되는가를 알 수 있기 때문이다. 우리는 서구 중세 수도사들의 일상을 흥미 있게 읽는다. 하지만 양반들의 일상은 어떤가. 양반의 일상은 어떻게 구성되는가. 그것을 문학은 어떻게 표현하고 있는가. 고응척(高應陟)의 도학적 시조(그리고 사설시조)는 그야말로 흥미로운 것이다. 그것은 설교를 늘어놓기에 재미없는 것이 아니다. 이런 차원에서 윤리와 도덕의 일상적 관철은 매우 훌륭한 연구 테마다.

거대 담론이 일상을 지배·규율하려 한다면, 일상은 또 거대 담론의 균열이 일어나는 곳이다. 즉 인간의 일상은 규율에서 벗어나려는 반성적 공간이기도 하다. 거대 담론이 지배하지 못하는 공간, 혹은 거대 담론의 규율에 저항하는 일상의 자율적 공간이 있기 마련이다. 성리학은 사대부의 육체를 엄격히 규율할 것을 원한다. 그것은 말하자면 욕망[人欲]을 통제하고 소비를 절제할 것을 요구한다. 이 요구가 관철되었을 경우, 연암의 「양반전(兩班傳)」에 등장하는 양반상이 등장한다. 하지만 이 규율에 반하는 삶의 형태는 얼마든지 있다. 부패와 횡령, 재산의 증식, 성욕을 채우기 위한 축첩제(蓄妾制), 기생제도 등등 그 목록을 하염없이 늘어날 수 있다. 예컨대 조선 후기 벌열(閥閱)의 문화는 곧 거대한 소비문화이기도 한 것이 아닌가. 그 소비에서 절제의 미덕을 찾기란 어렵다. 즉 양반은 성리학이란 거대 담론의 집행 공간이기도 하고, 그 집행에 저항하는 자율적 공간이기도 하다.

그 규율과 저항, 혹은 자율은 일상 속에서 구현되어 있으며, 문학은 언어적 장치로 그것을 포획한다. 텍스트는 그 복합성의 반영이다. 예컨대 시조의 경우, 오륜가(五倫歌)는 바로 민중이 익숙한 시조(노래)의 형식에 입각하여 이데올로기를 주입하려는 의도를 갖는다. 또한 퇴계(退溪)의 「도산십이곡(陶山十二曲)」, 율곡(栗曲)의 「고산구곡가(高山九曲歌)」는 원래 유흥적 쾌락적 속성을 갖는 음악 양식에 성리학에 근거한 학문적 도덕적 주제를 담으려 한 것이었다. 이런 도덕적 시가의 출현은 인간의 가장 원시적인 쾌락 욕망의 수단인 가창(歌唱)의 영역까지 이데올로기가 침투한 것으로 이해된다. 즉 우리는 도학자의 시조에 대해 그것이 지닌 보수성에 질색을 하지 말고, 이념이 놀이라는 일상생활의 영역에까지 침투했음을 읽어낼 필요가 있는 것이다. 한편 시조는 여전히 그 성리학의 규율에서 벗어난 자율적 공간을 확보한다. 오륜가와 퇴계와 율곡의 시조가 인간의 일상을 윤리로 규율하고자 한다면, 시조는 여전히 일상에서의 음주(飮酒)와 섹스가 갖는 쾌락을 말한다. 곧 시조를 연구한다는 것은 처대 담론의 균열을 일으키는 일상적 욕망의 분출을 보고 읽어내는 것이다.

이 음양의 대립과 역동성이야말로 문학의 기능이며, 일상의 기능이다. 예컨대 「복선화음가」에서 김씨 부인의 일상은 끊임없는 다양한 노동으로 구성된다. 김씨 부인을 일상에서 끊임없이 노동하게 하는 것은, 유가 이데올로기다. 유가 이데올로기는 남성을 위해 여성의 육신이 기계처럼 움직일 것을 요구하고, 그것을 위해 의식적으로 훈육한다. 따라서 김씨 부인의 다양한 노동의 일상은 근면이란 미덕으로 추상화되지만, 사실상 그것은 유가이데올로기가 여성의 육체를 훈육한 결과다. 우리는 이 작품에서 양반가 여성의 일상과 그것을 지배하는 이데올로기의 관계를 통시적으로 혹은 공시적으로 이해할 수 있을 것이다.

이에 반해 「복선화음가」에 삽입되어 있는 개똥어미는 훈육되지 않는 인간이다. 유가의 이데올로기는 개똥어미를 끊임없이 길들이려 하지만 개똥어미는 완강하게 저항한다. 개똥어미의 일상은 소비와 놀이다. 그것은 '나태'로 추상화되지만, 그 나태는 훈육되지 않으려 하는 인간의 근원적 욕망의 존재를 보여준다. 개똥어미는 당시 사람의 훈육되지 않은 욕망의 표현이다. 인간을 훈육하여 일상에서 인간을 지배하고자 하는 유가의 이데올로기와 거기에 저항하는 인간의 대립을 확인할 수 있는 것이다. 이런 모습은, 여러 군데서 확인된다. 예컨대 「초당문답가(草堂問答歌)」에서 거대 담론은 끊임없이 윤리로 인간을 길들이려 하지만, 인간은 거기서 벗어나려고 한다. 급기야 공맹의 설이 진부한 말이라고 핀잔을 주기까지 한다. 「초당문답가」의 주인공은 음식과 의복에서의 사치 그리고 도박과 음주 · 섹스 등 육체적 욕망을 향해 질주하다가 파산한다.

나는 그 자율적 영역 중에서 특히 노동과 반대되는 영역, 즉 소비와 쾌락에 대해서 말하고 싶다. 성리학은 절제와 근검, 노동의 미덕을 말한다. 이것은 축적기 자본주의의 윤리와 동일하다. 자본의 축적기를 막 거친 우리는 절제와 근검 그리고 노동의 미덕에 대해 한 치의 의심도 두지 않는다. 하지만 우리의 일상적 욕망의 실체는 끊임없이 그것으로부터 벗어나고자 한다. 근면을 주장하는 것이 공식적 이데올로기라면 노는 것, 쾌락을 즐기는 것은 인간의 가장 내면적 욕망이고, 일상적 욕망이다. 인간은 쾌락을 향해 질주하는 존재다. 그리고 그 쾌락은 일상에서 추구된다. 이 점을 검토할 필요가 있다는 것이다. 문학은 그 일상적 욕망의 존재를 드러낸다. 경기체가는 사대부의 미의식이 아니라, 그것이 쾌락적이고 유흥적인 내용을 담고 있는 만큼 일상의 유흥에서 다룰 수 있다. 도대체 중세인들은 어떻게 놀았으며, 그 놀이의 쾌락은 무엇으로 보장되었던가 하는 것은 매우 중요한 문제인 것이다. 한문학과 관련하여 이 문제에 대해 언급해 보자.

조선의 『실록』에는 사대부의 쾌락적 생활상이 광범위하게 발견된다. 예컨대 장악원(掌樂院)의 설치, 기생 제도 등은 왕실과 사대부의 유흥을 위한 것이었다. 이것만이 아니라, 시회를 열고 한시를 짓고 비평하는 것 역시 일상의 오락적 행위였다. 물론 한시 창작을 이런 맥락에서만 읽어낼 수는 없겠지만, 이런 맥락에서도 한시 창작과 한시의 의미를 읽어낼 가능성이 풍부하다는 것이다.

가장 강력한 쾌락, 성적(性的) 쾌락의 문제를 생각해 보자. 사실 섹스야말로 인간의 가장 원초적 욕망이 아닌가. 『촌담해이(村談解頤)』·『태평한화골계전(太平閑話滑稽傳)』·『어면순(禦眠楯)』·「주장군전(朱將軍傳)」·「관부인전(灌夫人傳)」 등의 텍스트들, 그리고 한문단편에서의 성적 욕망을 다룬 텍스트들의 의미는 무엇인가. 나아가 한시에 나타나는 기생과 사대부와의 관계 등은 과연 어떤 의미를 갖는가? 이런 작품군들은 대개 외면되거나 가벼운 흥밋거리로 다루어져 왔다. 아니 유일하게 심각하게 검토한 장르가 있었으니, 아는 바와 같이 사설시조다. 하지만 사설시조를 해독하는 코드는 대개 '근대'의 자장(磁場)을 벗어나지 않았다. 성리학은 성(性)을 억압했고, 그것으로부터 해방되는 것을 진보와 발전, 곧 근대로 보았던 것이다. 이 시각은 기독교/근대의 대립을 차용한 것이다.

사설시조의 성적 욕망은 중세인의 일상적 성적 욕망의 분출일 뿐이다. 만약 근대란 코드를 갖다 댄다면, 그 순간 실재했던 중세인의 일상적 성적 욕망의 실체는 증발한다. 우리가 읽어내야 할 것은, 당대인(當代人)의 성적 욕망의 리얼리티다. 이런 점에서『촌담해이』·『태평한화골계전』·『어면순』·「주장군전」·「관부인전」은 양반들의 성적 욕망의 리얼리티를 찾을 수 있다는 점에서, 매우 중요하게 다루어져야 할 텍스트다. 물론 이런 작품이 소수적 예외라고 비판할 수도 있다. 하지만 과연 그럴까? 기녀(妓女)와 관련된 문학 작품, 열녀전(烈女傳)과『내훈(內訓)』이나「계녀가(誡女歌)」 등의 여성 교육서는 모두 성적 욕망의 문제에서 출발한 것이다. 예컨대 열녀전(烈女傳)은 남성의 여성에 대한 성적 지배, 달리 말해 여성의 남성에 대한 성적 종속성의 문제를 다루고 있다. 그것은 생식(生殖)의 문제와 성욕의 문제를 아울러 다루고 있다. 열녀전의 강간에 저항하는 여성은 남성 성욕의 두 가지 폭력에 의해서 희생된다. 그 여성은, 타자의 여성을 성적으로 지배하려는 욕망과 자기가 지배하는 여성이 다른 남성과 성적 관계를 금지하려는 욕망에 의해 이중으로 희생된다. 사대부 계급, 혹은 민중의 일상에서의 성적 욕망, 성적 행위들을 엿보는 데 이런 사료보다 중요한 자료는 없다. 문학사의 지배에서 벗어나야 이런 텍스트에 접근할 길이 열린다. 곧 중세인의 삶과 의식을 문학을 통해 이해할 수 있는 것이다.

4.

한문학, 혹은 국문학 연구에서 일상의 도입이란 워낙 낯설 터이다(잘 모르면서 떠들어 미안하기도 하다). 이것은 재래의 문학사 연구와 동일한 방법의 지평에서 시작하는 것이 아니다. 전통적인 의미의 문학 연구와 사뭇 이질적 차원에 있는 것이다. 몇 가지를 제안한다.

1) 순문학주의의 문제

한문학의 장르란 것은 원래 근대문학의 장르 구분과 맞지 않는다. 따라서 어떤 언어뭉치를 다룰 때 그것이 '문학' 작품이 아니지 않는가 하는 질문은 보류해야 할 것이다. 한문학 쪽은 원래 장르의 편폭이 넓다. 한문학이야말로 근대적 문학관에서 벗어난 지대임을 명심하자. 사마천(司馬遷)의 『사기(史記)』를 생각해 보자. 『사기』는 역사이자 문학 작품이다. 『사기』가 그렇듯, 한문학은 상소문과 제문·행장·편지에서 철학을, 문학을 말한다. 이것의 문학성 현대의 장르 구분으로 인지하기가 불가능하다. 순수한 문학을 한문학에서 구분해 낸다는 것은 불가능한 일이다. 전통적 문학의 범위를 그대로 인정해야 한다. 순문학주의를 포기하면, 사회의 미세한 변화와 인간의 일상에 관한 풍부한 자료를 제공하는 윤기(尹愭)의 『무명자집(無名子集)』 같은 문집이나, 유만주(兪

晚柱)의『흠영(欽英)』을 위시한 막대한 일기류를 적극적인 연구의 대상으로 끌어넣을 수 있다. 일상 연구에 있어 다양하고 광범위한 자료를 섭렵할 수 있다는 점에서 한문학 연구자는 유리한 위치를 점하고 있다. 국사학계는 사료에 대한 경직된 사고(그들은 사료란 것을 미리 확정해 놓고 있다) 때문에 문집이나 기타 문학 작품과 같은 광범위한 자료에 접근하지 못한다. 일상을 재구성하는 문제는 이제부터 시작이다. 그러니 쩨쩨한 문학주의에서 벗어날 필요가 있다. 예컨대 이덕무의『사소절(士小節)』은 전통적인 의미에서 문학텍스트가 아니지만 일상을 규율하는 텍스트란 점에서 대단히 흥미롭게 분석될 수 있다.

2) 텍스트의 국적 문제

텍스트의 작자를 따져 국적(國籍)을 구분하는 것은 민족이란 주체를 찾는 것과 다르지 않다. 텍스트의 작자를 따지지 말자고 하면 거부감을 느끼실 분이 많을 것이다. 하지만 달리 생각해 보자. 작자는 작품 생산의 주체이다. 생산의 주체를 민족이라 본 것이다. 하지만 '사용하다'는 동사의 주체도 생각해 볼 필요가 있다. 즉 '만들다'라는 주체가 민족이라면, '사용하다'의 주체도 민족일 수 있다. 즉 작품을 읽는, 소비하는 주체를 설정할 수 있는 것이다. 조선시대 여성용 문자 텍스트는 희귀하다. 체제가 가장 열성적으로 많이 찍어낸 것이『삼강행실도(三綱行實圖)』다. 특히 이 책의 열녀편은 조선의 여성을 '제작'하는 데 가공할 위력을 발휘했다. 그런데 이 책의 오리지널 텍스트(한문 초판본)는 90% 이상이 중국이다. 이것은 민족적 텍스트인가, 아닌가. 만약 민족주의에 입각한다면 이 책은 전혀 관심의 대상이 아니다. 하지만 사용에 초점을 맞춘다면 이 텍스트는 대단히 중요하고 흥미로운 텍스트로 분석될 수 있다. 그것은 『소학』과 같은 궤에 속하는 것이다. 텍스트의 용법에 관심을 기울인다면, 새로운 돌파구가 열린다.

3) 텍스트의 위계화(位階化) 문제

기존의 국문학 연구는 텍스트를 위계화해 왔다. 예컨대 연암과 다산을 최고의 봉우리에 놓는다. 최고의 텍스트를 설정하고 그것에 집중하는 것은, 텍스트의 수준 때문이기도 하지만 한편으로는 민족의 우월성과 진보성을 입증하기 위해서이다. 물론 우월한 텍스트를 우월하게 인식한다는 것은 중요하다. 하지만 이 텍스트의 위계화로 인해 많은 텍스트가 소외된다. 사실 이 우월한 텍스트는 당대인들이 거의 이해하지 못하는 것이었다. 절대 다수 인간의 의식과 일상을 지배하는 것은 B급 텍스트들이었다. 바로 이 B급 텍스트에 주목할 필요가 있는 것이다. 이런 점에서 상투적 언어의 나열로 이루어진 시조·가사 그리고 조선 후기 민중들이 골몰했던 통속소설들이야말로 평균적 인간의 의식을 검토하는 데 있어 결정적으로 중요하다.10) 몇몇 판소리소설에 과다

---

10) 예컨대 동일한 모티브가 반복되는 국문소설의 경우, 통속적이라 해서 평가 절하 하지만, 그 통속 속에 민중의 삶과 의식이 녹아 있다. 그럼에도 역사의

한 의미를 부여하면서 진보적 민중의식을 찾는 것은, 어떻게 보면 우리가 기대한 진보성을 작품에서 의도적으로 재구성하는 것이 아닌가.

4) 문체와 글쓰기의 문제

한문학 논문은 거의 예외 없이 지겹다. 나 역시 동업자로서 읽으려 하지만 그래도 지겨운 것은 어쩔 수 없다. 지금 취하고 있는 논문 쓰기에서 해방되어야 한다. 등재지 게재용 논문도 서론·본론·결론, 각주 달기 등의 형식이야 업적 심사용이 되니 어쩔 수 없다 하자. 하지만 그 문체는 좀 고쳐야 하지 않겠는가. 굳이 심사용 논문이 아니라면, 논문의 형식을 벗어난 글쓰기를 과감하게 시도할 필요가 있다. 한문학 연구자라면 꺼벅 죽는 연암(燕巖) 선생이 가르치신 바를 생각할 필요가 있다. 관운장(關雲將) 소상(塑像)을 보고 겁먹는 바보가 되지 말라 하지 않았던가. 연암의 정통 고문을 벗어난 연암의 글쓰기는 열렬히 찬미하면서, 판에 박힌 논문의 형식과 문체란 우상은 왜 그리 섬기고 있는기. 원래 한문학은 다양한 글쓰기 장르를 갖고 있지 않은가. 학문의

진보성, 민중의식으로 반항적 민중(저항적 민중)의 속성을 추상화한다면, 그 실재했던 복잡한 민중성은 증발한다. 국문소설의 매너리즘을 저열한 것으로 볼 것이 아니라, 민중의식의 실재 형태로 볼 수 있는 것이다. 軍談小說의 그 황당한 성공담은 19세기 민중이 깊이 빠져 들어갔던 세계가 아닌가. 작품의 높은 예술성은 당연히 추구해야 하는 것이지만, 그것은 쉽지 않다. 사실 현재 대부분의 인간이 요구하는 것, 즐기는 것은 통속적인 것이다. 따라서 통속에 집중하면 대다수 인간의 보편적 모습을 찾아낼 수 있다.

권위는 논문의 형식에 있는 것이 아니라, 그 언어가 담고 있는 진리의 값에 있다. 그것이 얼마나 독자를 설득하는가에 따라 달린 것이다. 제발 문체를 달리해 보자.

5.

일상은 무수한 단편으로 이루어져 있다. 이렇게 말한다면, 일상의 범위와 종류가 무엇인가 물을 것이다. 위에서 몇 가지를 열거했지만, 정확한 답은 나도 모른다. 다만 이렇게 말할 수는 있다. 일상의 범위와 목록은 정해진 것이 없고, 구체적으로 다루어진 바도 거의 없다. 역사학에서도 일상을 다루는 것은 아직 낯설다. 과거 민족 근대 민중과 같은 거대 담론이 문학사 연구를 지배하는 동안 우리의 상상력은 고갈되었다. 일상의 목록을 상상하는 것은 앞으로의 일이다. 부단한 상상력의 확장을 통해 그야말로 풍부한 컨텐츠를 확보할 수 있다.

문학 작품에서 단일한 의미를 찾아내려는 환원적 방법과 그 환원의 결과로 민족과 민중, 근대, 진보란 휘황한 관(冠)을 씌우는 방식의 입장에서 본다면, 이제까지 말한 방법은 실로 이단적이다. 거칠게 말해 재래의 연구 방법의 시각에서 본다면, 이런 연구는 '문학성'을 찾아내려 했던 문학 연구 방법이 아니라고 비판할 수도 있다. 하지만 상관없다고 생각한다. 나는 굳이 이 방법을 문학 연구라고 칭하지도 않겠다. 기성의 문학사, 혹은 문학사 연구를 의식할 필요가 없다. 그래야 한문학 연구가 살아날 길이 열린다. 문학성을 찾고자 하는 분들은 여전히 그런 연구를 하시면 될 터이다. 누가 무어라 하겠는가.

제 3 장

한문고전의 활용 - 대중화의 전제 조건*
떠나보내야 할 과거와 취해야 할 길

1.

한문학 연구가 사양학문이라는 것은 어제오늘의 이야기가 아
니다. 자본-테크놀로지가 광류(狂流)하는 시대에서 인문학이 자
본-테크놀로지가 요구하는 가치-이윤을 창출하는 데 무능함
은 췌언할 필요가 없다. 그런 인문학의 변방에서 잔명을 겨우 보
존하고 있는 한문(학)¹⁾이 오늘 이 모임의 주제인 '활용'과 관계가

---

*) 이 논문은 『동양한문학』 20, 2004.11에 실린 것이다. 원래 논문은 2004년 동
양한문학회의 기획발표에서 발표한 것이다.
1) 한문(학)을 한문이란 언어, 한문으로 쓰인 문헌(고전), 한문학 연구 등을 포
괄하는 말로 쓰고자 한다.

박약한 것임은 굳이 말할 필요가 없을 것이다. 왜냐? 현금의 상황에서 '활용'(혹은 실용)이란 현세적 필요성에 근거하는 것이고, 그것은 곧 '이윤'의 창출을 의미하는 것이기 때문이다.[2]

이런 연고로 작금의 급변하는 사회 상황 속에서 인문학의 지위는 그야말로 광풍 앞의 촛불이다. 위기는 이윤을 낳지 못하는 인간의 모든 행위를 무의미한 것으로 치부하는 자본-테크놀로지의 강박에서 비롯된 것이다. 과연 자본은, 인문학의 파리처럼 앵앵거리는 가냘픈 소리조차 성가시어 하면서, 인문학과 인문학적 사고/상상력이 깃들 손바닥만한 공간을 박탈하고 있으니, 대학에서 인문학이 퇴출 위기에 놓인 것은 그런 야박한 자본-테크놀로지의 속내가 노골화된 것일 터이다.

자본과의 관계를 준거로 하는 학문의 위계화도 현재진행형이다. 자본과 자연과학의 결합인 공학, 노골적으로 자본의 대리자를 표방하는 경영학, 인간의 생명을 담보하여 궁극적으로 이윤의 창출을 겨냥하는 생명공학, 그리고 원래부터 자본과 결합하고 있었던 의학과 약학·한의학(漢醫學) 등의 떠세를 생각한다면, 자본과의 관계에 따른 학문의 위계는 이미 확정되었다. 대학의 한 귀퉁이에서 잔명을 보존하고 있는 인문학/한문학이 무엇을 말할 수 있겠는가.

하지만 자본-테크놀로지가 유일한, 독점적 가치가 된 이 시대보다 인문학이 더 절실한 적은 없었다. 인간 스스로가 자기 욕망의 구현물로 만들어낸 자본-테크놀로지는, 자신 곧 자본-테

---

2) 역설적으로 말해 인문학의 활용을 운위하는 것 자체가 인문학이 태생적으로 현실에서의 활용과는 무관한 것이라는 점을 말한다.

크놀로지 이외의 모든 가치를 배제하고, 자본-테크놀로지를 확대 재생산하는 행위 외의 모든 행위를 무의미한 것으로 선언한다. 인간은 결국 자신이 만든 욕망의 총체인 자본-테크놀로지에 중독되고 급기야 자신을 노예화하고 있다. 머지않아 인간은 지구의 역사에서 스스로를 멸종시킨 유일한 생명체가 될 것이다.

이런 상황에서 인간과 세계에 대한 심원한 성찰로 다시 그 욕망으로부터 우리 자신을 구원하는 것, 인간의 자유와 해방을 추구하는 것이야말로 인문학의 사명이 아니겠는가. 하지만 이런 이야기를 누가 들어줄 것인가? 그리하여 '활용'이란 명사에 대해 무어라 한 마디를 해야 하는 나의 처지는 실로 궁박하다. 배운 바가 없어 호사스런 이론을 말할 처지도 못되고, 그렇다 해서 인터넷이니 디지털이니 하면서 딱 부러진 실천적 대안을 내놓을 형편도 아니다. 이래저래 난감하다. 다만 공부하는 길에 얻은 몇 가지 생각을 두서없이 중언부언 지껄이다가 지면을 메우고자 한다.

2.

우리는 왜 한문학을 연구하는가, 왜 한문이란 언어에 매달리고 이 언어의 '수호'를 화두로 삼는가. 도대체 한문(학) 연구와 이 낡은 언어 수호의 정당성을 어디서 확보할 수 있을 것인가.

나는 한문(학)이 사라져도, 한문의 해독자의 그림자조차 사라진다 해도 아쉬울 것이 없다. 언어의 소멸을 통한 과거의 소멸, 문화의 소멸은 인간의 역사가 항시적으로 경험해 왔고, 근대 이후에 그 소멸에 가속도가 붙었을 뿐이다(하기야 그 가속도는 너무나 놀랍다!) 우리는 소수민족과 그들의 언어·문화가 급속도로 사라지는 것을 시방 목도하고 있다. 그런즉 인간이 자신의 선택에 의해(아니, 좁게는 한국인 스스로의 선택)에 한문 해독자가 멸종되고, 한문(학)이 도서관의 저 검고 어두운 서고에 묻혀버리고, 한문으로 쓰인 역사와 문화가 우리의 기억 저편으로 가뭇없이 사라진들 무엇이 아쉬우랴.

하지만 만약 한문(학)이 불가무(不可無)·불가폐(不可廢)의 것이라 주장한다면, 무엇을 근거로 내세울 것인가. 한문학 전공자들이 한문(학)에 대한 세간의 외면과 부정적인 인식에 한탄하거나 분노하는 것은 혹 그들의 이기적 욕망 때문이 아닌가. 즉 그것은 '우연히' 한문(학)을 전공하여 전문가 혹은 교수 / 교사로 '일용할 양식'을 마련하거나 사회적 지위를 얻은 사람들의 인정 욕구의 표현이자 기득권 방어일 수 있다. 학교 / 대학 혹은 연구소 등 근대적 교육 체제 안에서 그들은 구석일망정 한 자리를 차지하고 이미 소수의 기득권층을 형성했기 때문이다(이 기득권도 조만간 줄어들 가능성이 크지만).

기득권 수호가 아니라면 한문(학)의 존재 이유는 하처(何處)에 있는가. 알려진 재래의 존재의 이유는, 거룩한 몇 어휘로 압축된다. '민족'·'전통'·'윤리'가 그것이다. 이것들은 '전통문화' 혹은 '민족의 전통' 혹은 '전통윤리' 등 여러 형태로 변형·증식된다. 이 증식과 변형의 논리는 굳이 여기서 췌언할 필요가 없을 것이다. 한데 민족·전통·윤리가 자명한 전제가 아니라면, 어찌할 것인가. 시방 우리는 자명했던 이 전제들이 가공의 담론임이 밝혀지는 것을 목도하고 있다. 이 전제들의 정당성은 앞으로 빠른 속도로 해체되고, 그 결과 민족·전통·윤리란 전제에 근거하여 지난 1세기 동안 어렵사리 존속해왔던 한문(학) 존재의 의의는 더욱더 희미해질 것이다. 이미 보호종의 신세로 전락한 한문 해독자는 희귀종이 될 것이고, 한문서적은 급기야 극소수의 사제(司祭)가 해독하는 비전(秘典)으로 남을지도 모르겠다. 역으로 야릇한 미소를 띨 사람이 있으리라. 컴컴한 방 안, 촛불 아래서 홀로 종교의 비전을 읽는 사제처럼 한문 해독자는 자신만이 비의(秘義)를 이해하고 음미할 수 있다는 우월감에 젖을 수 있을 것이다.

사태가 이 지경이 된 데에는, 한문이 원래 소수 지배자의 언어였던 역사에 있을 것이다. 그리고 보다 결정적으로는 근대 이후 민족주의의 대두로, 민족어를 절대적 가치로 '숭배하는' 민족주의적 언어관이 한문을 역사 속으로 퇴장시키면서 이 고전어에 대한 대책을 제대로 수립하지 않았던 데도 이유가 있다.[3] 이 대책 없는 퇴장은 물론 식민지로의 전락이 결정적인 구실을 했다. 하지만 그렇다고 해서 민족주의적 언어관의 오류를 씻을 수 있는 것은 아니다. 현재 한문/한문학을 인문학의 변방지대로 몰아넣은, 대중과의 유리(遊離)는 바로 민족주의적 언어관이 득세하는 과정에서 유래한 것이다.

지금의 대중이 한문과 한문 해독자에게 보이는 두 가지 대척

---

3) 우습게도 이 민족주의는 한문학의 보존에도 일정한 기여를 하였다. 한문은 '민족의 문화'를 보존하고 있다는 논리로 말이다.

적인 반응, '경이로움'과 '조소' 역시 바로 한문과 민족어의 비정합적(非整合的) 역사에서 배태된 것이다. 대중은 한문과 한문 해독자에 대해 경이로움을 표하지만, 동시에 한문과 한문 해독자에 대해 조소를 보낸다. 한문에 휘감겨 있는 낡고 추한 그 아우라들 —시대착오적 전근대적 윤리도덕, 과거 지향, 수구(守舊)! 이 아우라는 강제적으로 이루어졌던 근대로의 이행 과정에서 조성된 한문에 대한 부정적 이미지의 소산인 것이다.

그렇다고 해서 현재의 한문 해독자, 한문학 연구자들에게 책임이 없는 것은 결코 아니다. 한문(학) 연구자 / 관련자들은, 이 낡고 칙칙한 아우라를 현대와 소통 불가능한 자신의 지적 무능을 은폐하는 도구로 삼는다. 유교 경전의 한 구절을 원문으로 읊조리거나 풍수를 들먹이고 『주역(周易)』의 신통을 강조하면서 고의적으로 전근대로 도피하고, 동양사상의 비합리성, 신비를 운운하면서 스스로 오리엔탈리즘의 실천자가 되는 그들의 해괴한 행태를 아마도 여러분은 종종 목도하시리라. 그들은 일반 대중이 알지 못하는 중세에 대한 어쭙잖은 지식을 자신만이 알고 있는 비전(秘典)으로 여기면서 자신의 사회적 존재 가치를 입증하려 한다. 요컨대 현대에 대한 한문학의 발언권 없음은 한문(학) 연구자 / 관련자 스스로가 만들어낸 결과이기도 한 것이다. 한문에 휘감겨 있는 그 어둡고 칙칙한 아우라를 연구자 / 관련자가 스스로 걷어내지 못한다면, 한문(학)은 여전히 무용한 문학과 언어로 남을 것이다.

3.

재래의 민족·전통·윤리가 한문(학)의 존재 근거가 되지 못한다면, 한문(학)의 근거를 어디에서 찾을 것인가.

이미 언급했듯 한문(학)은 오랫동안 지배자의 언어였다. 한문(학)은 간단히 말해 전근대사회의 지배자의 지배 도구였던 것이다. 예컨대 일반대중이 한문이란 언어에 대해 갖는 가장 강력한 이미지인 난해성은, 언어 자체가 만든 것이라기보다는 역사적 산물일 것이다. 모국어를 제외한 모든 언어는 난해하다. 외국어의 난해성은 상대적인 것인 바, 한문은 교육 방법의 부재, 교육 기회의 편향이라는 역사로 인해 난해성을 갖게 된 것이었다. 이 난해성은 한문의 독점적 사용자인 중세의 지배층 스스로가 생산해낸 이미지였던 것이다

지배층은 지식의 분배를 거부했다. 대중들에게 이념의 실천 도구로서의 윤리 외에는 한문으로 쓰인 지식을 분배하기를 거부했다. 조선조의 지배자, 양반들이 이른바 백성들에게 복종의 윤리를 요구하는 이데올로기로서의 지식 외에 다른 지식의 분배를 거부하고, 백성의 '무식(無識)'에 근거하여 자기 통치의 정당성을 확보했던 것은 부정할 수 없는 역사적 사실이다.

한문이 지배자의 언어였다는 역사적 내력이 한문(학)의 대중과의 유리를 결정적으로 막았다. 지금의 상황도 다르지 않다. 인문학의 소외는 자본이 강요한 것도 사실이지만, 인문학 스스로가 선택한 자폐증에도 그 원인이 있다. 즉 총명한 젊은이들은 인문

학을 택하지 않는 것은 자본의 횡류 때문이기도 하지만, 동시에 세상의 변화를 돌아보지 않은 인문학의 자폐증 때문이기도 한 것이다. 하물며 한문(학)이랴. 인문학 그리고 한문학은 대학이란 보호망을 스스로 벗어 던지고, 자폐의 긴 터널을 빠져 나오지 않으면, 존립할 수 없으며, 존립할 가치가 없다. 어떻게 할 것인가.

오로지 대중과 접속할 때 한문(학)의 자폐를 치료할 수 있고, 한문(학)이 생존할 수 있다. 한데 지식인들에게 있어 대중이란 것이 간단하지 않다. 대학의 지식인에게 '대중'은 중립적인 의미로 다가오지 않는다. 대중과 접촉하는 통로는 결국 대중문화일 터인데, 고매한 전문가들은 대중문화를 경멸한다. 대학의 지식인들은 「대장금」을 본다고 말하지 않는다! 하지만 고매한 전문가도 그 좁디좁은 전문의 협곡을 벗어나면, 저 허허로운 들판에 홀로 서 있어야 하는 '우매한' 대중일 뿐이다. 대중은 고정된 '누구'가 아니다. 모든 인간은 자신이 거처하는 협곡을 벗어나면 모두 대중이다. 대중은 상대적이며, 곧 인간의 다른 이름이기도 하다. 대중 외에 다른 인간은 없다! 따라서 대중을 향한 발언은 인간을 향한 발언이다. 이런 고로 대중화는 해도 그만, 안 해도 그만인 선택사항이 아니다. 대중화에 성공하지 못한다면, 전문화는 더더욱 없다. 전문화와 대중화는 양립하는 개념이 아니다. 대중화를 의식하지 않은 고고한 전문화는, 골방의 마스터베이션에 지나지 않는다.

대중은 과거의 대중이 아니다. 해방 이후 교육정책의 성과인지 실패물인지 알 수 없으되, 대학교육은 이미 대중화된 지 오래다. 얼마 뒤 전국민의 대졸화(大卒化)를 맞이하리라. 인터넷 혁명 역시 대중을 변화시킨 지 오래다. 인터넷은 대학과 소수 지식인이 독점하던 지식 정보를 온라인상에서 자유롭게 유통시키고 집적시킨다. 우리는 온라인을 통해 '정보가 강물처럼 흐르는' 세상 속에 있다. 어떤 학자는 인터넷의 지식과 정보는 인용과 인용으로 이루어져 있는 무책임한, 그리고 그것은 최종적인 근거를 갖지 않는 것으로 경멸하지만, 이것도 사태를 잘못 읽은 낡은 이야기가 되었다. 지식의 최종적 근거는 이미 무의미한 것이 되었다. 대중들은 지식의 최종적 근거를 따지지 않는다. 뿐만 아니라 컴퓨터와 인터넷을 이용한 지식들은 날이 갈수록 진화하여, 새로운 형태의 지식을 낳고 있다. 지식의 진리성은 그것의 논리적 정합성이 아니라, 유통 방식이 결정하는 바, 이제 인터넷은 대학이나 지식인의 지식 독점을 해체하고, 새로운 지식을 만들어내고 있는 것이다. 대중의 지적 수준은 이미 놀랍도록 진화했다.

인터넷으로 무장한 대중은 새로운 지식을 원한다. 대중은 인문학적 지식을 갈구한다. 티브이의 동양고전 강의에 대중이 열광하는 것을 보면 대중에 대한 접근 방법의 문제이지, 인문학이나 동양학 자체, 나아가 한문학 자체의 호소력이 없지는 않은 것이다. 이런 점에서 한문(학)은 과거에 관한 한 매우 풍부한 컨텐츠를 갖고 있다. 이 컨텐츠로 대중과의 접속을 시도해야 하는 것은 이제 당위다. 대중과의 접속이 아니면, 한문학이 존립할 근거는 아무 데도 없다.

4.

대중화가 필요하다면, 어떤 대중화를 할 것인가. 한문(학)은 한문으로 쓰인 막대한 컨텐츠를 소유하고 있다. 좀 거칠게 말하자면, 1900년 이전의 모든 역사와 문화는 한문으로 쓰인 것이다. 20세기 이전 한국의 어느 무엇을 연구하려 해도 햇볕조차 들지 않은 그 울울창창(鬱鬱蒼蒼)한 한문의 수림지대(樹林地帶)를 통과하지 않으면 안 된다. 국문 혹은 국문문학이 지난 1백 년 민족주의에 바탕을 둔 민족어주의로 위세를 떨친 것은 사실이지만, 국문─국문문학의 총량과 내용은 한문문헌(漢文文獻)의 그것에 비하면, 한 걸음에 건널 수 있는 실개천에 지나지 않는다. 한문(학)의 컨텐츠는 매우 풍부한 것이다! 하지만 그 풍부함이란 양적인 것일 뿐이고, 또한 가치중립적인 것일 뿐이다. 그것은 유용한 것도 무용한 것도 아니다. 한 점의 위치가 그 점을 지나는 선분의 조건에 따라 결정되듯, 그 풍부한 컨텐츠도 어떤 관점에서 해석되는가에 따라 유용과 무용이 결정된다.

유용성과 무용성은 그것이 해독되는 컨텍스트에 의해 달라진다. 그 컨텍스트란 다름 아닌 '현재화'이다. 이제까지 한문(학)이 대중에게 외면을 받는 것은, 그것이 '현재'라는 의미망에서 해독되지 못하고 있었기 때문이다. 한문(학) 연구가 본격적으로 시작된 1970년대 이후 불과 30~40년이란 참으로 짧은 기간이고, 한문학계의 소수의 낙후된 인력 수준을 감안한다면, 지금의 번역과 논문의 양은 결코 적다고 할 수 없다. 하지만 과거의 방식대로라면 앞으로 보다 많은 연구 인력이 투입된다 해도 극소수를 제외한다면 모두 펄프만 없애는 도구에 불과할 것이다. 가련한 숲과 나무들!

한문(학) 연구자들이 소멸과 망각을 그토록 아쉬워하는 '과거들' 곧 전통과 예와 윤리, 그리고 한시(漢詩) 등등은 그 자체로서 무의미한 것이다. 그것들은 동시대(同時代)의 문제로 환원되지 않는 한 대중적 설득력은 확보되지 않는다. 예컨대 퇴계(退溪)에 대한 연구와 언설(言說)은 차고 넘치지만, 일반 시민들이 퇴계에 대해 아는 것은 과연 무엇인가. 퇴계는 지폐의 모델일 뿐이거나, 혹은 조선 중기의 성리학자이고 나아가 민족주의의 세례를 받아, '민족의 위대한 스승'으로 여겨지고, 또 일본과 중국에서도 알아주는(일본 성리학에 영향을 미친) 성리학자로 알고 있다. 이것은 퇴계의 이해와 사실상 '무관'한 죽은 정보일 뿐이다. 민족주의의 우월의식을 걷어내면 퇴계는 지금 이 땅의 사람들의 삶에 무의미한 존재다. 요컨대 퇴계는 현재화되어 있지 않은 것이다.

퇴계에 기대어 무슨 일인가를 하는 사람들은 이렇게 말한다. 현대사회는 타락한 윤리의 시대며, 이 시대를 치유할 것은 퇴계의 '경(敬)' 사상이라고. 과연 그럴까. '경(敬)'만 똑 따내어 말한나면 그럴지도 모르겠다. 하지만 퇴계의 '경(敬)'이 기반하고 있는 사회는 유교국가(儒敎國家)였다. 퇴계가 살았던 16세기 유교국가의 도덕 규범들, 사회 구조, 예컨대 반상(班常)의 (신분) 차별, 여성 차별, 억압적 가부장제는, 자본—테크놀로지가 횡류하는 21세기의 자본주의시대, 그것도 신자유주의시대에서, 인터넷으로 무장한, 학교에서 비록 명목만이지만 '시민적 윤리'를 주입받은 인간들에게 어떻게 설득력을 가질 것인가. 퇴계의 사상·윤리가 설득력을 가지려면, 어떤 특별한 현재화의 프로세스가 필요하고, 이것은 현재에 대한 비판적 성찰이 필수적으로 요구된다. 그렇지 않다면 퇴계의 윤리사상을 들먹이는 것은, 복고취미(復古趣味)이거나 개인의 현학적(衒學的) 언설(言說)일 뿐이다. 지금 한국사회에서 퇴계의 윤리를 주장하는 사람들은 어느 쪽인가. 지금의 방식으로는 대중은 퇴계와 자발적으로 접속할 코드를 찾지 못한다.[4]

이렇게 말하면 현재화란 어떻게 하는 것인가 하고 묻겠지만, 대단히 미안하게도 '현재화'의 구체적 지시 대상은 없다. 현재화는 텅 빈 것이며, 확정된 내용은 전무하다. 현재화의 동공(洞空)을 채우는 것이 우리가 할 일이다. 다만 나의 대충의 생각은 이렇다. 현재화는 어떤 태도를 요구한다는 것이다. 즉 우리의 현재를 결정하고 있는 가장 근원적인 근거, 자본-테크놀로지에 대한 태도를 취할 것을 요구한다.[5] 인문학-한문학이 자본-테크놀로지에

---

4) 혹자는 이 모순을 피해 '전문화'의 계곡으로 몸을 숨긴다. 전문가들은 언제나 진리에 대한 전문적 연구와 이해가 선행되어야 대중과 접속할 코드를 찾을 수 있다고 '전문적인 용어'로 말한다. 이것이 진실인가. 그럴지도 모른다. 하지만 나에게 그것은 대중과 접속할 코드를 찾지 못한 사람들의 무능을 포장한 말로 들린다. 명료한 이해와 투철한 확신이 있으면, 쉬운 말로 표현할 수 있고 대중과 접근할 방법을 찾을 수 있다. '전문성'을 강조하는 사람은, 대중과 소통하지 않고, 대중과 소통할 능력이 없으며, 자신의 연구 대상을 완전히 장악하지 못했기 때문에 전문성을 강조한다.

5) 자본-테크놀로지는 허다한 문제를 포함하는데, 예컨대 중앙과 지방의 차별, 혹은 지역차별은 자본-테크놀로지의 분배의 불균형함을 말한다. 현대사회에도 지속되고 있는 가부장제는 자본-테크놀로지의 남성 독점이다. 현재 문제가 되고 있는 성매매는 자본-테크놀로지를 소유한 남성의 여성의 육체에 대한 지배다. 요컨대 자본-테크놀로지는 전근대적인 모순과 현대의 모순을 모두 수렴한다. 자본-테크놀로지의 자기 이익을 위한 흡입력은 어떤

대해서 취할 태도는 명백하다. 길은 두 가지이다. 첫째 자본-테크놀로지에 의해 무작정 소비되는 것. 한문학에 한정한다면 복고적(復古的) 취향(趣向)을 유포하고 호고적(好古的) 취미를 교양(敎養)으로 포장하여 자본-테크놀로지의 증식에 이바지하는 것이다. 둘째 자본-테크놀로지를 비판하면서 자본-테크놀로지 속에 들어가 자본-테크놀로지를 내파(內破)하는 것이다. 첫째 것은 예전부터 지금까지 유행하고 있다. 이 태도는 예컨대 다음과 같이 세련되게 표현될 수 있다. 한문(학)을 전통적 가치, 동양의 정신 등으로 포장하면서, 서구를 자본-테크놀로지와 등치하고, 한문학과 주변지식을 서구중심주의, 자본-테크놀로지를 벗어날 유일한 수단으로 상정하는 것이다. 그러나 이것 또한 서구중심주의의 책략-오리엔탈리즘에 말려드는 황당한 도피일 뿐이다.

길은 아마도 두 번째에 있을 것이다. 인문학의 외적 표현이 어떤 내용과 형식을 가질지라도 자본-테크놀로지에 대한 비판적 성찰 위에서 현재의 인간을 구속하고 있는 모든 것들로부터 인간을 해방시키고 자유를 모색하는 것이야말로 인문학의 흔들릴 수 없는 성립 요건이다. 즉 자본-테크놀로지에 의해 소비되는 형식을 취할 수밖에 없더라도, 끊임없이 해방과 자유의 모색이란 원칙에 근거해, 자본-테크놀로지를 비판하고, 미래에 대한 낙관적 전망을 아울러 짚어낼 때 인문학은 비로소 '현재화'될 수 있을 것이다. 한문(학) 역시 이런 성찰을 거칠 때 비로소 한문(학)의 현재화를 말할 수 있다. 한문학이 어떤 것을 말할지라도 이 현재

사유라도 과감히 수용한다. 만약 합리적 사유가 이익이 될 것 같으면 합리적 사유를, 전근대적 사유가 이익이 될 것 같으면 전근대적 사유를 수용한다.

화의 원칙을 벗어난다면, 무의미한 것이다. 만약 한문(학)이 이 현재화의 과정을 거치지 못해 무의미한 것으로 전락한다면 한문 (학)은 과감히 폐기되어어 할 것이다. 앞에서 이미 말한 바 있지 만, 한문(학)이 담고 있는 컨텐츠는 모두 유용하거나 아름다운 것 이 아니다. 도리어 한문(학)은 그 불평등했던 중세를 찬미·유지 하기 위한 언설들로 또 가득 차 있지 않은가.[6]

5.

글쓰기의 시대, 혹은 소설의 시대가 떠나가고 있다. 깊은 한숨 소리는 인터넷, 영상으로 탓을 돌린다. 사실이다. 지식인들은 젊 은이들이 책을 읽지 않는다 한탄하지만, 인쇄매체는 이제 수많은 매체 중 하나일 뿐이다. 흘러간 물로 방아를 돌릴 수는 없는 법. 이미 독서의 시대는 저물고 있다.

나 역시 글을 쓰는 사람이지만, 글은 나에게 익숙한 자기표현 수단일 뿐이다. 그런즉 미구(未久)에 인터넷 영상이 글쓰기와 글 읽기 시대의 종말을 선고해도 아쉬울 것도 없다. 쓰기 / 읽기는 인간 존재와 원초적으로 얽힌 그 무엇이지만, 이 역시 인간이 창 안한 역사적 커뮤니케이션 수단일 뿐이기 때문이다. 또 글쓰기의

---

6) 물론 이런 비판으로 과거를 일괄적으로 부정하는 것 또한 하나의 독단이 다. 그러나 이 비판 과정 자체는 필수적이다.

동의어였던 문학의 시대가 떠남에 대한 탄식에서 '문학' 역시 역사적 존재라는 사실을 확인하며, '문학 독재의 종말'에 은근히 박수를 칠 때도 있다.[7] 사실 영상으로의 전환에서 글 쓰는 '과거형의 인간'이 느끼는 충격은 아마도 구텐베르크의 활자인쇄가 책을 마구 쏟아내었을 때 교회와 수도원의 성직자들이 느꼈던 충격과 동일한 것으로 생각된다. 그들의 충격과 한탄에도 불구하고, 세상은 활자를 선택하였다.

따라서 지금 대학을 중심으로 하여 '서식'하는 인문학과 인문학적 글쓰기가 퇴장한다 해도 나는 그다지 개의치 않을 것이다. 이 역시 인간의 선택이므로. 하지만 인간의 대뇌가 언어적 구조를 통해서 작동하는 한, 또 인간이 언어를 포기하지 않는 한, 언어의 구조물로서의 글쓰기(읽기)는 영원히 사라지지 않을 것이다. 만약 사라지는 것이 있다면, 재래의 상상력에 의한 기성화·구조화된 글쓰기일 것이다.

예컨대 우리는 실학에 대해 말한다. 실학 연구는 실학이 언제나 조선 후기 사회의 모순을 주체적으로 해결하고자 한 가열한 학적 노력이었음을 결론으로 갖는다. 하지만 생각해 보라. 실학이란 용어의 개념 속에는 위의 '조선 후기 사회의 모순을 해결하고자 하는 학문적 노력이었음'이란 술어가 이미 들어 있다. 실학 연구는 이미 결론을 갖고 있는 것이며, 그것은 연구를 해서 밝혀질 대상이 아니라, 결론이 난 사실을 구체적 사례를 가지고 확인하는 작업에 불과하다. 이런 실학 연구의 글쓰기는 동일한 언어

---

7) 제도로서의 문학은 얼마나 많은 사람을 억압했던가!

의 반복이다. 한국사는 그렇지 않은가. 민족주의에 근거한 한국사 글쓰기 역시 동일한 언어의 반복이다. '민족은 위대했다'를 무한히 반복하는 것이 한국사의 서사다. 이것이 약간 지루하면 '민족은 위대했다. 시련을 겪었다. 시련을 극복했다. 다시 더욱 위대해졌다'와 같은 서사가 된다. 이것을 문학사에 적용하면, 한국문학사는 장구(長久)하고 장대(壯大)한 민족문학의 역사다.

이처럼 우리가 학적 대상으로 삼고 있는 문학과 역사의 글쓰기는 이미 결정되어 있다. 이 결정된 글쓰기는 '기만적 글쓰기'다. 눈이 밝은 대중은 이제 이 결정된, 구조화된 글쓰기가 학문을 빙자한 사기라는 것을 눈치 채기 시작했다. 어떻게 할 것인가.

무엇보다 우리의 상상력을 구속해 왔던 관념들로부터 적극적으로 해방될 필요가 있다. 상상력의 제한을 받지 않기 위해서는 우리를 질식시켜 왔던 담론들, 민족과 전통·윤리를 심각하게 회의해야 할 것이다. 앞에서 이미 언급한 바와 같이 한문(학)의 존재의 정당성을 '민족' 또는 전통·윤리에서 찾는 것은 이제 무의미한 일이다. 그 토대는 시방 허물어지는 중이다. 민족주의가 보유했던 생산성은 이제 바닥이 났다. '민족'은 도리어 억압의 기제로 작동하고 있다. 전통문화, 전통이란 것은 이미 박제화되어 유리장 속의 신기한 관람물이 된 지 오래다. 윤리주의 역시 재해석되거나 지워져야 할 것이다.

문학중심주의, 텍스트중심주의 역시 반성의 대상이다. 한문학과는 한문이란 언어로 쓰인 '문학'을 연구하는 학과다. 자연히 학과의 커리큘럼은 문학 위주로 짜여 있다. 이 문학에 오로지 집중하는 문학주의가 근대의 학문 분할로 생겨난 것임은 두말할 나위가 없는데, 기실 한문학이야말로 철학 사학과 실로 분리가 불가능한 것이 아니었던가. 물론 성급하게 통합하자는 말은 아니다. 성급한 통합은 문제를 더 악화시킬 수 있다. 요는 연구자의 의식이 문학을 외곬으로 분할하는 쪽으로 가서는 곤란하다는 것이다. 이렇게 과거 한문/한문학을 옥죄어 왔던 관념으로부터 해방되어야 텍스트에 대한 상상력이 확보될 수 있다. 문학주의를 벗어날 때 문학은 새로운 가치를 발한다. 문학은 다른 어떤 장르의 글쓰기보다 과거를 풍부히 재현한다. 문학이 드러내는 과거의 상은 다른 어떤 장르의 글쓰기보다 풍요롭다.

예컨대 나는 조선 전기의 『태평한화골계전(太平閑話滑稽傳)』 · 『촌담해이(村談解頤)』 등의 골계류(滑稽類) 산문을 읽는다. 이런 '문학 작품'의 평가는 실로 어렵다. 조동일 교수의 『한국문학통사』를 보아도 별반 신통한 해석이 없다. 이 애매한, 혹은 무의미한 평가는 우리에게 강요된 문학주의로 인해 발생한 것이다. 나는 이 골계류 산문에서 조선 전기 인간들의 성적(性的) 행동과 성(性)에 대한 생생한 생각들을 확인하고 환호작약한 적이 있다. 이것을 통해 어떤 자료에도 보이지 않은 조선시대인의 성행동과 성의식에 대한 보고서를 쓸 수 있으리라. 그런가 하면, 어느 날 『윤치호일기(尹致昊日記)』를 읽다가 계간(鷄姦)이란 말에 무한한 흥미를 느꼈다. 나는 역사 · 정치적 텍스트로서의 『윤치호일기』보다, 19세기 말기 기독교도의 성의식을 담고 있는 텍스트로서의 『윤치호일기』에 더 큰 흥미를 느꼈다. 즉 '독립운동' '친일파'와는 관련 없이 유교에서 기독교로 전환한 한 인간의 성에 대한 의식과 그의 성적 실천이 어떻게 연관되는가, 혹은 변화했는가에 비상한 홍미를 느꼈던 것이다. 나아가 기독교의 수용 이후 한국인의 성에 대한 의식이 어떻게 변해왔는가, 혹은 기독교도들의 성을 다루어보고 싶은 충동을 느꼈다.

이런 생각에 빠진 적도 있었다. 『청구영언(靑丘永言)』 혹은 『해동가요(海東歌謠)』의 편자인 김천택(金天澤)과 김수장(金壽長)의 계보를 뒤지는 과정에서, 이 과정을 포함하는 글쓰기를 해 보고 싶었다. 그리고 그 계보를 찾다가 실패한 나의 이력을 한 번 글로 써 보고 싶었다. 내가 퇴계(退溪) 연구자라면, 퇴계를 연구하게 된 나의 동기와 이력, 퇴계의 문헌을 읽어나간 과정, 그 속에서의 어떤 감흥과 느낌, 재래의 학설에 대한 나의 동의와 비판, 퇴계에 몰두하는 과정에서 일어난 나의 가정사가 나의 연구에 미친 영향 등을 아울러 밝힌 퇴계 연구서를 쓰고 싶은 것이다. 그리하여 논문과 저술이 은폐시킨 '나'라는 주어를 복권시키고 싶다. 왜냐? 결국 연구는 대상과 나의 얽힘이 아닌가. 대중은 나에 의해 해석된 퇴계를 볼 수 있을 것이고, 퇴계와의 조우 속에서 퇴계에 의해 해석되는 나를 볼 수 있을 것이다. 나의 저술을 나와 퇴계와 대중의 만남의 공간으로 만들고 싶다. 나는 단지 가능성의 한 예를 들었을 뿐이다.

상상력은 해방의 상상력이다. 즉 이제까지 우리의 인식의 지평을 이루고 있던, 우리에게 강제되었던 문제 설정의 틀에서 해방되어 보다 자유롭게 대상을 인식하는 것이다. 한 점을 지나는 선분이 무수하듯, 그리하여 우리가 그 무수한 선분에서 그 점의 위치를 말할 수 있는 것처럼, 한 사상(事象)을 이해하는 컨텍스트는 무수하다. 그 무수한 컨텍스트를 상상하는 것, 무한한 상상력

의 복원이야말로 한문(학)을 현실적 필요성이란 토대를 마련해
줄 수 있을 것이다. 그 상상력으로 한반도란 공간 속에 살았던
인간의 다양성을 가차 없이 드러내어야 하지 않을까. 이런 상상
력이 온전한 대중화를 가능하게 할 것이다.

6.

한문학계의 논문을 보면 괴이한 점이 한두 가지가 아니다. 첫째
극소수의 논문을 제외한 대부분의 논문은 거의 아무도 읽지 않는
다. 사실상 의미 없는 글자뭉치다. 나는 학술진흥재단에서 추진하
고 있는 등재학술지 등재후보학술지의 선정은, 현재의 고전문학/
한문학 분야에 있어서는 큰 의미 없는 행위라고 생각한다.
　그렇거나 말거나 논문은 끊임없이 생산된다. 2004년도의 논문
생산량은 과거 1970~1980년대에 견주면 한문(학)의 퇴조, 인문학
의 위기가 무색할 지경이다. 아니 양적 확대야말로 인문학의 위
기를 반증하는 것이 아닐까. 한문학계의 논문 쓰기란 진리의 부
재, 혹은 내용의 빈곤을 논문이란 형식으로 위장한 것에 불과하
다. 논문이란 논리적 정합성을 추구하는 글쓰기지만, 지금은 1인
칭 주어를 배제함으로써 객관성을 가장한 무미건조한(따라서 무성
의한) 문체와 서론 본론 결론이라는 형식만 남았을 뿐이다. 한문
학 공부를 일상의 일로, 직업으로 삼고 있는 나 자신이 그 허술

함과 무성의함에 치를 떠는데, 학계 밖의 대중이 눈길이나 줄 것인가. 이런 논문을 가공해본들 거들떠나 볼 것인가.

무미건조한 논문의 틀을 벗어나야 한다. 논문은 진리를 표방하는 것이지만, 진리는 반드시 논문의 형식을 통해서만 전달되는 것이 아니다. 돌이켜 보건대, 퇴계의 편지는 퇴계가 주장하는 진리를 훌륭히 담아내고 있지 않은가. 문집의 서문과 발문은, 더할 나위 없이 훌륭한 비평문이 아닌가. 한문학이야말로 무한히 다양한 글쓰기의 전략을 갖고 있지 아니한가. 한문학 연구자들이 연암(燕巖)의 『열하일기(熱河日記)』를 그토록 찬양하면서, 『열하일기』가 소설체(小說體)·소품체(小品體)로 진리를 전달하고 있다는 사실을 현재화시키지 못한다. 『열하일기』의 문체가 갖는 문제의식을 나의 문제로 받아들이지 못하는 것이다. 그리고는 누가 논문식의 글쓰기를 탈피하면, 잡문이니 뭐니 하면서 비난이 그치지 않는다. 도대체 루쉰[魯迅]의 '잡문'은 아는가, 모르는가?

요컨대 흥미 있는 글쓰기가 필요하다. 거룩한 학문으로서 인문학, 대학 내의 인문학은, 글쓰기에서의 흥미, 곧 오락성의 추구를 기피하고 혐오한다. 학문의 엄숙성을 말살하는 것으로 인식하고 있는 것이다. 나 역시 그렇게 배웠다. 하지만 인간의 삶은 노동과 휴식의 두 축으로 이루어진다. 휴식은 재생산을 위한 충전이며, 휴식의 적극적 형태가 유희─오락이다. 여기서 우리는 교훈성과 오락성이라는 문학의 양면적 성격에 주목할 필요가 있다. 문학은 진리─교훈을 전달하면서도 동시에 인간의 흥미를 충족시킨다. 인간의 이야기의 진실성에 끌리면서도 동시에 이야기 자체의 흥미에 끌리는 것이다. 이야기의 오락성을 추구하는 것은 인간의 운명이기도 하다. 도대체 글쓰기에 흥미를 도입해서 안될 이유가 무엇인가. 딱딱하고 근엄한 논문식 글쓰기만이 인문학의 글쓰기란 법이 어디에 있단 말인가. 엔터테인먼트로서의 인문학이 필요한 것이다. 그리하여 먼저 대중을 한문학에 대한 관심과 흥미를 유발시킬 필요가 있는 것이다.

7.

대중화를 말하면 싫어할 분이 적지 않을 것이다. 하지만 대중화야말로 지식의 실용화다. 실용이라면 한문(학)은 이미 훌륭한 전통이 있지 아니한가. 한문(학) 연구자들이 귀신처럼 떠받드는 실학이 그것이 아니던가. 실학의 학적 모토 '실사구시(實事求是)'는 지식의 실용화를 말한다. 실학이 겨냥한 최종적인 목표는 인민의 복리(福利)였다. 실학의 정신을 다시 살려 실사구시의 자세에서 다시 인문학 / 한문학에 대해서 사고하는 것이다. 우리는 실학을 말하고 실사구시의 중요성을 성리학의 관념적 사유에 견주어 강조하지만, 연구자 스스로가 전혀 실사구시에 의식화되어 있지 않다는 것에 대해 반성할 필요가 있지 않겠는가.

또 염려되는 바가 없지 않다. 현재화가 민족주의와 근대주의가 그랬던 것처럼 과거를 왜곡해서는 곤란하다. 다산(茶山)의 경우를 예로 들어보자. 다산이 심혈을 기울였던 경학(經學)은, 다산으로부터 수천 년 전의 유가(儒家) 경전(經典)을 자신의 독법으로 다시 읽는 것이었다. 곧 다산이 자신의 경학에서 밝히고자 했던 것은, 고대 경전의 의미를, 송대의 성리학이란 컨텍스트가 아니라 그 경전이 산생(産生)되었던 고대란 역사적 컨텍스트 속에서 찾으려는 것이었다. 하지만 다산의 경학은 경전의 고대적 의미를 밝히는 데 그치지 않고, 자신이 살던 18~19세기 조선의 현실을 타개하기 위한 보다 근원적 수단이었던 것이다.

오늘날 다산이 골몰했던 경학은 이미 독자-이해자를 상실한 지 오래다. 그것은 다산의 경학이 본래적으로 무의미한 것이어서가 아니다. 그것은 다산의 위대함을 입증하기 위한 민족주의적 발상에서 나온 것일 수도 있고, 이제 목적의식을 상실해 버린 인문학의 처참한 모습일 수도 있다. 즉 그것은 현재와 접속할 코드를 찾지 못하고 있기 때문에 독자-이해자를 상실한 것이다. 다산은 고대를 연구하면서 그것을 18~19세기란 현재의 맥락에서 현재화하였지만, 지금은 다산의 경학은 다산의 경학으로 남을 뿐이다. 다산의 경학이 던지는 의미는 이중적이다. 다산의 경학이 경전이 산생된 고대의 역사적 컨텍스트에서 경전의 의미를 찾았듯, 한문(학)의 현재화는 과거를 일차적으로 과거의 컨텍스트에서 해독하고, 그 결과를 현재와 어떤 유의미한 연관을 갖는가를 탐색해야 할 것이다.

우리는 이미 자본-테크놀로지의 내부에 있다. 이 괴물로부터 도피할 수 없다. 자본-테크놀로지로부터 벗어나 외부에서 싸운다는 것은 불가능한 일이다.[8] 여기서 말한 대중화·현재화, 그리고 상상력의 해방, 엔터테인먼트로의 글쓰기는 자본-테크놀로지를 능동적으로 이용하는 것을 말한다. 나는 이 글을 컴퓨터로 썼고, 인터넷으로 전송했다! 대중화와 엔터테인먼트 등의 강조는 '근엄하고 진지한 인문학'과 배치될 수 있다고 주장할지도 모르겠다. 하지만 이것 외에 다른 길은 없다. 숙주, 즉 자본과 테크놀로지 속에서 스스로를 증식시켜 숙주를 내파(內破)하는 것, 그리고 궁극적으로 자본과 테크놀로지를 다시 인문적 가치에 매어두는 작업이 필요하지 않을까. 그렇지 않으면 굶어죽던가.

이제까지 적지 않은 말을 늘어 놓았지만, 한문고전의 활용에 대해서는 한 마디도 구체적으로 한 것이 없다. 미안할 뿐이다. 폼나게 인터넷이니 디지털이니 하면서 뭔가 이 시대 분위기에 걸맞은 구체적인 방안을 말하고 싶지만 짧은 식견의 내가 더 무슨 말을 하겠는가. 답답하다. 지루한 글을 읽어주어 그저 감사할 따름이다.

---

8) 종종 지리산 골짜기로 들어가는 사람이 있기는 하지만, 그들 역시 자동차를 타고 지리산까지 가며, 전등을 켜고 인터넷을 이용한다.

찾아보기